Mayumi & Yūta
「子供たちの長い夜」

事故のように、唇が少しだけ触れて離れる。そのまま肩に縋った達也を、真弓は振り払わなかった。

「酔ったの？　いきなりそんなの、飲むから」

（「竜頭町三丁目の初恋」P.115より）

Chara

子供たちの長い夜

毎日晴天！6

菅野 彰

キャラ文庫

この作品はフィクションです。
実在の人物・団体・事件などにはいっさい関係ありません。

目次

子供たちの長い夜

口絵・本文イラスト／二宮悦巳

竜頭町三丁目の初恋

二駅も向こうの浅草《あさくさ》から、お囃子《はやし》の笛や太鼓が微《かす》かに響いて来る。気の早い三社祭《さんじゃまつり》の練習が町外れで始まっているのだろう。下町のものは皆、大きな祭りを待ち焦がれる。

地元の賑《にぎ》やかな祭りは夏まで待たなければならない魚屋の跡取り息子達也《たつや》も、他所《よそ》の町のお囃子に落ち着かなく爪先《つまさき》を蠢《うごめ》かせた。

夏祭りは遠い、今はまだ五分咲きの桜並木の下だ。

「いいね、達ちゃんの学校。目の前にこんな桜並木があって」

川沿いに何処《どこ》までも薄紅色を連ねる桜を見渡して、達也の傍《かたわ》らを歩く少女、亜矢《あや》が少し高い声で呟《つぶや》いた。

「そんなに離れてないっしょ、おまえんとこの学校と」

半歩、というぎこちない距離を空けて、達也が肩を竦《すく》める。

亜矢は川を挟んで反対側の、達也の地元の外れにある女子校の生徒で、春から三年生になる同い年の少女だった。

「でも高校来て二年間一回も橋わたったことないよ。駅は向こうだし、用事ないから。たまに川の向こう側から眺めるだけだもん、近くでこの桜見たの初めて」

まだ肌寒いというのに短いスカートから素足を見せている亜矢は、達也の遊び仲間からしたら真面目《まじめ》な印象がする方だ。地元の同級生の中には、子供を産んで結婚を待たずに恋人と別れた少女までいる。

自分にこんなまともな彼女ができるとは、と。

今までちょっと付き合っては別れた女たちを思い並べて、達也はちらと亜矢を眺めた。だががらっぱちの女にしか縁がなかった達也は、実のところ亜矢といると落ち着かない。

学校も違うので共通の話題も少なく、二人でいるとすぐに沈黙してしまう。

「……おまえさ」

だがそんなに軽そうでもない亜矢に付き合いを申し込んだのは、面倒臭がりで何事にもやる気なしの達也の方だった。

「つまんなくないの、俺といて」

「え？」

沈黙に耐えかねてそんな率直なことを聞いた達也に、惑って亜矢が大きな目を開く。

「なんでそんなこと聞くの？」

「いや、だって日曜だってのによ、こんなとこぶらぶらしてるし」

何処に連れて行くでもなく地元をぶらぶらして、こんなことだからいつも振られるのだという自覚が一応あったが、だからと言って振られない努力をするような達也ではない。

口を尖《とが》らせて、達也には意味のわからないかわいらしい笑みを浮かべて亜矢は肩を竦めた。

「あたし、達ちゃんに付き合ってって言われてすっごい嬉しかったよ」

そして意外なことを、達也に教える。

「去年のお祭りのとき、山車《だし》引いてる達ちゃんめちゃめちゃかっこよくて……ずっと忘れらんなかったもん」

亜矢は、達也の幼なじみの御幸《みゆき》が、夏祭りに呼んでいた同級生の一人だった。

「そりゃーあれだぞ、祭りマジックだぞ」

同級生というより御幸の取り巻きと言った方が正しいかもしれない。この辺りの野郎どもの憧《あこが》れの制服に身を包んだやけにかわいい女子高生の集団は山車の引き手を張り切らせたが、彼女たちの黄色い声は主に御幸に向かって投げられていた。

「普段の三倍増しだっつうくらいでよ、鯉口《こいぐち》に祭り半纏《ばんてん》の男衆は。三割じゃなくて、三倍なのよこれが」

喧嘩《けんか》祭りゆえのテンションの高さもあって祭りの晩にいきなりフルコースまでいってしまうカップルは後を絶たなかったが、大抵は法被《はっぴ》半纏を脱ぐと魔法が覚めて女の方から去って行くのだ。

「本当、山車引いてた達ちゃんと普段の達ちゃん、別人みたい」

「……でしょ？」

肩を竦めてくすすと笑った亜矢に、やはり自分もこの辺りで魔法が終了して振られるのかと達也は腹を括《くく》った。

「でもあたしは、今の達ちゃんも好き。やさしいし」

ストレートな言葉を投げられて、あまりそういう台詞《せりふ》に慣れていない達也が目を瞠《みは》って立ち止まる。

「山車引きながらおっきい声出したり人なぎ倒したりしてる達ちゃん見てのぼせちゃったけど、なんか制服で会ったらちょっとぼんやりしてて。そのギャップがいいなって思ったの」

どういう仕掛けなのか達也にはさっぱりわからないくるりと上を向いた睫《まつげ》を揺らして、恥ずかしそうに亜矢は笑った。

「あは、言っちゃった」

伏せられた瞼《まぶた》が自分を想っているのかと思うと、いかなやる気のない達也といえど煮える。

「……手とか、繋《つな》いじゃう?」

右手の掌《てのひら》を見せて、達也は亜矢に聞いた。

「……うん」

俯《うつむ》いたまま亜矢が、曖昧《あいまい》に左手を揺らす。

ちらほらと花びらの散る下を女の子と手を繋ぎながら歩くなんてどんな春だ、と内心この甘さを受け止め難く疑いながらも、達也はらしくもなく浮かれた。繋いだ手の緊張も、酷《ひど》く新鮮だ。手の先で亜矢は俯いている。

微笑《ほほえ》んでいる亜矢の顔を見るのが、達也は好きだった。最近すっかり忘れていたときめきが、胸に返る。初恋のころのように。

「竜頭《りゅうず》町で桜祭りやってんだよ、そういえば今日。百花園《ひゃっかえん》の前で。出店出てるし、行ってみっか」

萩だ桜だ梅だとすぐ露店を並べる我が町を思い出して、達也は川の向こうを眺めた。

「いいけど……」

けれど亜矢からは、あまり気乗りしているようには思えない返事を聞かされる。

「なんか気ぃ進まねえの？」

「うん……だって達ちゃんの友達とか、みんないるんでしょ？」

意外なことを、亜矢は問い返して寄越《よこ》した。

「そりゃ、露店出してるやつもいるし」

意味がわからず頭を掻《か》いた達也に、躊躇《ためら》うような間を亜矢が空ける。

「あたし」

言おうかどうしようか迷って、亜矢は口を開いた。

「達ちゃんの友達、ちょっと苦手」

「……なんでだよ」

渡された言葉に達也が、眉《まゆ》を寄せて手を解く。

子供のころからの付き合いになる竜頭町祭り囃子保存会の連中は、喧嘩っぱやくて気の短い下町っ子揃《ぞろ》いだが、達也にとっては皆身内のようなものだ。悪く言われては黙っていられない。

「ごめん、怒んないで。なんか、自意識過剰かもしんないんだけど……みんなあたしの顔見るとちょっと、含み笑いみたいなのしない？」

その気配を察して亜矢は、慌てて手を振りながら早口に言った。

「達ちゃんの前の彼女とかすごいきれーで、あたしなんか見ると笑っちゃうのかな」

「……何言ってんの。みんなおまえのことすげえかわいいって、もったいねえって言われてるよ。俺」

どんな妄想なのかと咎《とが》めて、本当に言われたことを亜矢に教える。

「なんか御幸ちゃんも……ちょっと」

「御幸がなんだって？」

「達ちゃんと付き合うって言ったら、なんか、溜息《ためいき》ついて。まあ頑張んなって」

「あいつは俺におまえ取られて妬《や》いてんだろ」

何故御幸がそんなことを言うのかわからず、苛立《いらだ》って達也は言い捨てた。

「……達ちゃんの前の彼女ってどんな子？」

納得せずに、亜矢が足元を見ながら問いを重ねる。

「どんなって、普通だよ。すぐ振られたし。言っとっけど俺一カ月以上続いたことねえから」

「なんで」

「つまんねえからだろ、俺が。それに」

邪推されるようなことは何もないと声に険が籠《こ》もったが、すぐに勢いは萎えた。

随分前から達也は、祭りのとき以外に激高するということがなかった。実際大抵のことは腹が立たないし、喧嘩を吹っかけられても買わずに逃げることにしている。

「俺から付き合ってって言ったのは、おまえが初めてだから。マジで」

怒らないということは、その逆の感情も逆立たないということだと最近になって気づいたが、無理に自分を高めて達也は亜矢にそれを告白した。

「……達ちゃんもてそうなのに」

「どんなお世辞よそれ」

「でもうれしい」

本当に嬉しそうに微笑んで、亜矢が達也の腕に手をかける。

両手を絡められて達也は気恥ずかしさに居たたまれなくなったが、振りほどくのも亜矢がかわいそうでそのまま歩いた。

「あたしの何処、気に入ってくれたの？」

ぎこちなく橋を渡る途中で、不意に、そんなことを亜矢が尋ねてくる。

「……え？」

何か少し後ろめたい気持ちが込み上げて、どうしてなのかわからないまま達也は亜矢を振り返った。

「んなこと言わせせんなっつの」

ごまかそうとしたけれど亜矢は、じっと黒い瞳で達也を見上げている。

「すげえかわいいって、思ったんだよ」

嘘《うそ》のつもりは、達也にはなかった。なのに居心地の悪さが腹に残って、理由がわからないまま気持ちが塞《ふさ》ぎ込む。

「うれしい」

それでも亜矢はそんな言葉で充分だったらしく、寄りかかった彼女の髪がふわりと達也の顎《あご》に触れた。

甘い匂いが、達也に届く。けれど気持ちは不思議に沈んでいくばかりだ。

「……こっから、めちゃめちゃ地元だから。かんべん、な」

橋を渡り切って大きな道の横断歩道に辿《たど》り着く前に、達也はさっと亜矢の手を解いた。

「そうだね、恥ずかしいね」

「親とか会うかもしんないから」

笑った亜矢に合わせて、達也も口調を軽くする。既に桜並木の下で、知った顔に何度か揶揄《からか》いの笑みを投げられていた。

友達に会うのはかまわないがそれこそおぎゃあと言った瞬間から知っているという大人たちに含み笑いをされるのがいやだ、と思う側から道を渡った途端に、今にも崩れそうな写真館の前でその写真屋の老主人と出くわす。

「おや達坊、いっちょまえに女連れかい」

達也の父親と同じ世代の二代目ではなく初代主の翁が、人の悪い笑みで行く手を阻んだ。

「勘弁してくれよ、じいちゃん」

五十日参りも七五三も、この辺の子供の写真はみんな撮っている翁にはかなわず、達也も足を止めて肩を竦める。

「こんにちは」

「おや、別嬪《べっぴん》さんだ。写真撮ってあげようか」

ペコリと頭を下げた亜矢に気を良くして、翁はそんなことを言った。

「いいって。そんでここ飾るんだろ？　笑いもんだっつうの」

曇った窓を拳で、軽く達也が叩《たた》く。

木枠の硝子《ガラス》の向こうには、ここ数年の間に翁が撮った写真が並べられていた。結婚式成人式七五三、祭りの団結式や喧嘩の様子、そしてきれいに着飾った山車の上の女官の写真もあった。

「あ、達ちゃんだ。すごい、決定的瞬間」

写真に気づいて亜矢が、窓に張り付く。

「見んなって、恥ずかしいから」

「かっこいいね、やっぱり法被って」

写真の達也は、道を塞ぎ合った二丁目の連中と胸倉を摑《つか》み合っていた。

「ホント、別人みたい」

穏やかな達也を振り返って、揶揄うように亜矢が笑う。

「本当にねえ……すっかりおとなしくなっちまって、達坊は。中学生のころは止める方が苦労するぐらいの暴れん坊だったんだけどなあ」

「暴れん坊って、時代劇かよ。じいちゃん」

尻の座りの悪い話を終わらせようとして、達也は口を挟んだ。

「お祭りのときですか?」

「普段からさ。あっちの不良と喧嘩こっちの不良と喧嘩、中学生なのに工業の高校生と神社で殴り合いになったときにゃもう灯籠《とうろう》ぶっ壊しちまうぐれえで……」

尋ねた亜矢に、昨日のことのように翁が語る。

「やーめろってじーちゃん。もう俺はそんな真似しねえの! 大人んなったんだよっ」

苛立って達也は、思い出したくない話をする翁に声を荒らげた。

「十七、八でそんなに落ち着くもんじゃねえぞ。達坊。保存会の連中もみんなつまんながってるぞ」

「いいんだ、俺は止め方に回ったんだよ」

「そんで余った癇癪《かんしゃく》親父にぶつけてりゃ世話ない。まあ、その方が父ちゃんも母ちゃんも安心かもしれねえが……」

肩を怒らせた達也の口調とは裏腹に、翁は何か見透かしているような余裕を匂わせた。

「そんなガキャーつまんねえぞ、達坊」

「つまんなくって結構」

言葉とは裏腹に江戸っ子らしい啖呵《たんか》を切って、顎を突き出して達也が居直る。

「じゃあその大人の達坊と彼女を、写真に撮ってやろう」

「いいっつの」

顔を顰《しか》めて達也が首を振るのも聞かず、翁は手にしていた小さなライカを二人に向けた。

「おや」

カメラ越しに達也と亜矢を見つめて、ふと、翁が手を止める。

「……なんなんだよ」

何かに気づいたように顔を上げた翁に、達也は顔を顰めた。

「ファインダーを覗《のぞ》くとまたきれいだ」

ごまかす口調で、翁は笑う。重くシャッターの下りる音が、往来に響いた。

「丁度フィルムも終わったよ。帰りに寄るといい、多分焼けてるから」

「ありがとうございます」

別にいらねえよ、という態度でそっぽを向いた達也の袖《そで》を引いて、亜矢が頭を下げる。

「……あ、この子」

行こうとした達也の袖を摑んで引き留めて、亜矢は三丁目の山車の集合写真に目を留めた。

「かわいい、お姫様みたいな格好」

写真の真ん中、達也の隣に写っている祭りの女官を、躊躇いがちに亜矢は指さす。

「ああ、同じ町会の……会ったことねえか。真弓《まゆみ》っつうんだけど」

声が変に遠回しになるのを自分で訝《いぶか》りながら、達也は落ち着かなく頭を掻いた。

「達坊の初恋の人だ。な？」

何故か揶揄うようでもなく、翁が達也の背中を叩く。

「余計なこと言うなっつってんだろ⁉」

「……初恋なんて、気にしないよ？」

　声を荒らげた達也の方にこそ驚いて、亜矢は首を傾けて達也を見た。

「御幸の初恋も真弓なんだぞ。つーか、俺と同級のやつはみんな初恋は真弓だ。通る道なんだ。通過儀礼だ、山車の女官だからよ。選択の余地なんかねーんだよ」

「どうしてそんなにムキになるの？」

　早口に言った達也は本当に不自然で、達也自身にも答える言葉がない。

「真弓ちゃんは男の子なんだよ」

　見かねてか翁は、種明かしのようにそれを亜矢に教えた。

「え」

「……知らなかったのっ、俺は。俺だけじゃなくてみんなそうなんだよ。御幸だって、詐欺《さぎ》だっつって」

　素直に驚いて見せた亜矢に達也はさらに言い訳したが、言っている途中で酷く嫌な気持ちになって口を噤《つぐ》む。

　これでは真弓を、咎めているようだ。何か恥ずかしい人に言えない感情を、全《すべ》て真弓に押し付けている。理不尽に。

「確かに御幸ちゃん好きそう、こういう子」

　御幸の女好きは女子校ではナチュラルに通用しているのか、憚《はばか》りなく亜矢が頷《うなず》く。

「んじゃ俺ら行くわ。写真なんかいらねえから、焼かなくていいかんな」

恨みがましく達也は言い捨てたが、翁は笑って二人に手を振った。

「写真欲しいよ。二人で写ってるの、一枚もないじゃない」

どうしてと達也を責めて、小走りに亜矢が後を着いて来る。

「……写真なんて」

歩調を少しだけ緩めて、達也は溜息をついた。長男なので家にもしこたま写真はあるが、達也はほとんど子供のころの写真を見返したりしない。

祭りだ七五三だ入学式だと、必ず隣に写っている幼なじみを、見返さなくてすむように。

「初恋って、いくつのころ？」

揶揄いを含めようとしながら何処か声を惑わせて、亜矢は半歩後ろから達也にそれを聞いた。

「すっげえガキのころ。おしめのころから一緒だから、真弓とは」

「今も女官なの？」

「十四で、やめた。十五になったらやっちゃいけねんだって」

「きれいなのにね」

「もうできねえって、背も伸びたし。あの写真は三年……四年近く前のだから」

嘘をついているような居心地の悪さを胸の隅に座らせながら、達也は目を伏せた。

ウインドウにあった写真は、真弓が山車に乗った最後の写真だ。もう真弓の女官はこれきりだからと、写真屋の翁と二代目が惜しんで丁寧に撮った中の一枚だ。

あのころは本当に、真弓は少女と変わらなかった。見た目も、達也にとっても。

「なんか怖そうな人、いっぱい」

　桜祭りの露店がぼちぼち現れるにつれ、どうしてもワンセットでうろうろするテキ屋やここぞとばかりのチンピラに、少し怯《おび》えて亜矢は達也の隣に駆けた。

「大丈夫。夏祭りのときは結構危ねえけど、この程度の祭りじゃ喧嘩も火がつかねえから」

　露骨に怯えたりするとかえって絡まれる、というより数年前は絡む方だった達也が、肩を竦めて亜矢の背を押す。

　頼もしく思うのか、亜矢は微笑んで達也を見上げた。

「もし絡まれたら喧嘩するの？」

「いーや、走って逃げるよ。俺は」

　眉を上げて、冗談のつもりはなく達也が答える。

「なんで、喧嘩するのやめたの？」

　さっきの翁の言葉を拾って、亜矢は問いを重ねた。

「弱いから」

「嘘、祭りのとき見たよ」

「弱いんだよ」

　問い詰めるような口調を聞かせた亜矢に、苛立って達也が言い捨てる。

「……じーさんが言ってた、工業の高校生と揉《も》めたときに散々な目に遭ってさ」

　隣で亜矢がしゅんとしてしまったことに気づいて、八つ当たりを悔やんで達也は溜息をついた。

「そんで卒業したの。怖いから、もうやんね」

けれど呟くとどうしても、思い出したくはない十四の夏が手元に返る。祭りの晩、あの写真を撮った後だ。

女官の薄化粧をした真弓の顔が、また目の前をちらついた。さっき聞いた遠くの囃子が、近くでかき鳴らされたかのように耳の中に籠もる。

今はもう達也には遠い、初恋が終わった十四の夏を連れて。

いつもの年と変わらず、その夏も竜頭《りゅうず》町中にお囃子が響いていた。最初の練習を始めるのは毎年三丁目で、梅雨が明けるのを待ち切れず湿った中で太鼓が鳴り始める。山車の上に乗って楽器を鳴らし続けるのは、小さなころに選ばれて夏の間だけ立派な楽士になる囃子隊だ。残りは男も女も、法被に身を包んで力の限り山車を引いた。引き手の方はそう早くから練習してもしょうがないのだが、士気を高めるためか浮足立った祭りへの情熱を抑えられないからか、皆休みの日や学校帰りに山車が奉ってある神社近くの倉に訳もなく集まった。

「真弓《まゆみ》もそれ、着たいなあ」

中学生だった達也《たつや》たちと、ボクシング事務所に進路が決まって余裕の高校三年生だった丈《じょう》たちいわゆる若衆組で盛り上がっていた鯉口の相談に混ざれずに、真弓は家で一度着替えて来た私服で縁台に腹ばいになって大きくぼやいた。

「何言ってんだ、まゆたん。死ぬほど似合わねえって」

真弓のすぐ上の兄である丈は、相手にもしてやらず笑い飛ばす。

法被や鯉口は町ごとに揃いのものもあったがそれを着るのは大人たちで、若い者はそれぞれ自分で誂《あつら》えた派手な柄のものを好んで着た。特に人気は刺青《いれずみ》柄の上下で、丈がそれを早くも用意して来たのだ。

「おまえは女官だろ。こんなん着てどうすんだよ」

じっと恨みがましく自分たちを見ている真弓に溜息をついて、中学の学ランのままの達也は言った。親に言われなければ達也は一日制服ですごした。

「つまんない。毎年さー、おとなしく山車の上で」

六歳のときに前の女官と代替わりした真弓は、姉の志麻《しま》の強い後押しで山車の上に上がったが、祭りだと不思議に少女を乗せているというより少年を乗せているというほうが引く方も力が入って、昔はそういうものだったという年寄りたちの言葉に子供たちも頷けた。

「まゆたんおとなしくなんかしてないじゃない。去年も急場で乱闘に混ざっちゃうし」

お囃子の笛を合わせていた成人したばかりの明信《あきのぶ》が、小言交じりに口を挟む。小さな体に高価な衣装を身につけたまま真弓が喧嘩の中に紛れて見えなくなったとき、明信は本当に肝を冷やしたのだ。

「もうすっごい怒られたもん、あの後。衣装は破れちゃうし、女官が山車降りて喧嘩するなんて何事だーってさ」

「当たり前だっつうの。きれいにしてもらっておとなしくしてねえと格好つかねえだろ」

眉毛まで金髪の、中二なのにもうほとんど学校も自由登校にしている八百屋のケンジは、でかい図体《ずうたい》でもう一つの縁台に跨《また》がって顔を顰めた。真弓がピンクのスモックにスカートで幼稚園に通っていたころから付き合いのある幼なじみたちは、まだ成長期を迎えない真弓の性別を今でも時々見失う。

「もう、つまんないよ。みんなおらおら言って山車引いてんのにさ」

「今年限りだろ、我慢しろよ」

どうして真弓がいきなりそんなことを言い出すのか少しもわからず、達也は訳も問わないまま窘《たしな》めた。

「つーか最後なんだから気合い入れてやれ、気合い入れて」

「やる気なくなんだろ、こっちだって」

気勢を殺《そ》ぐようなことを言う真弓に、引き手たちから次々と遠慮のない文句が飛ぶ。

「真弓もそれ着たい」

駄々のようにもう一度言って、真弓は縁台の上で寝返りを打って引き手たちに背を向けた。

変に拗《す》ねたその態度が引っかかって達也は真弓が振り返るのを待ったが、頑《かたく》なにその肩は動かない。

「来年は鯉口着られるから、まゆたん。……そういう柄のは、あんまり着て欲しくないけど」

どんなに兄弟たちに勧められても普通の藍染《あいぞ》めの法被で通している明信は、刺青模様に首を振って小声で真弓を慰めた。

けれど何故だかすっかりへそを曲げてしまった真弓は、一番優しい二番目の兄の言葉にも振り返らない。

「おまえさ」

そういう態度良くねえぞ、と真弓に小言を言おうとした達也を、軽トラの砂利を弾く音が遮《さえぎ》った。

「うわだっせーっ、なんだよこれ」

車のドアが閉まる音とほとんど同時に、青年団長花屋の龍《りゅう》の煙草《たばこ》に嗄《か》れた声が倉の入り口から響く。

「おまえらこんなん着んのか。ガキだなー」

配達の途中でお囃子が聞こえていてもたってもいられなくなったのか、銜《くわ》え煙草の龍は店のエプロンをつけたままだ。

「なんでだよー、かっこいいじゃん」

口を尖らせて丈は、逆らえない年上の幼なじみに不満を訴えた。

「派手なだけじゃねえかよ」

「龍ちゃんだって十代のときはもっとすごいの着てたくせに……」

髪を引っ詰めた我が姉と龍が、ヤクザも道を明けたくなるいで立ちで並び立っていたことを忘れていない明信が、余計な過去をみんなに聞かせる。

「思い出すなバカ。ふん、俺が今畳屋のじじいから譲り受けて来た鯉口見してやる。その辺の洋品店で売ってんのとはちがあぞ、本物だ本物」

「え、龍兄畳屋のじーちゃんから鯉口貰ったのかよ！」

二年前に竜頭町一帯の青年団長に任命され、すっかりこの周辺の若頭になった龍は子供たちの憧れだった。そのうえ、伝説の引き手と言われている畳屋の翁に年代物の鯉口を譲り渡されたと聞いては、少年たちは羨望《せんぼう》に口を開けるしかない。

「見てえか」

「もったいぶんねえで早く見してくれよーっ」

そもそもそれを見せびらかしに来た龍に歯噛みして、悔しいが見たい気持ちを抑えられずに丈も達也たちも身を乗り出した。拗ねていた真弓も、笛を吹いていた明信たちも、龍の周りに期待を込めて集まる。

「ありがたく拝めよ」

丁寧に龍は、年代を感じさせる黄ばんだ半紙の紐を解いた。

「あ……」

「すげえ……」

半紙は黄ばんでいたが中からは、洗い張りされしゃきっと整った鯉口が姿を現す。色落ちした藍の染めは逆に風格を表し、白く抜かれた唐獅子《からじし》模様はここにいる誰もが生まれていない昔から祭りを見て来たことを教えた。

「かっこ良すぎだろっ、龍兄！」

興奮して丈が、大きな声を上げる。

「……いやあ、ちっと早かったかもな。俺には」

まじまじと見ると気後れして、似合わない弱気なことを龍は言った。

「何言ってんの、すごく似合うよ。龍ちゃん」

他に誰が着るのかというぐらい龍に似合う染めに感嘆して、明信が溜息をつく。

「そうか？　まあそりゃそうだ」

すぐにその気になって、龍はまたそれを丁寧に包み直した。

「おじいちゃん、いくつぐらいまでそれ着て暴れてたのかな」

自分たちが物心ついたときにはもう年寄り衆の浴衣を着て、祭りの日は提灯《ちょうちん》を持って寄り合い所で酒を飲みながら翁たちと語らっている畳屋の主の若いころなど、呟いた真弓には想像がつかない。

「一番元気だったころには、戦争があったんじゃねえのか。祭りもなかったろ」

少し神妙な口調で、龍が言った。

もう語る年寄りも少ないが、この辺りには戦争で家族を失ったままずっと一人で暮らしている老婦人も多い。百花園の木はそのときに資材として全て伐採され、今の形に戻ったのはごく最近のことだと、学校や家で子供たちは何度も聞かされていた。

「すげえ鯉口なんだな」

沢山の出来事の中で長く行李《こうり》に眠ったこともあるのだろう鯉口を、拝むように子供たちが見つめる。

「……ちぇー、そんなん見せられたらこっちが色あせちまうよー」

魅力が半分以下になってしまった刺青柄の真新しい鯉口を、ぼやいて丈は畳んだ。

「だから、揃いの紺か白のを着ればいいじゃない」

「何言ってんだよ明ちゃん。晴れ舞台をそんな地味に終わらせられっかっつうの」

「あんま派手なのは揉め事のもとだぞ」

若いころには散々暴れておいて龍が、やる気満々の丈に忠告をする。

「祭りに揉めねえで何すんだっつうの」

今から拳を唸《うな》らせた丈に、少年たちは皆同意して頷いた。

「だけどもんもん柄はよ、俺も着たけど。ほんもんのもんもん背負ったこれもんの兄ちゃんに、何粋《いき》がってんだこのガキっつっていきなり殴り飛ばされたぞ」

「……ほんもんのもんもん」

ただ語呂《ごろ》を合わせたような龍の言葉には、けれどインパクトがあって、少年たちが押し黙る。

「本町の方に事務所あるからね、本町の山車引いてる人たちでしょ」

それを怖がって少年たちがもう少しおとなしくなってくれたらいいと、明信は後ろから説明を加えた。

「卑怯《ひきょう》だな、ほんもんのヤー公使うなんてよ」

考えのいまいち足りない丈は、本町の山車がいつも強いのはヤクザを雇っているからかと曲解する。

「バカ、あの組はそれこそ大正だの明治だのってころからあそこにあんだよ」

勢いでは定評のある三丁目だが実際本町にはいつも煮え湯を飲まされているので、一応の庇《かば》い立てをした龍の声も荒ぶった。今はめっきりおとなしい龍だが、祭りが近づくとやはり昔の血がどうしようもなく煮えたぎる。

「こら、何しやがるガキが」

話を聞きながら身を乗り出した達也がさりげなく手元の煙草を抜いたのに気づいて、勢いのまま龍が後頭部を叩いた。

「いいじゃん、一本だけ一本だけ」

そんなこともしてみたい年頃の達也は、最近覚えた煙草を人前で吹かしてみたくて堪《たま》らない。それは同級生たちも、高校生の幼なじみたちも同じことで、我も我もと手が伸びた。

「丈、駄目だってば未成年なのに」

もちろん丈には、すぐ上の兄から待ったが入る。

「オレもうすぐ社会人だぜー？　お願い。一本だけ」

「駄目だってば！　駄目、よしなさいっ」

自分のシャツのポケットから自分の煙草を出した丈に、明信は許さず声を荒らげた。

「大目に見てよ明兄ちゃん」

「だいたいここ禁煙だってば、達坊ももちろんダメ。こんなに燃えやすいもの沢山あるのに。龍ちゃんも外で吸ってよ」

右手を立てて火をつけようとした達也の口元から、ご近所のお兄さんの義務で明信が煙草を奪う。

「そうだそうだ。自分で金払えるようになってから吸え、こういうもんは」

自分の学生時代を思うと強くは出られない龍は、子供たちの手をぱぱっと払って己の手元の煙草も消した。

「達ちゃんたち煙草なんか吸ってんの」

幼なじみたちがそんなことを覚えたことを少しも知らずにいた真弓が、咎めるような声を聞かせる。

「ちっとな」

大人のような顔をして見せて、達也は言った。

「サイテー」

「ふん、ガキ」

同級生の少女たちのようなことを言った真弓に、少女たちに返すような言葉を達也がそのまま投げる。

「ガキって言う方がガキ」

　腹立ちを納められずに真弓は、尖った声を聞かせた。

「真弓……今年山車降りちゃ駄目かなあ」

　そのまま真弓が不意に、気まぐれにしか聞こえないことを小さくぼやく。

「おいおい、どうしたんだよ急に」

「だってさ、山車の上でおとなしくしてるなんてつまんないんだもん。一番喜ぶお姉ちゃん、また失踪中だし」

　聞き返してくれた龍に、相手にされずに終わった話を蒸し返して、真弓は理由にもならないことをまた言った。

「今年限りだろ」

　皆と同じことを言って龍が、癖のように煙草に伸びかけた自分の手を引っ込める。

「まだそんなこと言ってんのかよ、真弓。わがままもいい加減にしろっつうの」

　一見わがままな印象もあるがあまり人を困らせないはずの真弓が駄々のようなことを言い続けるのに、苛立って達也が口を挟んだ。

「まあ真弓の気持ちもわかんねえでもねえけど、みんなと騒ぎてえ年頃だしな。だけどおまえが乗っかってくれんのはありがてえんだよ、引く方としちゃ。女官が女だったら山車の上のことも考えなきゃなんねえけど、おまえだから盛大に走り回れるってとこあるだろ」

「勝手なこと言ってる……まゆたんは男の子だってだけで別に女の子よりすごく力があるとかいう訳じゃないのに」

重要な役割なのだと諭して真弓を留めようとした龍に、ここに顔を揃えている同級生たちより嵩《かさ》の小さい末弟を庇う気持ちで明信が呟く。

「……なにそれ」

けれど兄の言葉はその末弟の気にそぐわずに、真弓は露骨に不満そうな声を聞かせた。

「ひどいよ明ちゃん、真弓小さいかもしれないけど女の子に負けたりしないよ」

「……負けるなんて、そんなつもりじゃ」

不意に突っかかって来た真弓に驚いて、明信が口ごもる。

「ごめんねまゆたん、ただ危ないと思って……」

己が思春期の弟にどんな失言をしてしまったのかにはすぐに明信も気づいたが、今まで真弓は女の子と分けられないことに不満を示したことが一度もなかったので、明信だけでなく皆もその反論には驚かされた。

「……もういい」

困ったような皆の雰囲気に気づいて、ふいと、真弓が顔を背ける。そのまま明けっ放しの入り口から、真弓は倉の外に出て行ってしまった。

呆気《あっけ》に取られている幼なじみの中から立ち上がり達也が、場を離れて慌てて後を追う。

神社の手前で、達也は真弓の背に追いついた。昔ここで真弓が嫌な思いをしたことはうっすらと達也も覚えていて、その周囲を一人で歩かせたくなくて足早になる。

「んだよ真弓、いきなり拗ねやがって」

自分が追いついたことはわかっているのだろうに振り返らない真弓が腹立たしくて、達也は乱暴な言葉を聞かせた。

「感じわりーぞ。何が気に入らねんだよ」

普通に考えれば真弓が何が気に入らないのかは察しがつくところだが、そういう普通の思春期の少年らしいことを、真弓が気にするとは達也は想像できない。

幼なじみの間では、皆男だとわかっていながら何処か女の子のように少しだけ真弓を分けて扱っていて、けれどそれはいいバランスだと達也は思っていた。

「山車降りてえなんて、今までんなこと一度も言わなかっただろ。そんなに嫌だったのかよ」

異性に近づきたいけれどまだどうしてもぎこちない態度しか取れない達也たちには、少女のような真弓が近くにいれば足りるところもあった。町の外に遊びに行くときに連れて歩けば勘違いをした他校生が振り返って、ささやかな虚栄心も満たされる。

そして真弓も別段その特別扱いに不満はないのだと、今日まで達也は思っていた。真弓にも悪いことばかりではない。みんな他の男友達に接するよりはいくらか真弓にはやさしい。

「別に嫌じゃないよ」

だが真弓のその返事には、何か鵜呑《うの》みにできない力なさがあった。

「……わけわかんないこと言ってごめん。みんなにもごめんって、謝ってたって言っといて」

倉を飛び出した勢いの割りには素直に、真弓が謝罪を口にする。

仏具屋の前で店番の翁に頭を下げて駆け出そうとした真弓の手首を、咄嗟《とっさ》に達也は摑んで止めてしまった。

「なんか怒ってんなら言えよ、真弓」

「怒ってないってば」

「じゃあなんかやなことでもあったのかよ」

俯いたままの真弓を放さずに、幼なじみの遠慮のなさで達也が問う。

不自然な沈黙を、真弓は落とした。

何か心当たりがあって尋ねた訳ではなかったが、黙り込むのなら図星なのかと慌てて達也が、半歩前に出て真弓の顔を覗き込む。

「新しいクラスの連中と合わねえとかか？　ややついたら俺がぶっとばしてやっから言え」

練習を再開したのか、後ろからお囃子の音が二人を追い立てた。道に飛び出した銀杏《いちょう》が葉を茂らせて、頭上で揺れる。

「そんなんじゃないよ。普通に仲良くやってる」

小学校、中一とほとんど同じクラスで来たのに離れたことを密《ひそ》かに気にかけていた達也は、真弓の答えに安堵《あんど》しながら少し落胆した。そうでなくとも中学に上がってから生徒数が増えて、幼なじみたちとの付き合いが子供のころよりは希薄になっている。

「ならいいけどよ」

「……あのさ」

　意外に強情な幼なじみの性格からして結局は何も言わないかと達也はあきらめかけたが、真弓は不意に、少しだけ縋《すが》るように声を漏らした。

「うちのクラスに、中村《なかむら》縁《ゆかり》っているじゃん」

　足元を見たまま、真弓は顔を上げない。

「ああ、青葉《あおば》小のやつか」

　真弓が名前を出した少女は達也たちとは小学校が違ったが、誰だかアイドルに似ているとかで入学当時男子の間で話題になって、口をきいたことはないが達也もよく知っていた。

「友達なのかよ、おまえ」

「竜頭町のお祭りすごいんだってねって、話しかけて来てさ。見に来たいって」

「へえ、物好きだな」

　学年一の美少女が自分たちの祭りを見に来ると聞いてもちろん達也も普通に浮足立ったが、そんな態度は見せず肩を竦める。

「俺、山車乗るから案内とかしてあげらんないよって言ったんだけど。友達と見に行っていいかって」

　それはつまりそういうことなのかとわからなくもなかったが、学ラン姿を披露される前は真弓を全くの異性として捉《とら》えていた達也にはすぐには理解し難く、言葉に詰まった。

「いいかって、おまえに？」

「……うん」

話していいものかと躊躇うように、真弓の口調がいつになく弱い。

そりゃおまえに気があるんだな、と軽口をきくべき場面だったができずに、ただ達也も押し黙った。

「俺」

商店街に向かって歩きながら、真弓が不意に達也を見上げる。

「なんか、言えなくって。女官の役だって」

真弓と同じ小学校のものなら、祭りで真弓が女官役だということも、幼稚園のころは女の子の格好をさせられていたことも知らないものはいない。

「女の子の格好するなんてさ」

だから真弓も今まで一度もそれを恥ずかしがったことはないし、隠す相手もいなかった。

達也たちも幼いころは多少揶揄いはしたけれど、真弓が山車に乗ることも時々長女の着せ替え人形にされることも、いつの間にか特別のことではなくなり言い立てることではなくなっていたのだ。

「……いやだったのかよ、今までも」

何処か聞くのが怖いような気持ちになりながら、もう一度それを達也は問いかけた。

「ううん、全然。きれいなかっこすんの、好きだし。お姉ちゃんが喜ぶし」

摑んだままの手の先で、真弓が首を振る。

「……でもなんかさ、言えないんだ。中村に。中村が見に来るの、嫌なんだ」

自分でもその気持ちをどうしたらいいのかわからずに、頼りなく、真弓は達也の肩に寄りかかった。

ふわりと、髪を洗った匂いを感じると、今でも達也は一瞬真弓の性別を忘れる。子供のころからお互いのいいことも悪いこともよく知っている初恋の幼なじみなのにどうしても嫁には貰えないということを、忘れてしまうのだ。はっと思い出すと、変に慌ててぎこちなくなってしまう。

「だったらくんなって、言えばいいだろ」

そんな答えを真弓が望んでいる訳ではないのだとわかっていながら、意地悪く、達也は言い捨ててしまった。

「……そうだね」

いつもなら高圧的な言い方には従わない真弓なのに、弱々しく、あっさりと頷く。

酷くいやなものが、達也の胸に触った。その胸の悪さは予感にも不安にも似ていて、何が嫌なのかわからないまま達也を居たたまれなくさせる。

嫉妬《しっと》だろうかと、まるで覚えがない訳ではないその感情を達也は反芻《はんすう》した。男子に人気のある縁に真弓が好かれたのが、気に入らないのか。それとも、打ち明けられた秘密そのものが、耐え難いのか。

「達ちゃん、また背え伸びた？」

苛立ちに変わってくるそれをなんとか逃がそうとしていた達也に、頭を寄せた肩の位置が少し前の記憶と合わないのかふと真弓はそんなことを聞いてきた。

「……んあ？　ああ、そりゃまあ。多少は」

伸び盛りと言われている時期にしてはあまり伸びていないが、とまでは言わず曖昧に答えを濁す。そんな言い方しかできないのは真弓が少しも成長期の気配を見せないからだが、それを達也が気にかけたのは今日が初めてだった。

「煙草なんか吸ってんのに」

気遣いの気配を察したのか、真弓がわざと憎まれ口をきく。

「吹かしてるだけだ。それに家じゃ親父にみっかったらブチ殺されるし、ガッコの部室とか神社とかで、誰かが持ってたらちっと銜えるくらいで」

何を後ろめたく思って言い訳しているのかわからなくて、早口の言葉を達也は切った。

「別に、もう吸わねえよ」

恋人にする約束のようだと、思ったら何故だか腹の底が熱くなって後ろめたさが増した。繋いだというより摑んでいる真弓の手を、どうやったら自然に放せるかと考え込む。

「……なんだなんだー？　竜中《りゅうちゅう》のませガキがいちゃいちゃしてんぞ」

不意に、向かいからだらだらとしたゆるいスピードで近づいて来た工業高校の生徒が、通りすがりにそんな声を投げて来た。

「かーわーいいねー、これからどっかしけこむのかー？」

「早くおうちに帰んな」

制服を着崩した高校生は近づくなと先輩から忠告されているたちの悪い三人組だったが、今の言葉はただの揶揄いだ。腹を立てる種類のものではない。

「るっせえっバカ！」

それなのに達也は、振り返って大声で怒鳴ってしまった。

呆然《ぼうぜん》と真弓は、達也の横顔を見ている。

もやもやと籠もるような苛立ちが腹からせりかえって、達也は我慢がならなかった。そんなはずはないのに、自分でもわからないその苛立ちの正体を向かいから来た者に見透かされた気がして。

「……んだとこのガキっ」

笑って揶揄った少年たちだが、そんな罵声《ばせい》を見過ごしてくれるような相手ではない。

「達ちゃんっ、逃げよ！」

勝ち目はないと悟って、真弓は達也の腕を摑んで駆け出した。

むしゃくしゃがどうにもならない達也はそのままやけくそで高校生と殴り合いたいところだったが、罵声を聞きつけた大人たちが商店街のあちこちから顔を出して喧嘩どころではない。

「何やってんだ、こら！」

揉め事の空気を読んでいきなり怒鳴った燃料屋の主人の声に紛れて、真弓は人もほとんど通らないような店と店の間に達也を引き込んだ。

大人に追われたのか、高校生は追いかけて来ない。

細い路地裏に入って、鰻屋《うなぎや》の勝手口で真弓は足を止めた。

「どうしたんだよ、いきなりあんな短気起こして。いくら達ちゃんだって高校生三人じゃ勝てないって。あんまり無茶苦茶しないでよ」

本気で心配する真弓の声が余計に、熱を持った達也の腹に障った。

「……るっせーな知るか！」

いつの間にか真弓の方から摑まれていた手を、達也が振り払う。どうしてこんな風に怒鳴るのかと自分の声が耳に返るそばから達也は悔やんだが、投げつけた言葉は返らない。

「危ないから言ってるんじゃない！　殺されたって知らないから!!」

理不尽さに負けてはおらず、真弓が怒鳴り返した。

今度は店店の勝手口から、どうしたのかと大人たちが顔を見せる。

「なんだなんだ、犬も食わないってやつか」

二人が仲の良い幼なじみだということをよく知っている大人たちは険悪な雰囲気を深刻には受け止めず、笑いながら仲裁を挟む。

「どいつもこいつもっ、いちいちうるせえっつってんのがわっかんねえのかよ！　ちくしょうっ」

その笑いにさらに逆なでされて、訳のわからない激情のままに達也は喚いた。

「達ちゃん……？」

さすがに怒るより唖然《あぜん》として、宥《なだ》めるように真弓が達也を呼ぶ。

呼びかけに答えられる言葉はなく、もう振り返ることもできずに達也は真弓を置いて闇雲に走った。

「今年のお祭り、見に行っていい?」

百花園までの短い道を無言で歩くうちに、ぽつりと、改まって亜矢《あや》はそんなことを達也《たつや》に尋ねて来た。

「去年だって来たから、こうして俺たち一緒に歩いてる訳でしょ」

何をいまさらと、軽く達也が笑う。

「そうだけど、去年は御幸《みゆき》ちゃんのチーム……って言わないか。ええと」

「御幸んとこは竜二、竜頭町《りゅうず》二丁目。うちは竜三」

「そうそう、だから、達ちゃんのとこ応援に来ていい?」

「もちろん来てよ。女の子の声援あった方が絶対野郎ども張り切るし、おっさんたちも喜ぶから。でも来んなら友達誘って来いよ、俺多分ほとんどかまってやれねえから」

「うん。彼氏いない子連れてくね」

「おう、かっちょいいの紹介してやるよ」

そうは言っても祭りの夜は本当に誰も彼も男前に映るからその後続くかどうかが問題だと、達也は今からいらぬ心配をした。

「やっぱ女の子いると張り切る？」

少しの、かわいらしいやきもちを覗かせて、ちらと亜矢が達也を見る。

「まあ、な。そりゃしょうがねえじゃん、男だもん。浴衣とか着て来てくれちゃあと、またサイコー」

「浴衣は、考えとく。今もあのお姫様みたいな格好って、男の子がしてるの？」

「……いーや、もうどの山車も女の子が乗ってるよ。真弓《まゆみ》は特別だったんだ」

あまり有り難くないところに話題が戻ってしまったと逸らすすべを考えながら、達也はうっかり話を広げてしまった。

「特別って、かわいかったから？」

「まあ……それもあるけど。真弓の姉ちゃんが絶対女官の格好させてえっつって、なんでも言い出したら聞かねえ人でさ。とんでもねえ姉ちゃんなのよ、またその姉ちゃんが。小学校の入学式にもワンピース着せようとしたんだぜ？」

人様の家庭のことをなんだが、と思いながらも口に出さずにはおれず、言葉では伝え切れないだろう志麻《しま》のことを語る。写真を見て翁の話を聞いた亜矢に、真弓が昔かわいかったと言うのも気が進まなかった。

「着たの？」

「いいや。大河《たいが》兄が……真弓の一番上の兄ちゃんがさ、姉ちゃんに殺されそうになりながら止めて。この兄ちゃんがすげえ弟バカでさ、俺たちが真弓を揶揄ったりしようもんならすーぐすっ飛んで来てよ」

　声にするとすぐに、訳もわからずただ感情のままに真弓と接していた幼いころのことが思い出されて、懐かしく愛しく、何故だか辛くも思える。

「達ちゃん楽しそう」

　ふふ、と、少しだけ寂しそうに、亜矢は笑った。

「……別に楽しかねえよ」

「真弓くんは、ずっと女の子の格好してたの？」

「幼稚園までな。後は祭りだけだ」

　だがもしかしたら小学校のときもたとえ真弓が女の格好で登校して来ても、そのうち誰も気にならなくなったのではないかという気もする。学芸会や運動会のような機会があれば女子はすぐ真弓に女の服を着せようとしたし、真弓もそれを楽しんでいるように、あのころ達也には見えた。

「でも真弓だってホントは……ずーっとやだったのかもな」

　いつも笑っていた、怒ることはあってもあまり泣くことのなかった幼なじみは、沢山の兄弟と育ったせいか人の調和を量るすべを知っていた。目立ったわがままのほとんどは人を和ませる種類のものだったし、どうしてもと我を張ることは大抵誰かの負担になるようなことではなかった。

——俺……今年山車降りちゃ駄目かなあ。

だから余計に、あのときは驚いた。

——別に嫌じゃないよ。

俯いた横顔にも、伏せられた眼差しにも。

「……女官が？」

「わかんねえけどさ」

問い返されると思い込みという気がしてきて、何か自分が思い出を作り替えたようにも思えてくる。あのころ、あんな顔をする真弓を見た者は他にいないはずだ。

「でも、男の子だったら嫌なのが普通かもね」

「まあ、そりゃそうだわな」

遠慮がちに亜矢が言うのに、自分がおかしなことを言った気がして達也は苦笑した。

普通なら、亜矢の言うとおりだ。ただ真弓は、子供のころから人に与えられたものをどんなものでも厭《いと》うということをしなかった。

「だったら、皆のために我慢してくれてたんじゃないの？　いい子なんだね」

「いい子か」

多分その形容は間違っていないけれど、人の口から聞くとどうしても笑いたくなって、それが身内の気持ちなのだと達也は気づいた。

「でも俺あいつとは結構喧嘩もしたなあ」

「ひどい。達ちゃんの方が全然強そうなのに」

「そうだな。喧嘩って言うか、いじめたんだな。ありゃ」

幼なじみの中で一番真弓を怒らせたのは間違いなく自分だったと、子供のころのことを達也は思い返した。

——危ないから言ってるんじゃない！　殺されたって知らないから!!

真弓は寛容そうに見えたが譲らないときは強情で、ああやって癇癪を起こされると大抵の者は勢いに驚いて負けてしまった。

「わざと高い木に登ったり、川の際まで行ったりしてさ。倉の屋根にも上がったな……そうすっとあいつが怒り出すわけ。危ないからって」

冒険は真弓も好んだから、怒らせるにはそれ以上のことをしなければならなかった。

「そうやって怒らせたくて、そんで泣くまでやろうと思うんだけどあいつなかなか泣かねえから、その前にこっちが屋根から落っこっちまったりして」

どうしても怒らせたくて、泣かせたくて、そのことだけに夢中になってしまって達也はよくそんな風に怪我《けが》をした。

そうして気を失って目を覚ますと枕元で真弓が泣いていたけれど、真弓は達也に気づくなりいつもすぐに涙を拭《ぬぐ》った。

「バカッ、大っ嫌い！　って、目え覚ますなり平手だぜ。もうあちこちいてえっつうのにさ。そんでその後親父にどつかれて母ちゃんに蹴飛《けと》ばされて」

「大好きだったんだね」

くすりと、笑んで亜矢は目を細めた。

「子供のころ、その子のこと」

羨《うらや》ましいというように思い出をいとおしんで、やきもちは見せずに亜矢は笑う。

言われてしまえば自分のしたことが全て好きの裏返しだったという自覚ぐらいはあったが、頷かず達也は苦笑した。

「一回だけ、あいつが怒んなかったことがあって」

ぼんやりと、記憶は独りでに溯《さかのぼ》って最後に真弓を泣かせたときのことが思い出される。

「そんで、もう最後にした」

公園が近づいて、アスファルトにちらほらと半透明の花びらが舞い始めた。

「何を？」

道路の際の小さな水たまりには、風に乗れない花が濃く積もっている。

「好きな子いじめ」

冗談のように、達也は笑った。

合わせて亜矢も、小さく声を聞かせて笑う。

「なんだタツ、女連れかよ」

疎《まば》らに姿を現し始めた露店から、煙草に嗄れた声が飛んだ。

「紹介しろ、紹介」

見ると幼なじみの一人が、屈《かが》んで金魚を売っている。

「もったいなくておまえんなんか紹介できっか」

肩の向こうにいる亜矢を隠すようにして、達也は口の端をあげて憎まれ口をきいた。

「お熱いこって。幸せの証《あか》しに金魚買ってけよ」

「こんにちは」

肩を竦めた金魚売りの少年に、達也の左肩からひょこっと顔を出して亜矢が頭を下げる。

一瞬、複雑な顔をして見せて少年は黙った。

「……なんだよ」

亜矢が言うのはこのことかと初めて気づいて、憮然《ぶぜん》と達也が問い返す。

「いんや、あんまかわいいんでびっくりした。おまえにゃもったいねえぞ、タツ」

手を振って、少年は揶揄いを投げて寄越した。

「るせえよ」

肩を竦めて、達也が歩きだす。

「……すげえかわいいってさ」

手を振っている少年に頭を下げた亜矢の背を掌で急《せ》かして、達也は言った。

曖昧に、亜矢は笑う。

公園が近づくと、露店は隙間《すきま》なく道の傍を埋め始めた。元々車一台通るのがやっとの一方通行道路だ。日曜だから道路の入り口に通行止めの標識が置かれているのだろう。

「きれいね、桜。公園の中」

百花園前の公園をぐるりと囲むように植えられた桜が、丁度いい具合に枝を伸ばしあって敷地に屋根を作っている。

公園の中では町内会のテントが張られ大人たちが酒を飲み、商店街の出張所が普段使いのものを安く売っていた。

「あ……あの子」

植木や鉢物を並べた屋根のない花屋の出店の内側に、さっき写真で見た顔を亜矢が見つける。

「ああ、あれが真弓。よくわかったな」

ポケットに手を突っ込んで、仕方なく達也は花屋の出店に近づいた。

萩祭りの盛況で龍《りゅう》が気を良くしたのか随分と沢山の品が、ところせましと並んでいる。龍の美貌《びぼう》は買い物客のメインである主婦たちからは商店街一だと称《たた》えられ、亜矢の通う女子校ではキムタク様と崇《あが》められている。桜の下でも花がよく売れるのはそういう訳だ。

出店の中には主婦たちに愛想をしながら何か売りつけている龍と、何故だか最近よく花屋で見かける真弓の兄の明信《あきのぶ》がいた。真弓と、唯一本来のバイトである勇太《ゆうた》は、小さな花束を作っては新聞で巻いている。

「……よ。手伝わされてんのか、真弓」

隣で亜矢が真弓を気にしているのがわかって、避けて通る訳にもいかず達也は声をかけた。話してみればすぐに今はもう普通の友人だと亜矢にもわかるだろうと、そんな気持ちで。それに真弓にはもう、誰も間に入れないような恋人がいる。

「あ、来てたの達ちゃん！」

声に気づいて、花が弾けるように真弓は笑って顔を上げた。

「え？　もしかして彼女？　うわー紹介して紹介して！」

すぐに達也の隣の少女に気づいて、真弓が嬉々として立ち上がる。

「つめたっ、何すんねんおまえは」

弾みで大きく真弓が振り回した花の水滴がかかって、顔を拭いながら勇太も立ち上がった。

「……ああなんや、彼女連れなんかウオタッ」

向かい合った亜矢と真弓をちらと見て、少し困ったように勇太が溜息をつく。

何故そんな顔をするのかと勇太に文句を言いそうになりながら亜矢と真弓を振り返って、ようやく達也は、自分の大きな過失に気づかされた。

十四の夏祭りは、いつもの年より酷《ひど》く蒸し暑かったように、達也《たつや》は覚えている。朝からよく晴れて、気持ちが逸《はや》って竜頭町の生徒が落ち着かなく足をぶらつかせた教室も風が通らず、皆下敷きで扇《あお》いでいた。夏休みだったが、祭りで問題を起こさないようにとわざわざ言い聞かせるためにか毎年その日は登校日があったのだ。それまでは解散の号令を聞くと同時に同じ町内の者と廊下に飛び出し顔を合わせ、学校を飛び出したが、達也は本鈴を待たずに一人家路についた。

中学校から自宅への短い距離を走っていると、自分と同じようにフライングして学校を出た者が皆競い合うように駆けている。本当はそんなに急ぐ必要はなかった。出陣式はまだ日の高い午後六時、人が集まるのは五時からだ。だが大人たちはさっさと店から上がり仕事を早引けし西日が差すころには酒を仕込み始め、子供たちはそこかしこで軽く小競り合いをして、それぞれウォーミングアップに努める。走っている者の中には、既に朝から髪をきつく結い詰めた少女たちもいる。

だが達也が本鈴を待たずに学校を出たのは、そういういつもの理由とは違った。廊下で真弓《まゆみ》と会ってしまって一緒に帰るのも、真弓が中村縁《なかむらゆかり》と何か待ち合わせをしているのを見るのも嫌だったのだ。

路地裏で説明のつかない癇癪《かんしゃく》を起こして以来、達也は真弓とまともに喋《しゃべ》っていない。

「よう！　随分張り切ってんな！　達坊っ」

もう前日に済んでいる祭りの飾り付けに手を合わせ早くも支度を済ませている酒屋の親父が、いつもの三倍は雄々しい声を投げて寄越《よこ》した。

「あったり前よ！」

決まり文句を、達也が投げ返す。

「真弓ちゃんは一緒じゃねえのかい、床屋のばーちゃんがまだかまだかって待ってんぞ！」

「知るけえっ」

後から来るだろうと言えばいいものを、あっと言う間の癇癪を起こして達也は怒鳴った。どうせ大人たちにも、かつてなく長い真弓との不仲は知れている。わかっていて聞いているのだと思うと腹立ちも納まらない。

二カ月弱だが、こんなに長いこと真弓を無視したのは初めてだった。子供のころから何度もつまらない喧嘩《けんか》をしたし、臍《へそ》を曲げた真弓にそっぽを向かれたこともあったけれど、いつも長く感じたその口をきかない時間は実のところ数日で、お互いがいなければつまらないからちょっかいをかけ合ってすぐに元のさやに収まった。

随分真弓の明るい声を聞いていなくて寂しいと思う気持ちもあったが、今は真弓と話さないでいられることが達也には何故だか楽だった。必要以上に高ぶらずに済むし、訳のわからないことで激高して意味もなく真弓を傷つけずに済む。

「おうっ、何やってんだ早く支度して来い！　達っ」

お神酒《みき》が上げられている神棚がある寄り合い所でもうすっかり飲みに入っている世話役の年寄り衆が、既に酔っ払って声を上げた。

「今行くっつうのっ」

昔ながらの親方組が、この日はもっとも早くから楽しんでいる。中でも、今年新しく山車《だし》を仕立て直した大工の棟梁《とうりよう》と鳶職《とびしょく》の親方は、ひどく満足そうだ。

何処《どこ》かで風鈴が鳴るのを聞きながら、達也は靴を投げ出すように脱ぎ散らかして家に上がった。

「居間に掛けてあるよ！」

親戚が来るので何か凝った料理を作っているのだろう母親が、お勝手から声を投げて来る。

掛けてあるというのは、言わずと知れた祭りの支度だ。

「まだはええって」

そう言いながらも祭り半纏《ばんてん》を見ると達也も、否応《いやおう》無く高揚する。ここのところ苛々《いらいら》と沈み切っていた気持ちが、不意に晴れたようになった。

「着ちまうか」

独りごちて、かまわず制服を脱ぎ捨てる。鯉口《こいぐち》シャツと同じ柄の下を穿《は》いて、「竜三」の文字が入った半纏を勢いよく達也は羽織った。その姿になっただけでもう随分と気持ちが引き締まる。

「達ちゃんっ、先行ってんぞ！」

この時間では若衆の中では自分が一番だろうと達也は思ったが、ケンジが大声でそう言いながら店の前の往来を駆け抜けて行った。

「待てってっ」

先を越されるのが癪で、足袋《たび》を半端に履いて店に飛び降りる。

「おや達坊、張り切ってんね」

祭り料理の支度途中で何か足りなくなったのか仕出し屋のおかみが、魚を選びながら笑った。

「今日張り切んねえでいつ張り切んのよ！」

勢いづいて手を上げて、往来に飛び出す。草履を爪先《つまさき》に引っかけた不自由さで、達也は商店街を駆け抜けた。

けれど床屋の近くに差しかかったところで、軽かった足が止まる。

丁度真弓が、制服で角を曲がって来るのが目に入った。どの町会の山車に乗る女官も、床屋のおかみが一人できれいに仕立てる。

顔を合わせられず電柱の陰に隠れて、達也は真弓が床屋に入って行くのを眺めた。らしくなく何処か憂鬱《ゆううつ》そうに俯《うつむ》いている真弓は、達也に気づかない。

初めて真弓が女官として山車に上がったのは、小学校一年生、六歳の夏だった。最初は男のくせに女官なんてと、幼なじみたちで子供らしい幼稚な言葉で揶揄《からか》った。だってお姉ちゃんが喜ぶからと、真弓は涼しい顔でそれを躱《かわ》していたけれど、床屋の硝子《ガラス》に達也たちが張り付いて化粧を眺めているときは今のように俯いていた。

——またなんかいじわる言う気？

衣装も纏《まと》って支度が上がった真弓は、息を飲んで見ていた達也たちにきつい目で冷たい口をきいた。

いつものように憎まれ口をきこうと思ったけれど、達也は何も言えなかった。そのときの閊《つか》えはずっと喉《のど》に居座って、何が言いたかったのだろうと後から何度も考えたけれどわからなかった。わからないというよりは、その言葉が見えそうになると目を逸《そ》らして来たのかもしれない。

きれいだと、言いたかったのだろうか。床屋のおかみに手を引かれて往来に出て来た真弓の俯いた顔を、達也は今でもはっきりと思い出せる。でもそんなことは死んでも言えなかったし、野郎の幼なじみに言ってもどうしようもないことだ。

「……全部、女に思うようなことじゃねえかよ。くそ」

また理不尽に達也は、誰かに騙《たばか》られたような気がして苛立った。気がつくと真弓はもう床屋に入ってしまって、陽を跳ね返す道には祭りに急ぐ町の人の気配だけがざわついている。

「ちっくしょーっ、俺の青春を返しやがれ！」

突然達也は、堪えられずに商店街中に響き渡るような声で叫んだ。

「た……達ちゃん⁉」

まだ支度途中の真弓が、床屋から飛び出して達也を見つける。

「俺っ、今日は暴れっかんな！」

「いつものことじゃん……」

「るっせえっ」

呆《あき》れて目を丸くしている真弓に言い捨てて、達也は三丁目の山車倉へ走った。

誰も彼もが自分が一番乗りだと思っているが、もう結構な人数が準備万端で集まり始めている。

「おせえぞ達！」

「竜中は今日登校日なんだよっ」

熱意が足りなくて遅れたと思われるのは心外で、上半身裸でもう汗を掻いている丈《じよう》に達也は言い返した。

「見ろ、ガッコ行った連中の中じゃ俺が一番乗りだ。終わる前にぶっちぎって来たんだよ、俺はっ」

「ちゃんと学校行けこのバカ！」

大見得を切ると今度は、店を放り出して来ている父親に頭をはたかれる。

「げ、親父」

「遅れてごめんなさい、夏期講座があって」

後ろからは囃子《はやし》隊の明信《あきのぶ》が、特に遅くなった訳でもないのに謝りながら現れた。気の早い娘囃子たちは、達也が学校にいる時分からもう鉦《かね》や太鼓を鳴らしていたのだ。教室にも、氏子たちを呼ぶようなその音は届いていた。

「笛が入んないと締まんないよ、明ちゃん！」

明らかに明信より年下の少女が、叱《しか》りつけるように声を上げる。

「今行くよ、ごめんごめん」

「おっせーぞ明！」

慌てて法被《はっぴ》の前を締めながら山車に上がった明信の尻を、こちらもすっかり盛り上がっている龍《りゅう》が叩《たた》くようにして押し上げた。きっちり着込まれた、あの藍染《あいぞ》めの鯉口が過ぎるほど似合っている。

少年のころの龍はハレもケも無関係に随分暴れたと聞くが、おとなしくなったと言われている以前の彼はほとんど達也の記憶にはない。これでおとなしくなったというなら前は一体どんなものだったのかと聞きたいところだ。

だが確かに龍は、羽目を外さない。山車を引いているときは暴れるが、怪我《けが》人が出るような段になると年寄りたちと一緒に若い衆を止めている。

「よく止まれるよ、わけわかんねーな」

いつもよりさらに鼻っ柱が強くなっている達也は、肩を竦《すく》めて意味もなく空に正拳を突き出した。

「こー、燃えたらよ。死んでもいいぐらいの勢いで突っ込まねえとさ、男は。な、丈兄！」

「おうよ達坊っ、わけーのにわかってんじゃねえか！」

雄叫《おたけ》びを上げて達也と肘《ひじ》を合わせた丈に、「わけーのにとは随分ナマ言ってやがる」と大人たちが笑う。

「あんまり暴走しないでくれよ。頼むから」

祭りのときでも高ぶるということがない明信が、不安そうに丈に釘《くぎ》を刺した。

「だからっ、今日暴走しねえでいつすんだっつの！」

「そうだよ、水差すなよ明ちゃんっ」

すっかり息を合わせて達也と丈が騒いでいるところに、支度を済ませた真弓が、床屋のおかみに連れられて来る。

「おーっ」

「きれいだぞ真弓ちゃん」

「うん、別嬪《べっぴん》別嬪」

もういい加減できあがっている年寄りたちは、少女に投げるのと同じ褒《ほ》め言葉を口々に言った。

「最後だからね、うんと飾り立てたよ。見納めだよ、真弓ちゃんの女官は」

簪《かんざし》と紅を確かめるようにして、おかみが真弓の裾《すそ》を上げてやる。山車の上からも手を引かれて、真弓はおとなしく台に上がった。

「そうかあ、真弓ちゃんももう十五になるか」

「初めて山車に上がったときはちっこかったのになあ、俺も年とるはずだ」

「自慢の女官だったのに、寂しくなるぜ。おいちゃんは」

最後だとか納めるとかいう言葉に弱い人情家たちは、急に惜しくなってか「よよ」と涙を拭《ぬぐ》う。

「大袈裟《おおげさ》だなー。来年からは仏具屋の明日佳《あすか》ちゃんが上がるよ、かわいいよ。それに来年は絶対みんなと同じ半纏着て山車引くし」

「げ、士気が下がるだろ。女官が急に鯉口に半纏じゃよ。浴衣で来い浴衣で、花とか金魚とかそういうので」

「なんだよーケンちゃん、仲間外れ!?」

幼なじみの気軽さで、ぽんぽんと言い合いが始まる。

せっかく高まった気持ちがまたぼうっとしてしまって、口もきけずに達也はいつもの年より少し大人びて映る女官姿を見つめた。

ほとんど少女と変わらないと思っていたけれど、やはり少女よりは大人になるのが早い。年齢で区切るなんて意味がないと思うこともあったが、確かに来年は山車には上がれないかもしれない。

「やっとこっち向いてくれた」

頭上から不意に声を投げられ、合わせないでいたつもりの目線を合わせてしまったことに達也は気づいた。

竜三
竜三
竜三

「何ずっと怒ってんの達ちゃん。さっきもなんか叫んじゃって、これみよがしにさー」

少し甘えた、兄たちにするような口調で真弓が口を尖《とが》らせる。

「俺そういう理不尽な態度ちょー嫌い」

拗《す》ねた目線で見られて、達也はもう強情な態度を取ることができなくなった。

「てゆーかかなり寂しかったよ。達ちゃんに無視されてさ」

意固地な頑《かたく》なさを溶くすべを、真弓はよく知っている。

「無視してねえよ」

寂しいという言葉に胸を乱されて、顔を顰《しか》めて達也は随分と久しぶりに真弓とまともに口をきいた。

「してたじゃん、思いっきり」

さすがに不満をあらわに、真弓が達也の目を追う。

「俺、なんかした？　山車降りたいって言ったの、そんなに頭きた？」

けれど目に力を込めたのは一瞬で、すぐに真弓は俯いてしまった。

素振りではなく、真弓が本当に傷ついていることが達也には見てとれてしまう。時折真弓は末っ子の強《したた》かさでそういう芝居を打ったけれど、長い付き合いの達也には本当に力ないときとそうでないときの区別は一目でついた。

「……してねえよ」

説明もできない己の感情一つで、いつでもしゃんとしている真弓をそうまで追い込んだのかと、いまさらその勝手さを達也が自覚する。

「おまえはなんもしてねーよ。ごめん、俺が悪い。ただrealさ、俺」


だが自覚したところで筋の通った言い訳などあるはずもなく、早口に謝って達也は口ごもる他なかった。

「……ただ？」

その居たたまれなさは察してくれるのか、遠慮がちに真弓が問い返す。

不意に地鳴りのような青年たちの声が、二人の会話を遮断した。見ると数人が円陣を組んで雄叫びを上げている。気の早い盛り上がりがどうにも止められないのだろう。いつもの年なら達也も、あの輪に飛び込んで拳を上げているところだ。

「達ちゃん」

そちらに気を捕らわれてしまった達也を、やんわりと真弓が呼んだ。

「続き、後でいいよ」

年に一度の大騒ぎに水を差すほど無粋ではないと、真弓が首を振る。

「てゆーか、機嫌直してくれんならもういいや。訳とか、ないときあるもんね」

山車に上がっておとなしくしていなければならない真弓だが、皆と同じにこの日を楽しみにはしているのだ。

「悪い、ホントに」

「いいって、もう」

行きなよ、と手を振った真弓に、けれど言い忘れたことがあるような気がして達也は留まった。

「……あのさ」

「なに?」

六歳のころから眺めて来た女官姿の、今日は見納めだ。毎年、言いかけては言えずにいたことを、言おうかどうしようか迷うのも今年限り許されることだ。

「どしたの? ホントにもういいって」

謝罪の続きだと誤解して、真弓がくすりと笑う。

「ああ……そうだな」

喉までも来ない言葉をあきらめて、達也は目を伏せた。

それを自分が言わないのが普通のことなのか、意気地がないからなのか。考えても達也にはわからない。

「中村縁は?」

顔を上げて、話を変えるような何げなさで達也は真弓に聞いた。

「うん? 来てるんじゃない?」

真弓もどうでもいいことのように答えたが、声が少し不自然に上ずる。

「まだ会ってねえの」

「だって真っすぐ床屋さんからここ連れてこられたんだもん」

ちらと真弓の目が人を探して、人込みの中を泳いだ。

「真弓ちゃん、達坊」

山車の前からよく知った声に呼ばれて、真弓と達也が同時に振り返る。シャッターの下りる重い音がして、カメラを構えた写真屋の翁が笑った。

「今日は伜《せがれ》と二人がかりで沢山撮るよ。長いこと山車の上で頑張ってくれた女官の見納めだからね」

皆と同じことを言って、皆と同じように翁が真弓を惜しむ。

「うん、きれいに撮ってね。頑張るから」

曇りのない、満面の笑みを真弓は翁に向けた。

もう一枚、とその笑顔を撮って、出陣前の盛り上がりを撮りに翁が山車を離れて行く。

女官は嫌だと言った気持ちは納まったのかと達也が真弓を見ると、翁のために明るさを撒《ま》いた笑みは萎《しぼ》んで陰っていた。

「……大河《たいが》兄間に合うかなあ」

ふと心細そうに、真弓が溜息《ためいき》をついて一番上の兄を探す。

「そっか、見ねえと思ったら仕事か」

長年張り切って山車を引いていた大河の姿が見えない訳をようやく悟って、達也はポンと手を叩いた。

「女官最後だから絶対来るって言ってたのに」

「会社勤めになるとみんな来れなくなるもんなんだなあ、練習も一回も来なかったし。そんなに忙しいのか」

こうやって姿を見なくなる引き手たちがいることをいまさら思い出して、少し寂しく真弓に尋ねる。

「うん。なんかすっごく手のかかる新人作家の人がいて、京都《きょうと》に原稿取りに行かなきゃいけないかもしんないんだって。毎月言ってるんだけどさ」

学生時代とは比べものにならないほど大河が忙しくなったことにまだ慣れない真弓が、つまらなさそうに呟《つぶや》いた。

「お姉ちゃんもいなくて大河兄もいなかったらさ……こんなの重いだけだよ」

二人を喜ばせることもできなければ意味がないと、長い袖《そで》を振りながら真弓が俯く。

「……何言ってんだよ。みんな見納めだって、惜しんでただろ」

憂鬱そうな真弓が辛くて、達也は山車に肘を乗せて顔を突き出した。

「そうだった」

失言をすぐに悔いて、真弓が苦笑する。

「俺だってさ」

それでも晴れない真弓の目に笑みを取り戻したくて、達也はさっきしまい込んだ言葉を胸の奥に探した。

簡単には見つけられない。長いことその蟠《わだかま》りのような熱はそこにあったけれど、ずっと達也はかまわずに放って置いたのだ。見ない振りをして、気づかない素振りで。

「すげえ、張り切って引くから俺。シャンとして乗ってろよ？　なっ！」

だからそれが、達也には精一杯の言葉だった。真弓の肩を無遠慮に叩いて、大きな声でただ励ます。

「うん、頑張る」

受け取って、幼なじみは笑ってくれた。

「おいっ、出陣式やんぞ!!」

大きく響く龍の声に、達也は顔を上げた。

「行きなよ」

肩を叩き返して、真弓が笑う。

そうして、ずっとこんな風に小さな感情のやり取りを繰り返して行くのだと信じていたころもあったのに。今はどうしようもなく居残る寂しさが、晴れようとしても胸から動かない。

それでも達也は、真弓に手を振って出陣式の輪へ駆け出した。


陽が完全に落ちても熱気は上がる一方だったが、午後九時にいっせいに神社の前に集まってそれぞれお囃子を高く聞かせながら山車を回して、祭りは取り敢《あ》えず解散となる。燃え尽き足りない若い者たちが、祭り最中にあった競り合いを引っ張ってあちこちで喧嘩を始めるのでこの解散後が町は一番荒れた。時には店を畳んだ露天商の人間もその揉《も》め事に参加し、軒先の縁台や自販機の前で誰も彼もが冷めやらない熱を惜しむように騒ぎ続けた。

「てーめよくもあんなせめえ道で突っ込んで来やがってっ！」

「るせえ終わってから負け惜しみ言ってんじゃねえよ‼」

一本締めも済んで山車を倉に納めたのにその倉と倉の間で、二丁目と三丁目の若い衆が揉めに揉めている。

「おーい、ジュース配るぞ、ジュース」

自分はとっくに樽《たる》から汲《く》んだ升酒《ますざけ》を浴びるほど飲んでおきながら、その喧嘩をジュースで止めようというのか三丁目の集合場所から龍が適当な声を上げた。

「ほっとけほっとけ、聞きゃしねえって」

祭りの憂さは祭りで晴らせと年よりたちはいつも口を酸っぱくして言ったが、いざとなるとあまり強く叱らないところをみると誰も若いころは似たり寄ったりだったのだろう。

「ったく、不完全燃焼だっつの」

言いながらもその揉め事には加わらずに、達也は汗を拭《ふ》いて祭り半纏を脱いだ。

「暴れまくってたじゃねえかよ、おまえ」

配ると言ったジュースも配らず肩にびしょ濡れの鯉口をかけた半裸の龍が、労《いたわ》ってか達也の横にしゃがむ。

「だけどよ、本町にあんなに道塞《ふさ》がれたのに親方たちには止められるし。思いっきり山車ぶっけちまえば良かったんだよ」

パッと手を出して升の酒を一口失敬して、ぼっと耳に火がつくのを感じながら達也は鼻から息を抜いた。

「カッカしてっからわかんねんだろうけど、あの勢いでマジでぶつけたら死人が出るっつの」

「んだよーシラケんなー。もうさ、俺なんか今日辺り死んでもいいぐれえの気だったのにさ」

「なーに抜かしてんだこのクソガキ」

遠慮のない口をきいた達也の頭を、龍が肘で思いきりどつく。

「イテッ」

「死ぬときゃもっといてーぞ。……ったくよ、どしたんだおめーは。祭りですっきりしねえって風情じゃねえな」

「すっきりしよかと思ったんだけどよ」

「失恋でもしたか。ん？」

もう一度肩を肘で突かれて、言葉と突きの両方に達也は噎《む》せ返った。

「いてえって……っ。ったくよっ、龍ちゃんもおっさんになったもんだぜ。言うことがうちの親父とかわんねえってそれじゃ」

「忘れろ忘れろ、女の一人や二人三人や四人。振られてなんぼだぞ男なんざ、後で振り返って見りゃたいした女じゃねえもんだって」

達也のむきになりように図星と悟って、慰めのつもりなのか龍が手を振る。

「……なんも知んねえくせに、たいしたことねえとか言うなよ勝手にっ」

しゃがんだ足に頬杖《ほおづえ》をついてぼうっといつの間にか幼なじみの顔を思い浮かべていた達也は、前後の繋《つな》がりも見境も忘れて声を荒らげた。

「おいおい、内輪もめはやめとけよ」

あっちでもこっちでも揉めてるうえにここでもかと、古い造りの酒屋の土間から呆れたように年寄りが声を投げて寄越す。

「わりいわりい、本気だったんだな達坊。ガキのくせに……いや、ガキでも失恋は失恋か。まあ振られたんなら酒でも飲んで忘れろ。ほれ」

謝りながらも中学生の失恋話などまともに聞き入れず、ひょいと龍は升を達也に差し出した。

「……本気ってなんだよ」

なんの話だか自分ですっかりわからなくなってしまった達也が、忘れろという言葉にだけ引かれてその升を摑《つか》む。

「くそっ」

「お、いい飲みっぷりだ」

たいして残っていなかった酒を上げた達也に、龍はかなり適当な拍手を聞かせた。

「ちょっと、何してるんだよ龍ちゃん。駄目だって中学生にお酒なんか飲ませちゃ」

来年まで使わない笛の後始末を終えて来た明信が、目ざとくその姿を見つけて龍を咎《とが》める。

「いいじゃねえかよ、舐《な》めるくれえのもんだ。祭りだし」

「達坊、大丈夫?」

「全然」

平気だ、と達也は明信に答えようとしたけれど、しゃっくりに阻まれて最後まで言えなかった。今までも一滴も飲んだことがない訳ではないが、走り回った後だし腹も減っているので回りが早い。

「そういや大河兄、間に合ったのかよ。祭り」

ついでに足がよたついて後ろに尻をつきながら、達也は明信を見上げた。

「どうかな。お囃子やってるとあんまり道が見えなくて。絶対写真撮るって朝まゆたんに言ってたけど……まあお祭りの写真は町会のみんなが撮ってるし」

「真弓、見に来て欲しかったみてえだよ」

「そっか……」

「志麻《しま》姉もいなくて大河兄も来ねえなんて、かわいそうだあいつ」

明信にぼやきながら何か八つ当たりのようだと、少し酒で熱くなった息を達也は抜いた。

「しょうがねえだろ、会社勤めなんだぞ大河は」

気軽に平手で、龍が達也の後ろ頭を叩く。この辺りは老人と子供のほかは自営業の者が多く、毎朝出勤するというだけでも会社勤めは充分敬われた。

「だけどよ、真弓待ってたんだぞ」

もちろん中学生の達也には、勤め人の苦労などわかろうはずもない。

「最後だったもんね。ちょっとはしんみりしちゃったみたい、まゆたんも」

「もう脱いじまったのか」

しみじみと言った明信にもう一目と思ってか、龍は辺りを見回した。

「床屋さんに連れられて行っちゃったよ」

少し残念そうに明信も、苦笑して答える。

言われなくても達也は真弓が連れられて行く姿を一人見送っていて、まだ残像のように最後の女官姿ははっきりと手元に残っていた。

「……燃え尽きてえ」

せめて暴れてすっきりしようとしたのにそれもできないまま、まだ祭りが始まる前と同じ靄《もや》を胸に飼っている自分にはいい加減苛ついて、髪を搔《か》き毟《むし》りながら達也が頭を抱え込む。

「祭り終わってそんなんじゃあ、相当なもんだな」

同情というよりは感心したように、年寄り臭く龍は溜息を聞かせた。

「なんの話？」

「好きな女に振られたんだと」

「誰が……っ」

「へえ」

誰がそんなことを言ったと立ち上がろうとした達也の勢いを殺《そ》ぐように、まるで呑気《のんき》な相槌《あいづち》を明信が聞かせる。

「子供のころはまゆたんと結婚するって言ってたのに……もうちゃんと好きな女の子がいるな

んて、そんな年頃なんだね。人の子供が大きくなるのは早いなあ」

他の人間が言えばばかにしているようにしか聞こえない言葉だがどうやら心底感心している
らしく、明信は深々と溜息をついた。

「中坊だぞ、明。俺でもそこまで失礼なこた言えねえぞおい」

さすがに達也を気の毒に思ってか、龍が明信を咎める。

「言ってねえよ俺っ、真弓と結婚するなんて一回も！」

女の子だと思い込んでいた幼稚園のころは好きな子にプロポーズするような軟派なガキ大将
ではなかったし、男だとわかってなお結婚すると言えるほど非常識なつもりはなかった。

「そうだっけ？」

「そういうこと言ってたのはケンジたちだっ」

「むきになるとこじゃねえぞ。そこ」

呆気《あっけ》に取られている明信の隣で、それは危険だと龍が手を振る。

「もしかしてまだ初恋ふっ切ってねえのか。おまえ」

「だっ、誰が真弓が初恋だって言ったよ！」

「……言っとっけど俺は言ってねえぞ一言も」

逆上して自爆した達也に大きく溜息をついて、龍は親切にも達也のために辺りを見回した。

「え、達坊まだまゆたんなの？　ああ見えても本当に男の子なんだよ、本当に」

真顔で心配しながら明信が、ご丁寧に追い打ちをかける。

「そんなんとっくに知ってるっつの……もうさ、頼むからそっとしといてくれよう俺のことは」

これ以上ここにいては傷口をこじ開けられるだけだとようやく悟って、よろよろと達也は立ち上がった。

ここはやはり憂さ晴らしに一つ喧嘩に馳《は》せ参じるべきかと、もはややっている方も理由がわからないのだろう乱闘に目をやる。

それを遠巻きに眺める明らかによそ者という風情の少女たちの集団を、運悪く達也は見つけてしまった。何処か目立つ、似たタイプばかりの容姿の整った浴衣姿の娘たちは、達也の中学の一際男子に人気のある一団だ。

「……中村縁」

その中に、もちろんその少女の姿もあった。

「お、めんこい子たちじゃねえか。もしかしてあん中にいるのか、おまえ振ったの」

その誰かを待ってる風情のよそ者を凝視する達也に気づいて、龍が気遣いのかけらもない口をきく。やはり龍は中学生の色恋沙汰《ざた》など屁《へ》とも思っていない。

「別にかわいくなんかねえよっ」

もう何もかもが腹立たしくて、達也は啖呵《たんか》を切って場を離れた。

「難しいお年頃だねえ……」

「龍ちゃんが悪いよ」

後ろから悪びれない龍の呟きと、自分は何も失言をしていないと思っているらしき明信の声が聞こえて余計にカッカしながら、達也はその同級生たちを横目で睨《にら》んだ。

クラスが一度も同じになったことがない子たちばかりで、そうなるともうお互い外で会っても声をかけ合うことなどない。

「ねえ、ちょっと。七組の子でしょ」

礼にかなっているとは言い難い不躾《ぶしつけ》さで、驚いたことにその少女たちの中の一人が達也を呼び止めた。

「……そうだけど」

振り返ると気まずそうに達也に声をかけたのは、苛立ちの根源中村縁だった。

「帯刀《おびなた》と、仲良いんだよね。今日も帯刀が乗ってる山車引いてたよね」

「同じ町会だからな」

近くで浴衣姿など見るとやはり男子が騒ぐだけのことはあって格別にかわいらしかったが、憮然《ぶぜん》としたまま達也は答えた。

「真弓のこと待ってんだろ。もうすぐ来るよきっと、今衣装解いてるとこらしいから」

結局はそれが聞きたいのだろうと、長く話すのも嫌で簡潔に教える。

「そうじゃなくて……仲、良いんだよね。ええと、あんた」

名前がわからないのか、中村縁は少し考えてから達也にもう一度聞いた。

「ああ、幼なじみだけど。真弓とは」

「そしたらさ」

何か伝言があるのか、都合も聞かず彼女は路地裏に達也を手招きする。

たったそれだけのことで、随分勝手でわがままだと早くも印象を悪くして、眉間《みけん》に皺《しわ》を寄せながら達也はそれでも彼女について行った。真弓への伝言なら、どうしても気になる。

「ヒューヒューッ、達っ、えらい別嬪じゃねえかよ！」

喧嘩していた幼なじみたちは女と言えばすぐに目ざとく手を止めて、すかさず揶揄いの声を投げて寄越した。

「るっせえなっ、俺の客じゃねえよ！　真弓のだ!!」

癇癪を起こして怒鳴った達也に、少年たちは顔を見合わせる。

「ま、まゆたんなら女友達も沢山いるだろ。そりゃ」

真弓のすぐ上の兄はそんな風に美少女の来訪を納得して、隙《すき》を見て殴りかかって来た他町の青年を張り手で倒した。

「ちょっと、そんなこと大きい声で言わないでよ」

「んだよ、ホントのことだろ？」

人気のない方に引っ張られて、裸足に草履になってしまった足を落ち着かなく達也が蠢《うごめ》かす。

「帯刀なんか喋ったの？」

彼女が責める口調になるのに、自分がうっかり喋り過ぎたことに達也は気づいた。

「……いや、おまえが見に来るってだけ」

「本当に？　本当にそれだけ？」

「ああ。楽しみにしてたよ、あいつ。だから待ってたらすぐくっから、その辺に適当にいろって」

人を引きつける目をする彼女を長くは見ていたくなくて、いつの間にか摑まれていた腕をすげなく達也が振り払う。

「あ……ごめん。でもちょっと待って、あたしもう帰るから。帰ったって、帯刀に伝えてよ」

言い難そうに中村縁は、早口にそんなことを言った。

「……なんで。まだあいつと話してねえだろ？」

出陣式の後山車はほとんど止まることなく町内を駆け巡っていたから、たまの休憩ぐらいしかそんな機会はない。そしてその休憩のたびに達也は真弓を見ていたから、真弓が町会以外の人間と話していないことは知っていた。

「うん。でもお祭りは見たし」

「なんか約束してたんじゃねえのかよ」

「あたし、来たいって言って勝手に来ちゃっただけだから」

「あいつ、おまえ待ってっから急いで着替えに行ったんだぞ」

期待を持たせて会わずに帰るという彼女が許し難くて、達也は口調を荒くした。

「怒んないでよ、別に何も約束なんかしてないし。お祭り楽しかったから。じゃあ、そう伝えて」

「伝えてって……なんだよすっぽかすのかよ」

「だから約束なんかしてないってば」

強い口調で咎めた達也に、彼女も負けずにきつく返す。

そのまま、中村縁は友人たちと連れ立ってそそくさと町会の集合場所を離れて行ってしまった。

「おい……ちょっと待てって……っ」

どうやって引き留めたらいいのかわからず、言い淀《よど》みながら追って達也も広い通りに出る。

「いいの？　会わないで帰って。付き合うんじゃなかったの？　帯刀と」

少女の一人が、中村に声をかけるのが聞こえた。

「かわいいかわいいって、すごい盛り上がってたじゃない。向こうだって結構その気だったと思うよ」

友人たちの声は、責めているのか揶揄っているのか聞いていても達也にはわからない。

「かわいい通り越して、男の子なのか女の子なのかわかんないよ。あれじゃあ」

夜に響いた、思いやりのかけらもない言葉に、達也は聞いていて背が粟立《あわだ》った。

「てゆーかまるっきり女の子じゃない。ちょっと萎えた」

同い年の少女のことを、自分たちも似たような言葉で切り捨てることがある。相手にも自分と同じように感情があるなどと推し量れる余裕は誰にもないし、想像する力も足りない。

けれど酷い言葉で切り捨てられた幼なじみがどんな風に傷つくかは、達也はよく知っている。

「……中村……っ」

許し難く追いかけようとした達也の腕を、不意に、誰かが摑んで止めた。

「……真弓」

勢いを殺がれて驚いて振り返ると、化粧を落として鯉口シャツに着替えた真弓が、達也の肩越しに少女を見送っている。明らかに真弓の目は、今の話の全《すべ》てを聞いてしまっていた。

「もう、脱いじまったのか」

望みはほとんどなかったができれば達也は中村縁の言葉を真弓には聞かずにいて欲しくて、わざと明るい声を聞かせた。

「うん、今までお疲れさまって、呉服屋のおじさんが鯉口くれたから着てみたくて」

気持ちに応えるように、真弓も笑う。

「それに……中村待ってるかなって思ったから」

けれど無理は長く続かず、小さく溜息が漏れた。それでも、真弓は達也を見上げて笑顔を消さない。

「はい、配給のジュースとお菓子。お稲荷《いなり》さんも貰《もら》って来た」

達也の分まで貰って来てくれたのか、抱えていた二人分のうちの一つを真弓が達也に差し出した。

「腹減ったな。あっちで食うか」

はっきりしないやきもちのような感情で真弓に当たる理由は目の前でなくなったけれど、何も言わない真弓が中村の言葉をどう受け止めているのかはわからず、達也もどんな態度を取ったらいいのかわからなかった。

「うん」

今はもう片付いて人気のない神社を指した達也に、真弓は素直に頷《うなず》いて笑う。

「しけてるよな、あんだけ引いてジュースとお菓子なんてよ」

もしかするとそんなに傷つかなかったのかとホッとしながら、達也は社の階段に腰を下ろした。並木の外はまだ大騒ぎだが、人の引いた境内は静かだ。

「お稲荷さんもあるってば」

町内会費とは別に和菓子屋の伊勢屋《いせや》が振る舞ってくれた稲荷を、真弓が二人の間に置く。

「大人んなったら俺、ぜってーあの樽酒《たるざけ》死ぬほど飲んでやる」

「あはは」

以前とすっかり変わらない口調で憎まれ口をきいた達也に、真弓は笑った。酒屋から出されたのだろう缶ジュースを開けて、一口、真弓が喉に通す。

笑いの後の小さな間は変に寂しくて、ぼんやりと達也は真弓の横顔を眺めてしまった。

「……大人に、なれんのかなあ。俺」

口元だけ笑んで、似合わない鯉口をはためかせて真弓が俯く。

「おっきくなんのかなあ」

冗談にしようとしたのだろうけれど声は浮いて、真弓も、そして聞いている達也も後を続けることができなかった。

「達ちゃんはどんどん伸びんのに、なんで俺全然伸びないんだろ」

どうしていいのかわからず躊躇《ためら》っている達也の気配に気づいて、真弓が顔を上げて笑う。

「まだ、クラスで一番ちんまいのか」

「前ならえしたいよー」

溜息交じりに聞いた達也に、前ならえのポーズを取って真弓はおどけた。

「まっ、いっか。おかげさまで女官の衣装も十四まで着られたしね」

肩を竦めて、真弓が稲荷を頬張る。

ごはん粒の付いた、鯉口を着てもまだ充分に少女に見紛う真弓の頬を達也は見つめた。

――お姉ちゃんも大河兄もいなかったら、こんなの重いだけだよ。

もしかしたら真弓は、心から喜んでそれを着たことが一度もないのではないだろうか。

「……俺」

自棄《やけ》のように、真弓は二つ目の稲荷を口に詰め込んだ。

「でもやっぱずっとこのまんまなのかな、達ちゃん」

本当にそれを不安に思うように、小声で真弓がもう一度達也に問う。

「いつまでも女の子みたいでさあ、また好きな子できても振られちゃうのかな」

「……好きだったのかよ、中村」

はっきり聞くまでは何処か信じたくなくて、遠慮がちに達也は尋ねた。

「だってすごいかわいいじゃん中村って」

「まあな」

短絡的な理由を言った真弓が可笑《おか》しくて、小さく達也が笑う。

「お互いさまってとこだ、そんなん」

「お互いさまあ？　振られたの俺だよ？」

口を尖らせて真弓は、膝《ひざ》に頬杖をついて並木の外の喧噪に目をやった。

「だいたいよ、そう簡単にうまくいくかっつうの。俺だってこないだ振られたぜ、三組の松井《まつい》に。あっちが気いあんのかと思ってちょっとガッコの行き帰りとか会ってみたんだけどよ、何考えてんだかわかんなあい、かなんか言いやがって」

「え!?　また振られたの達ちゃん！」

「またって言うなよっ」

成り行きというか付き合いで教えたことに遠慮のない突っ込みを入れられて、達也が歯を剝《む》く。

「だってさ、俺が振られるのはわかるけどさ。全然、男っぽくないし」

「中村縁に見る目がねえんだっつうの。外見のことしか言わねえじゃねえかよ」

「だからお互いさまなんでしょ？」

自分で言ったことに少しも責任を取らない達也に、真弓は笑った。

「でも中身なんてさあ、だって。そう簡単には見えないし」

かわいい、と言って近づいて来る女の子は少なくはないけれど、同じ理由で離れて行かれるのも中学に入ってから真弓はこれが初めてではなかった。心が触れ合ってお互いにわかり合える相手に出会える日が来るなどと、今はとても真弓には信じられない。

「達ちゃんのことなら、声聞いただけでだいたい何考えてんのかわかるのにさ」

「俺だっておまえなら顔なくてもわかる」

言っても詮無いことをお互いにぼやきあって達也は、ずっと胸にしまっていた仕方のない望みが首を擡《もた》げるのを、不意にどうしても我慢できなくなった。

「……なんでおまえ、女じゃねえの」

まだ止まない喧噪の中で、誰かが戯れにまたお囃子を鳴らし始めるのが並木越しに聞こえてくる。

「したら話は簡単なんだよ。俺もおまえもさ、何考えてんだかわかんねー奴に振られて落ち込んだりしねえで。喧嘩したりはすっけどさ、てきとーな年んなったら、俺はおまえ貰ってさ」

真弓とはそうはなれないとまだはっきりと知らないころ達也は、誰にも言わなかったけれどそんな夢を描いていた。

そんな恋敵はきっと、この界隈《かいわい》には他にも沢山いただろうが。

「きっと親父もお袋も喜んで。なのになんで」

そして誰にも言わなかったけれどきっとみんな達也だけが本当に本気だったと気づいていて、不憫《ふびん》に思われていたのだろうことを達也も知っていた。

「なんでおまえ男なんだよ」

それでもみんな冗談にしてくれたから、達也も軽口で返して笑ったり怒ったりで済んで来たのだ。

「……そうだよね」

覚えず言ってしまったけれどきっと真弓は怒るだろうと、達也は少し身構えていた。

「なんで俺女の子に生まれて来なかったのかなあ」

なのに真弓は瘦《や》せた声で、頼るものを探すように達也の肩に寄りかかる。

「どうせ男の子になんか、見られたことないしさ。背も伸びないし」

「真弓……?」

「あ、気にしてないよ全然。女の子に見られんのなんか。女の子の格好すると、お姉ちゃんすごい喜ぶし。本当はさ、やめろって言うけど大河兄だって丈兄だって喜んでんだよ。明ちゃんは……わかんないけど。みんなさ、一人ぐらい妹が欲しかったんだ。女の子のお祝い事って華やかじゃん、七五三のときとかすっごい楽しそうだったもん。写真いっぱい撮っちゃって。俺人が喜ぶの大好きだから、俺も嬉しかったよ」

問いかけた達也に、手を振って早口で言ってから真弓はジュースを飲み干した。

「でもさ」

ふと、言葉を切って真弓は舌の上で空の缶を振る。

「でもさ……俺が本当に、本当の女の子だったらきっとみんなもっと嬉しかったんだよね」

「な……に言ってんだよ」

「偽物の女官じゃなくてさ、七五三も成人式も。達ちゃんのお嫁さんにもなれちゃったりしてさ」

皮肉や僻《ひが》みとは違う、何処か寂しそうな声が、呟きが達也の胸を抉《えぐ》った。

「達ちゃんのおじさんとおばさんにもたまーにさ、真弓ちゃん女の子だったらうちの看板娘になってもらえたのにねえってゆわれるし」

少しも、達也は気づかなかった。当然のように、真弓は本当なら女の子が請け負う役割を果たして。

「女の子だったらみんなにすごい喜んでもらえて、達ちゃんちで魚売れたのになあ」

それで真弓も楽しんでいるものだと、多分皆がそう思い込んでいるように達也もずっとそう思っていたのだ。

「……別に……っ」

どうしようもなく許し難いものが込み上げて、達也は石段から立ち上がった。

「魚なんか売ってくんなくたっていいよ！」

膝の上に真弓が置いてくれた菓子が、ばらばらと石段の下に散る。

肩にいたはずの真弓は、驚いたように達也を見上げていた。

「……どうしたんだよ達ちゃん、本当に。こないだから」

「俺は……っ」

いつの間にか、知らない間に沢山真弓を傷つけて来たことを達也は不意に思い知ってしまった。聞いても真弓は、そんなことはないと笑うだろう。そんなことは決してしたくなかったのに、それでも確かにきっとずっと真弓を傷つけて来たのだ。

「お取り込み中悪ぃけど……おまえ竜三のやつなんだってな」

言葉を見つけられずに立ち尽くしている達也の後ろから、何処かで聞いた覚えのある声が投げられた。

「あんたら……」

本町の祭り半纏を着た三人組が、鳥居の下から達也を睨んでいる。よく見ると彼らは、この間揉めた工業の生徒だ。折悪しく達也は、今日道で山車がかち合ったときに勢いでは済まないほどの啖呵を本町に向かって切っていた。

「この間はわりーことしたな。ガキのくせにかわいい彼女連れやがってって思ったら、竜三は女官が男なんだって？」

「むなしいもんだなー、野郎で間に合わしてんのか。おめーらんとこは」

柄の悪さで売っている工業の学生としては中学生に言われっぱなしで逃がしたままではおけないのか、まだ口調は穏やかだが明らかに挑発している。

「駄目だよ達ちゃん。反対側から逃げよ」

「駄目だよ達ちゃん？　かーわいいねー、ホントに男か。男のくせに化粧して女のかっこして、ちんちんついてんのか？　ん？」

達也の袖《そで》を引いて囁《ささや》いた真弓の小声を耳聡《ざと》く聞いて、わざと大声で彼らは笑った。

「んだとてめえ！　もっぺん言ってみろっ‼」

「達ちゃんってばっ」

瞬時に啖呵を切った達也の腕を慌てて真弓は摑んで逃げようとしたが、達也はそこを動こうとせずジュースを投げ捨てる。

「俺気にしてないってば、絶対勝てないよ！　殺されちゃうよあんなおっきい人たち！」

「かまうもんか畜生！」

気にしていないという真弓の言葉に酷く胸を抉られて、達也はなんの勝算もなく闇雲に本町の三人組に摑みかかって行った。

「こいついきなりっ」

不意を突かれて三人は一瞬驚いたが敵も最初からやる気満々で、多勢に無勢で胸倉を摑んだ達也をすぐに殴り倒してしまう。

「誰かっ、誰か来てよ！　大河兄っ、龍兄ーっ！　丈兄っ‼」

しっかりあてになりそうなのを選んで真弓が思いきり叫ぶが、背の高い杉や銀杏《いちょう》に阻まれて声はなかなか神社の外まで届かなかった。

「りゅうに……っ」

「黙れこらっ、そんなもん呼ぶな！」

筋物の事務所もある本町にも龍の名前は轟《とどろ》いているのか、慌てて一人が真弓の口を塞ぐ。

「真弓に触んなてめえっ」

「いいだろ別に、ヤロージャねえかよ」

羽交い締めにされながら達也が嫌がるのを面白がって、青年は真弓の首を抱え込んだ。

「やめろっつってんのがわかんねえのかよ！　真弓は……っ」

自分の肩を摑んでいた青年を肘で突き飛ばして、闇雲に達也が叫ぶ。

一応続きを待って、場がしんと静まった。

「真弓は」

なんと言おうとしたのか自分でもはっきりとわからなくなって、達也は勢いを失くした。

「竜三の、女官なんだ。他所《よそ》の町会が、きたねえ手で触んじゃねえよっ」

言いながらもっともな理由だと達也は思いはしたけれど、それは自分が言いかけたこととはまるで違うとわかっていた。

「汚ねえとは言ってくれんじゃねえかよ。今日すれ違いざまに金的蹴《げ》り食らわしてくれたやつが」

結局のところ因縁の理由は社の外で続行している納まらない祭りの憂さ晴らしと同じで、特に今年本町はどうも勝ったという気がしないらしくあちらこちらで大暴れをしている。

「そっちがジャリ蹴散らすからだろ!?」

「祭りにジャリもじじいもあるかっ」

「そうだっ、植木屋のじじいまで突き飛ばそうとしやがって！　マジで汚ねんだよてめえらっ。そのうえ祭りの後には女官かよ！」

元々彼らのせいだけではない苛々は制御のしようがなくなってきて、ほとんど爆発寸前という勢いで達也は怒鳴った。

「んなむきになっちゃって、おまえのコレか？　んな訳ねえよなあ、男なんだろ？」

見た目だけではどうしても疑うのか、暴れている真弓の固い鎖骨を少年が摑む。

「触んないでよバカッ」

この嫌な思い出のある場所で無闇に人に触られるのは耐え難くて、歯を剝いて真弓は手足をばたつかせた。

「あーあ、マジで野郎なんか。かーわいい顔しちゃってよ。女ならなあ、もちっとこっちも楽しめたのによ」

下世話な口をきいた少年に、真弓が口の端を歪《ゆが》める。

「ち……っくしょ……っ」

不意に、堪《こら》える気もなかったものがぷつりと切れて、気がつくと達也は真弓を抱えていた少年に飛びかかっていた。

後を引くような怪我を相手に負わせるような喧嘩はするなと、大人たちから毎日のように言われていたがそんなやり方はまだ覚えていない。頭に血が上ればお互い、殺すか殺されるかという勢いになる血の気の多い年頃だ。

「だいたい中坊のくせにてめーは生意気なんだ！」

「うちの一年ボコにしたのてめえだろ!?　工業の面目丸つぶれなんだよっ」

この間の遭遇の後達也の評判を知ったのか、どうあっても叩きのめすという勢いで三人は真弓を放って達也にかかりきりになった。

「ちょっとおっ、卑怯《ひきょう》だよそんなん！　中学生に三人がかりでっ、やめろってば！」

優勢になりようがない達也に焦って、真弓が一回りも小さな体で少年たちを引きはがしにかかる。

「どいてろ男女っ」

「男女って言うなてめえっ」

弾みでそう言った少年を、達也は勢いで殴りつけた。

さっきからこの連中が真弓に吐いた暴言は、実のところ達也が子供のころから真弓を揶揄って言ったものとそう変わりはない。ほとんど同じだ。

いつでも真弓は、怒ったり拗ねたりしてそんな言葉を躱して、けれど何も傷ついてはいないという顔で笑って来た。好きな女の子を、揶揄うのと同じ気持ちだった。達也には。決して、傷つけたい訳ではなかったのに。

——でもさ……俺が本当に、本当の女の子だったらきっとみんなもっと嬉しかったんだよね。

なのにあんな風に、言わせてしまうなんて。

「てめえ勝つ気なのかよ、無茶苦茶なやつだなっ」

さっさと逃げ出すと踏んでいたのかあきらめず闇雲に挑んで来る達也に、少年たちも少し焦って態勢を整え直す。

「るせえ畜生っ、殺すんなら殺せ！　俺は引かねえかんなっ」

自棄を起こして達也は、もう半分見えない右目で誰ともわからない相手を殴った。簡単にその拳は受け止められ、倍の蹴りが横から飛んで来る。勝つ気というより達也は、ただ目茶苦茶に暴れたいだけだった。溢《あふ》れ返ったものを御し難くて、どうせなら訳がわからなくなるまで殴られたかった。

「達ちゃんやめてよ！　本当に殺されちゃうってば!!　誰かっ、誰か来てよーっ!!」

「しつけんだおまえはっ、退け！」

必死で人を呼ぼうとしている真弓に気づいて、手加減なしに少年は肩を摑んで突き飛ばす。

足元が蹌踉《よろ》けて、参道の灯籠《とうろう》に真弓は背をぶつけた。よほど古くなっていたのか、朱塗りの剝《は》げた錆《さ》びた鉄芯《てつしん》が揺らぐ。

「真弓……っ」

たかが灯籠だが、金物でできているので下敷きになったらただでは済まない。息を飲んで、達也は少年を撥《は》ね除《の》けて真弓に駆け寄った。

真上に灯籠を見上げている真弓はとても避け切れず、咄嗟《とっさ》に達也が灯籠に背を向けて真弓をきつく抱きしめる。

「駄目だよ達ちゃん危ない……っ」

後頭部に明かりの部分が重なるのが見えてか、真弓がその細腕からは考えられない力で達也の鯉口を強く引いた。

バランスを崩して、達也は玉砂利の上に強く背を打った。何が起こったのかわからず頭を振って首を上げると、達也の腹の上で真弓が灯籠の下敷きになっている。見た目ほど重さはなかったようだが、明かりの部分が粉々になって真弓のシャツに血が滲《にじ》んでいた。

「真弓……真弓……っ！」

「バカッ、血ぃ出てんのに揺すんなよ！」

動転して真弓を抱え起こそうとした達也を、喧嘩をしていたはずの少年の一人が止める。残りの二人が灯籠を退けて、恐る恐る砕けた硝子を避けた。

「おいっ、何してんだてめえら！」

灯籠の倒れる音がよほど大きく響いたのか、ようやく龍が駆けつける。今ついたのか勤め帰りという姿の大河が、自転車のまま石段を上ってそれを乗り捨てた。

「おめえら本町の……っ」

「す、すいません龍さん！　こいつがあんまり生意気なんでつい……」

「こいつって真弓か!?　真弓に何しやがったっ」

有無を言わせず龍が、取り敢えず端から三人平等に殴り倒す。

「真弓っ、大丈夫か！　真弓っ」

大河は怒る余裕はなく蒼白《そうはく》で、まだ倒れたままの真弓に駆け寄った。

「……あいたた、大丈夫。ちょっと肩ぶつけて」

「血い出てるじゃねえかよっ」

「あ、ホントだ。切っちゃったみたい」

空元気で起き上がろうとしたけれど膝が笑って、真弓が砂利に膝をつく。

「大河兄、ごめん。俺のせいなんだ、俺がそいつらと揉めて……勝てっこねえのに引かねえから。真弓巻き添えんなって」

傍《かたわ》らで呆然《ぼうぜん》と血が流れるのを見ていた達也は、ようやく乾き切った唇を開いて大河に告白した。

「ち、違うよ大河兄。俺勝手に灯籠にぶつかって」

「達也っ、歯あ食いしばれっ！」

真弓の言い分を聞かず大河は、既に散々やられている達也の襟首《えりくび》を摑んで平手を張った。

「……痛っ」

「酷いよ大河兄っ、達ちゃんもうぼこぼこなのに！」

「ぼこぼこにやられちまうのに、喧嘩できねえ連れが一緒にいてなんでかかってくんだおまえは！　死にてえのかっ、逃げるのはそんなにカッコ悪ぃか！　真弓一人守れもしねえで粋《いき》がんな！」

容赦のない言葉が、達也の胸に突き刺さる。真後ろでは龍が一人で、本町の三人に相応を上回る報復を行使していた。

「やめてったらっ、真弓あの人に摑みかかったら突き飛ばされたんだよ！　達ちゃん悪くないよっ、達ちゃんもう叩かないでよ!!」

「……いてえだろ真弓、喚《わめ》くな。余計に血ぃ出っから」

今まで泣かずにいたのに不意に涙を溢れさせながら腰にしがみついて来た真弓の傷に、顔を顰めて大河が屈《かが》む。

「達ちゃんのこと怒んないでよう。ねえってば」

「ったく、女に庇《かば》われて恥ずかしくねえのか達坊」

三人組をすっかり砂利に沈めた龍が、やり取りを聞いて溜息をついた。

「真弓は女じゃねえぞ龍兄！」

「あ、悪ぃ。つい」

真弓を妹同然に扱った長女と同級の龍はまだ時々混乱して、こうした失言を吐く。

「俺が悪ぃんだ。俺、ずっとむしゃくしゃしてて。勝てねえのわかってたのに、我慢できなくって……真弓にこんな怪我させちまって」

体の小さな弟を、そんな理由だけではなく大河がどれだけ大事にしているのかは達也も痛いほど知っていた。まさにこの場所で真弓は幼いころ、消えない傷を背中に負わされたのだ。誰ももうそのことは口にしないが、この辺りのものは皆知っている。

「本当にごめん。許してくれ大河兄……っ」

「達也」

擦りむけた膝で玉砂利に土下座した達也に、上り切っていた血を大河も下げた。

「いや……俺の方こそ頭に血ぃ上がって。悪ぃ、喧嘩ぐれえするよな。祭りだし、ガキだもんな」

末弟への個人的な拘《こだわ》りのせいで達也を過分に傷つけてしまったと悔やんで、大河も砂利に膝をつく。

「ちったあ血ぃ下がったか。達坊」

血のついた手で達也の頭をくしゃくしゃにして、龍が肘を引いて立たせた。

「俺も人のこた言えた義理じゃねえしよ、むしゃくしゃしてたっておまえの気持ちもわかんだけどな。そういう年頃だしよ。けど死んでもいいぐれえっつったってよ……」

本当に、そうしてしまってからでは何も取り返しはつかないのだと、そんなことまで達也に言う必要はないと悟ってか、龍が溜息をつく。

「もう、いいでしょ？　あの人たちが真弓のこと言ったんだよ、おとこんなって。だから達ちゃん怒ってくれたんだよ」

血が止まらない鯉口の肩が痛まないはずはないのに、達也に駆けよって庇うように真弓は龍に背を向けた。

「達ちゃんのこと怒んないで」

「……んだと？　誰が男女だコラ！」

もうすっかり戦力を失っている少年を、大人気なくも大河が蹴り飛ばす。

「真弓、血止まんねえよ。これ」

気丈に立っている真弓の傷は近くで見ると思ったよりずっと酷くて、達也は息を飲んで震えた。

「藪《やぶ》んとこ連れてった方がいいな、こりゃ縫うかもしんねえ。今夜は怪我人が絶えねえだろうからずっと開けとくってじじい言ってたから今から行くべ。おまえもだ、達坊」

祭りの晩はこういう成り行きに慣れている青年団長が、血が固まらないうちにと真弓の片肌を脱がせる。

「ほら、乗っかれ」

屈んで大河が、真弓の目の前に背を向けた。

「俺、負ぶってくよ」

熱さで不思議に殴られたところは何処も痛まず、達也が大河の肩を掴む。

「無理だろ、おまえだって怪我してんのに。おまえも龍兄に運んでもらった方がいいぐれえだ」

「頼むよ大河兄。俺に連れてかしてくれよ」

必死で、達也はそう大河に懇願した。

言い過ぎた手前もあったが、大河には今の達也の気持ちがわかってしまう。自分のせいで大切なものに傷を負わせてしまった、その痛みが。

「……したら俺の自転車で行け、すぐ追っかけてくから。後ろ乗れるか、真弓」

「全然平気。みんなには言わないで、盛り上がってるのに悪いから」

どうせ往来は往来で似たような盛り上がり方をしているのだが、女官がここまでの怪我をしたとなるとまたどれだけ揉めるかわからない。龍も大河も、顔を見合わせて頷いた。

「反対側の路地、抜けてけ」

よろよろと自転車を起こした達也に、龍が告げる。

「サンキュ、龍兄。大河兄」

肩を落としたまま、達也は真弓を荷台に座らせた。

ちゃんと乗ったかと後ろを向いて確認すると、乾き始めた血が余計に目に痛い。

「……達ちゃん、こんなの俺なんでもないよ。痛くないし。前に山車から振り落とされたときのほうが全然痛かったよ」

いつもと変わらない無理の覗《のぞ》かない声で、さっきは泣いたはずの真弓が笑った。

「達ちゃん」

走りだした自転車の後ろで背を叩きながら、ただ、真弓は達也の名前を呼ぶ。

「ごめんね、大河兄あんなに怒って。ちょっと、むきになっちゃうから。俺のことになると」

「……知ってる」

もう傷つけたくないと大河が大事に大事に守って来たその体に、酷い傷を増やしたことを達也は悔やんでも悔やみ切れない。

灯籠が倒れて来たときは、確かに自分が庇ったはずだった。けれど逆に袖を引かれて、真弓に庇われてしまった。力で負けるはずはないのに、守ろうとする気持ちで負けたのか。

勝つことが、守ることだと今までは思っていた。力で、競り負けなければそれはただ勝ちなんだと信じていた。

自分のしたことは勝ちでも負けでもなく、ただどうにもできない煮えたものを我慢できなくて闇雲に誰かに当たろうとしただけだ。

そうして、一番傷つけたくないものを傷つけた。今だけじゃない。行き場のない苛々に似た、いとしいとか好きだとか、そんな風に感じられる思いを持て余すままにずっと真弓を傷つけて来た。

こんなに弱くて、自分の気持ちで手一杯で。子供じみた情けなさで、もう誰かを傷つけるのは二度とごめんだと達也は唇を噛んだ。

「……達ちゃん、泣いてんの？」

前を覗き込みはせずに、祭りの喧噪を遠く離れながら真弓は荷台から聞いてきた。

「嘘《うそ》じゃないんだよ。俺、本当に痛くないよ。本当は俺、喧嘩だって好きなんだよ。いっつも山車の上から見るばっかでさ……」

涙が後ろに散るのが見えたのか、早口に真弓が言う。

いつの間にか零《こぼ》れていた涙が余計に止《や》まなくて、達也は肩で隠しようもなくしゃくり上げた。

あちこちに焦げた提灯《ちょうちん》や祭り飾りの残骸《ざんがい》が落ちていて、時折細いタイヤを取られる。

大きいタイヤの古い自転車にやけに見覚えがあると思ったら、大河が真弓を幼稚園に送り迎えするのにずっと使っていたものだとふと達也は気づいた。タイヤカバーに、達筆な字で名前と住所が書き込んである。

自転車屋の親父が、手ずから売った自転車の一つ一つに手書きで書き込んだものだ。親父は達也たちが中学に上がってすぐに、重い病にかかって入院してすぐ死んでしまった。おかみ一人が遺されて、この自転車を売った自転車屋は今は閉まったままだ。

「真弓」

三速切り替え付きの達也の自転車にも、店の配達に使っている自転車にも、皆同じ字でそれぞれの住所と名前が書かれている。

「さっきの、嘘だからよ」

中学に上がるからと言ってその切り替え付きの自転車を買ってもらった春休み、達也は最初にそれを真弓に見せに言った。

「おまえ女の方が良かったなんて嘘だから」

その時真弓は、今仕立て上がって来たという黒い学ランを着て玄関に飛び出して来た。達也の部屋に掛かっていたものと同じ黒い制服。そのまろくに話もせず、その日は帰った。恥ずかしいようなやり切れないような気持ちで、中学に上がってもしばらく達也は真弓とまともに話せなかった。

「いいよ、そんなの俺気にして……」

「俺、おまえ男で良かったって思ってっから。マジで、本気でそう思ってっから」

「……達ちゃん?」

「度胸あるから、おまえといるとすげえおもしれえし。ガキのころからそう思ってた。だから、嫁さんにしたらずっとおまえと遊べるのにって思っただけだ。だからあんなこと言ったんだ。」

おまえが女でも全然嬉しくねえ。全然、嬉しくねえよ」

　言いながら前が霞《かす》んで、達也は汚れた手で顔を拭った。

「ずっと遊べんなら……いいんだ。真弓」

　振り返らずに、達也は繰り返した。

　川沿いを走りながら自転車を漕《こ》ぐ音だけが、長く響く。

「なんだ」

　明るくも、何故だか少し寂しくも聞こえる声で、真弓は笑った。

「ずっと遊べるに決まってんじゃん、何余計な心配してんだよ。バカだね、達ちゃん」

　バカだねと背から囁く声が酷くやさしくて、顎《あご》に落ちた涙を気づかれないように達也がまた甲で拭う。

「そんで、ずっと変だったの？　最近」

「だっておまえ、祭りに女来るとか言うしよ」

「やめてよもう、振られちゃったんだからさ」

　いつの間にか軽口に戻って、もういつもの幼なじみに二人はすっかりと返った。

「振られたもん同士、花火行くか。な？」

「うん、わびしーね。自転車で行くの？」

「俺の自転車、乗っけてやんよ」

　ようやく血の止まった真弓の肩をちらと振り返って、達也が肩を竦める。

「うっそ、ずっと乗っけてくんなかったじゃん。誰も乗せねーって」

「特別に、乗っけてやる」

「前乗らしてよ。切り替えやらしてね」

「ちょっとだけだぞ」

約束を交わすうちに、もう夜更けだというのに昼間のように明るい藪医院の前に二人は辿《たど》り着いた。乱暴な治療をされた先客が、悲鳴を上げて中から飛び出して来る。

「うわっ」

「こええ……」

喧嘩の治療は特別に念入りな藪医院の戸を叩く勇気はなく、自転車は降りたが二人は躊躇って立ち止まった。

「あ、完全に血も止まったみたい俺。ほら、もう大丈夫大丈夫」

言葉どおり大分乾いた肩を晒《さら》して、やはりよそうと真弓が達也の袖を引く。

「……でも消毒してもらおうぜ、あの灯籠古いし錆びてたし。ばい菌入ったら大変だ」

「おらガキどもっ、さっさと入って来ねえか！　電話もらってんだぞ!?」

逃すまいと怒鳴りながら、白衣を半端に羽織った藪が気配を察して中から飛び出して来た。

「後から本町の三人も運ばれて来るみてえだぞ。ったく何やってやがんだ達坊っ、龍や大河に仇取らせて情けねえ。勝つまでやれ勝つまで!!　負けるなら死ね！」

他の大人たちとはまた違うところで怒って、藪は真弓の腕を乱暴に摑んで医院の中に押し込んだ。

「いたっ、いったいよーっ籔先生！」

「ちっと先生、そんな乱暴にしねえでくれよ！　真弓は俺の巻き添えなんだからよっ」

「聞いたわい。庇われて恥ずかしくねえのか、そんな喧嘩なら二度とすんじゃねえや！」

惜し気なく真弓の肩に消毒液を降り注ぎながら、籔が達也に歯を剝く。

「……うん」

片手間に投げられた氷嚢《ひょうのう》で目を冷やして、小さく、達也は頷いた。

「もう、しねえよ俺。こんな……誰も守れねえような喧嘩」

後の三人が担ぎ込まれる騒ぎと消毒される真弓の絶叫で、達也の呟きはかき消され誰の耳にも届かない。

「もう、しねえ」

けれど誰に聞かれなくとも達也は、その決め事を二度と破ることはなかった。


「ねえねえ、ホントに達《たっ》ちゃんの彼女なの？　うっそ、ちょっとかわい過ぎない!?　もったいなーい！」

かつての、特に慎ましくもなかった女官は桜の舞い散る下で、遠慮がないにも程がある言葉を達也《たつや》に向かって投げつけた。

「お……男の子？　ホントに？」

小声で亜矢《あや》が、どうにも信じ難いのか達也たちに尋ねる。

一番区別がつかなかったころを見ている達也たちには真弓《まゆみ》はすっかり少年らしくなったように見えていたが、初めて見る者にはやはり戸惑わせてしまうらしい——という訳でもなく、真弓は頭に大きな芍薬《しゃくやく》を咲かせて、襟《えり》にレースのついた割烹着《かっぽうぎ》で愛嬌を振り撒《ま》いていた。

「……なんなんだよそのかっこう」

「かわいい？」

恥ずかしげもなく真弓は、小首を傾げて芍薬を揺らして見せる。

「かわいいっておまえよ……」

「恥ずかしいからやめろてゆうてるやろが」

気に入らないのか隣で勇太《ゆうた》が、忌ま忌ましげに歯を剥《む》いた。

「だって龍《りゅう》ちゃんが看板娘が欲しいって言うからさ。久々のサービス。お祭りも出番ないし」

「……頼むから俺の青春返せおまえ。マジで」

さっきまで悶々《もんもん》と思い起こしていた思春期の傷痕を縫って閉じたくなって、達也はその真弓の衒《てら》いのなさにがっくりと肩を落とした。

「なんか時々そうゆうこと言うよね、達ちゃん。ところでどこで引っかけたの、こんな上玉」

「似合わへんからあんまし品のないこと言うなや」

格好が気に入らないせいか小言の多い勇太が、肘《ひじ》で真弓の肩を小突く。

「だってさ、達ちゃんの彼女がこんなにかわいいなんてさ」

「どういう意味だそりゃ」

「だってだって。なんだよー、真っ先に紹介するのが幼なじみの筋ってもんじゃないの？　かわいいから隠してたのかよー」

「ふん、今までの女はむこーから来たんだよ。この子は俺から行ったの。どーだかわいいだろ」

幼なじみのやきもちでか真弓が頬《ほお》を膨らませるのは少々気分が良くて、顎《あご》をしゃくって達也は亜矢を自慢した。

「うん、すごいかわいい。どーもー、幼なじみの真弓です」

「こんにちは、亜矢です」

ぺこりと頭を下げ合って、はた目にはかわいらしい挨拶《あいさつ》が交わされる。

「どうよ」

けれどさっき胸にかかってしまった疚《やま》しさのようなものを完全にしまい込むことはできずに、何処《どこ》か挑むように達也は勇太にも感想を求めた。

「まあ、おまえにしちゃ上出来っちゅうか。お似合いやで」

花を纏《まと》めながら、勇太にしては随分と気を遣った言い方で愛想をくれる。

それが余計に達也を落ち着かなく、居たたまれなくさせた。

「さてと。桜の下で花眺めててもしょうがねえし、行くか。もう」

憎まれ口をきいて、わざと、亜矢の肩を達也が強く抱き寄せる。

そこにどんな意図があるのかを知っているかのように、何処か咎《とが》める瞳で亜矢は達也を見上げた。

「何いちゃついてんだ、このバカ」

不意に後ろからドスの利いた声がかけられ、平手が達也の後ろ頭を叩《たた》く。

「何すんだよ御幸《みゆき》っ」

「亜矢は上等な子なんだ。軽々しく扱うな、おひいさまみたいに大事にしろ」

「軽々しくなんか扱ってねえよ」

口を尖《とが》らせた達也の言い分を聞かず、気の早い半袖《はんそで》の柄シャツに綿パンというあまり婦女子には見えにくいいで立ちの御幸は、真弓の前に歩み寄った。

「さっき来て芍薬買うて、真弓の頭につけてったんこいつやで。おまえにや、かなんかゆうて。寒うてかなわんわ、ほんまに」

おとなしくそれをつけている真弓も気障《きざ》ったらしく花を飾った御幸も、何もかもが忌ま忌ましいというように勇太が禁煙パイポの端を噛《か》む。

「もう今年でこいつも十八やで。似合うかいな、花なんぞ」

「全然、まだいける」

いいね、と手を振った勇太に、御幸は鼻で笑った。

「まだまだかわいい。初恋だからな」

何処かの寄り合いで酒でも仕込んで来たのか、いつもの気障が度を越していて御幸が竹刀胼《しないだ》胝《こ》のできた手で真弓の頬に触る。

「み、御幸ちゃん……？」

さすがに後ずさった真弓を逃さず、長身の御幸は両手で大仰にきつく抱きしめた。

「かわいい……でもやわらかくない」

「何すんねん貴様っ」

溜息《ためいき》をついて感想を言った御幸を、歯を剥いて勇太が引きはがす。

「いいだろこんぐらい、減るもんじゃあるまいし」

「おまえが触ったら減るわっ、あほう！」

「貴様三丁目の女官様と付き合ってんだぞ。ありがたがりこそすれ、ちょっと触ったくらいでけちけちすんな」

「どーゆー理屈や！」

「御幸ちゃんずるい、いまさらそんなこと言って。俺のこと振ったくせに」

本気で揉《も》み合いを始めた勇太と御幸を眺めながら、口を尖らせて真弓は愚痴を言った。

「なんやそれっ、おまえこいつにまだ未練あるんちゃうか!?」

「何言ってんの。御幸ちゃん酔っ払ってんだよ」

小首を傾《かし》げた真弓にもどういう理屈だと勇太は聞きたかったが、疲れて揉める気力もなくなる。

「今日は何処行っても野郎とカップルばっかで、酒のあるとこにはじじいしかいないし。こんなことなら部活に出て女の子にキャーキャー言われてた方がマシだったな」

それを日々の生きる糧《かて》としている御幸は、不満たらたらに長い愚痴を聞かせた。

「もっとも一番かわいいのは、よりによって達也なんぞに持ってかれたけどな」

ちらと達也と亜矢を見て、揶揄《からか》いのように口の端を上げる。

「段々親父臭くなってきたぞおまえ、気ぃつけろ御幸」

「ふん、絶対大事にしろよ達也。くどいようだがまともな子なんだからな、泣かしたらただブチ殺すだけじゃ済まさないから覚えとけよ」

脅しだけとはとても思えないことを言って、御幸は達也の額を掌《てのひら》で弾いた。

「わあってるって。な？　うまくいってんだぞこれでも、水差すなっつうの」

ずっと押し黙っている亜矢をちらと振り返って、達也が同意を求める。

「……うん」

何故だか薄く、目を伏せて亜矢は微笑《ほほえ》んだ。

「ったく、御幸に会うなんざ験が悪ぃぜ。行こ行こ」

このまま皆といると段々と追い込まれるような気がどうしてもしてしまって、達也が亜矢の背を押す。

「なんだよー、もう行っちゃうの？」

「邪魔せんとき」

後ろからはそんな声が聞こえて、亜矢は振り返ると小さく皆に会釈した。

「ったく、僻《ひが》みやがって御幸のやつよ」

あちこちの露店から揶揄われてそこから逃げるように、足が神社に向く。これ以上歩いてもゆっくり話せるような場所はこの町内の何処にもなく、自然達也は亜矢を鳥居の中に誘った。

無論いい思い出ばかりがあるところではないが、どんな告白も秘密も囁《ささや》かれて来た場所なのだ。

そういえば真弓が勇太を好きだというようなことを言ったのも、ここだったと達也は思い出した。学校に乗り捨てられた自転車を親切にも引きずって行ってやってそれを聞いてしまったとき、達也の胸に触ったのはもちろん安堵《あんど》などではなかった。

どうも達也には、ここは趣の良い場所ではない。真弓に怪我《けが》をさせたのも、心ない言葉で傷つけたのもここだ。

そしてさっきから社の方を向いて達也に背を向けている亜矢も、何か、明るくはない言葉を喉元《のどもと》に溜めている。

「……自分で見ても似てるって思うのって」

前置きもなしに、肩で達也を責めたまま亜矢は言葉を切った。

「すっごく似てるってことなんだって。他の人から見たら双子くらい似てるんじゃないかな」

それが誰のことなのかは言われなくとも、達也もさっき気づいてしまった。

「だからみんな、あたしのこと見ると困ったみたいな顔して笑ってたんだね」

そんなことはないと、もう達也も否定できない。今までそのことに気づかずにいた自分が馬鹿だったのだ。

「あたしも一日で達ちゃんにのぼせちゃったからお互いさまかもしんないけど」

笑おうとした亜矢の声が、上ずった。

「でもこんなのはひどいよ、達ちゃん」

肩を摑《つか》んで振り返らせると、亜矢の両の瞳から涙が途絶えずに零れ落ちている。

「ひどいよ」

咎めているのに、声は尖らずにただ泣いていた。

「付き合ってって言われて舞い上がって、あたしばかみたいだよ……っ」

叫んだ声が掠《かす》れて、参道の並木に吸い込まれる。

息を飲んで、けれど達也は何も言葉を見つけることができなかった。

また、傷つけた。自分の気持ちだけ埋めようとして、大事な人を取り返しがつかないほど傷つけてしまったのだ。

「ごめん……亜矢」

「謝るなんて最悪だよ……っ」

他になんと言うこともできなくて謝った達也の肩を押して、玉砂利を蹴《け》って亜矢が駆け出す。

「亜矢？　どうしたんだよ、もう喧嘩《けんか》か？」

「亜矢……」

丁度鳥居を潜《くぐ》って来た御幸にぶつかって、一瞬だけ亜矢は足を止めた。

「御幸ちゃん……御幸ちゃんも気づいてた？　知ってて、黙ってたの？　あたしがあの子にそっくりだから達ちゃんが……」

シャツの胸を摑んで責め立てた亜矢に、眉《まゆ》を寄せて御幸も言葉がない。

けれどその顔に答えを知ったのか、亜矢は唇を手の甲で押さえて駆けて行ってしまった。

不意の静寂に、気まずく達也と御幸とで向き合う。

「……殴れよ」

「殴るよ」

偽りない言葉とともに御幸は、手加減なしの拳で達也の頰を殴り飛ばした。

「……いってえっ、もうちっと加減しろてめ！」

「加減はしたぞ」

ぱんぱんと手を払って、御幸は眉間《みけん》に皺《しわ》を寄せて達也を見下ろす。

「同罪だからな、こっちも」

そして意外なことを、御幸は言った。

「あの子を見つけてかわいがったのは、おまえと同じ理由だ。まあ、好みのタイプだったって言い訳もできっけど」

溜息をついて御幸は、亜矢の消えた先を見送っている。

「しょうがないだろ、初恋だからな。お互い」

何処をどう取っても間違った会話だと段々と達也はおかしくなってきたが笑えずに、灯籠《とうろう》に寄りかかって座り込んだ。

「……詐欺《さぎ》だよなあ。ピンクのスモック、白いワンピース」

「ああ、詐欺だった。初めて見たときは頭にピンクの紙の花つけてたよ」

軽口で肩を竦《すく》めた達也に、大真面目《まじめ》に言って御幸がポケットに手を突っ込む。

「悪い犬に嚙まれたと思って、おまえもいい加減忘れな」

一体いくつ隠し持っているのかワンカップを取り出して、御幸は達也に放り投げた。

「ひでえ言いようだな、御幸」

「いつかは笑い話だ。あ、でもブチ殺すだけじゃ済まないのは本当だから、まあ楽しみにしとけ」

じゃあなと手を振って、亜矢を慰めようというのか御幸が踵《きびす》を返す。

立ち上がり一緒に後を追う気力は、達也にはなかった。

爪《つめ》を欠けさせながら、生温かいワンカップを開ける。高校に上がってからは親父の晩酌に付き合わされることもあれば振る舞い酒も多少舐《な》めさせてもらえるようにはなったが、別に酒に慣れた訳でもない。

真っ昼間からすきっ腹にこれだけあれば、充分酔える。

「いつ気づいたんだったかな……どんなん頑張ってもあいつには魚売ってもらえねんだって」

照れて親にもそんなことは言わなかったが、気づいていたのだろう。真弓ちゃんは無理なん

だよと、幼いころ母親に冗談交じりで何度か諭された。無理なんだと、はっきり思い知ったのはやはり学ランを見たあの時だったか。

「だけどあいつ、男と付き合ってんじゃねえか。なんだよそれ」

当然のことのように肩を並べて花を売っていた勇太と真弓を、達也は思い返した。ああやって二人が一緒にいるところを見ると、何が無理だったのかよくわからなくなってくる。

「でもうちは、ふつーの商売やってる家だしよ」

けれどずっと側にいれば、そんな日が来ると何処かで夢みたいなことを思うこともあった。いつまでも真弓が女官のまま男らしくならないなら誰かが面倒を見るのが祭り囃子《ばやし》保存会の掟《おきて》だなどと、幼なじみが言い出して。余計なことを心配するなと皆を窘《たしな》めながら、それこそが自分の役目だと達也は本当はそう思っていた。

しょうがねえな、俺が貰《もら》ってやるよ。ずっと遊ぼうって約束しただろう。俺のとこに来いよ。そんな言い訳が通る日を、馬鹿みたいに待っていたのだ。多分ずっと、もっと幼いころから。

「……達ちゃん？　そこにいんの？」

不意に、花売りの売り子姿のまま真弓が参道を駆けて来た。

「あのね、これ、達ちゃんの彼女にって思って」

手に、真弓が造ったのだろう春らしい小さな花束が色めいている。

「あれ？　彼女は？」

近くまで来てようやく亜矢の不在に気づいたのか、真弓はキョロキョロと辺りを見回した。

「振られた」

空になったカップを投げ出して、自棄《やけ》のように達也が告白する。

「うそっ、なんで？　いまさっきまで仲良さそうにしてたじゃん！」

にわかにはとても信じられないと、デリカシーのかけらも見せずに真弓は大声で驚いて見せた。

「でも振られたんだよ」

「うわ、だからこれ今飲んだの？　今一瞬で振られて一瞬でこれ空けちゃったの!?」

空のカップに気づいて真弓が、花を参道に置いて達也の隣に屈《かが》み込む。

「……どーしてだろ。いい雰囲気だったのに」

溜息をついて真弓は、同じ灯籠に寄りかかった。

「また振られたか。俺が女の子だったら絶対、達ちゃんのこと振ったりしないのになあ。なんでみんな、達ちゃんのいいとこわかってくんないんだろうね……」

他の灯籠は皆古いのに、これだけが変に新しい。十四の夏に、二人で下敷きになった灯籠の代わりに建てられたものだ。達也の父親が寄贈して、しっかりその名が入っている。

「おまえこの灯籠、覚えてる？」

慰めには答えずに、酒に取られた舌でぼんやりと達也は尋ねた。

「そんな昔のことじゃないよ達ちゃん、忘れないって。でもほら、傷はすっかり消えたけど」

シャツの肩を引いて、もううっすらとしか跡のない肌を真弓が晒《さら》す。

言葉もなく、達也はなだらかな肩を見つめた。心の底では、あの傷には残っていて欲しかったことを知る。何もできないであきらめた、誰にも気づかれず消えていく思いの代わりにその傷にそこにいて欲しかった。

「達ちゃんがすぐ、藪《やぶ》先生のとこ連れてってくれたから。完治完治」

「藪医者のお陰で傷が消えたりするかよ」

「達ちゃんだっていっぱい見てもらったのに、バチあたるよそんなこと言ったら」

窘めた真弓に、知るかと達也はそっぽを向いた。

ふと、その顔を真弓が下から覗《のぞ》き込む。

「……もいっかい、話してみたら。俺追っかけてみようか、あそこの女子校の子でしょ？　ちょっとなんか揉めちゃったんでしょ？　謝ったらすぐ許してくれるよ。だってあの子、達ちゃんのこと絶対大好きだもん。俺わかったもん」

「もう……いいって」

一生懸命、本気で真弓がそう言ってくれていることも、もしかしたら謝ればやり直せるかもしれないこともわかったけれど、達也は首を振った。

最初から、自分が間違えていたのだ。その間違えで傷つけた心は、簡単には癒《い》えない。

「……達ちゃん？」

ずっと、間違えて好きになった子をいつまでもいつまでも自分が、思い切れないでいるように。

「達ちゃ……」

　ふらりと、体を傾けるようにして達也は真弓の額に髪で触った。

　事故のように、唇が少しだけ触れて離れる。そのまま肩に縋《すが》った達也を、真弓は振り払わなかった。

「酔ったの？　いきなりそんなの、飲むから」

　よく知ってる、辛いときにいつでもやさしい手が達也の背を撫《な》で摩《さす》る。

「あの子と間違えた？　いいよ、ちょっとなら間違えてても」

　そういうのを疑似恋愛っていうんだと、いつか町会の誰かが言っていたのを達也は思い出した。女の子の役割を真弓に頼むような連中を見るに見かねたのか、小言のように窘められたことがあった。

「……俺、もう当分女はいいや」

　そのときは皆と一緒に、達也も納得した。うまいことを言うと、感心さえした。だけど今はもうわからない。疑似ってなんだ。本当ってどんなものだろう。こうして今度こそ確かに終わっていくものがどうしようもなく痛いのに、それでもこれは偽物なら本物が終わるときは一体どれくらい辛いのか。

「すぐにきっと、達ちゃんのいいとこわかってくれるかわいい子現れるよ。達ちゃんすごいかっこいいもん」

「勇太の次にだろ」

「……へへ」

軽口をきいた達也に笑いながら、真弓はその固い髪を何度も撫でた。

「俺後でお参りしとくね。早く達ちゃんにも、いい人できますようにって」

社の方を見て、真弓はそんなことを呟《つぶや》く。

ごめんねと、掠れた声が達也には聞こえた気がした。けれど夢で聞いたのかもしれない。一息に飲んだ酒は真弓の高い体温とともに達也を眠りへと誘って、重く落ちる瞼《まぶた》を開けられない。

ぼんやりと杉並木の合間から陽が差すのを感じながら、何も知らない子供のころに返ったような心地よさを、ほんの一時だけ達也は味わった。

付き合い始めたばかりのかわいい彼女にあっと言う間に逃げられたという噂《うわさ》は千里を駆け巡り、いいから飲めと達也は父親に浴びるほど酒を飲まされた。そうまでしてくれるなら数日放っておくぐらいのことはして欲しかったが翌日は始業式で、新学年こそは休むなと、酷《ひど》い二日酔いのところを叩き起こされて達也は鞄《かばん》と一緒に往来に放り出された。

自転車を引きずるようにして桜橋まで辿《たど》り着いたが、もう限界で自決したいほどの気持ちの悪さだ。

ここで身を投げようかと隅田川《すみだがわ》の緩い流れを眺めていると、後ろからいきなり強い力で達也は誰かに肩を摑まれた。

「つ……連れ子……っ」

実のところもっとも顔を合わせたくない人物に朝っぱらからがっちり向き合わされて、橋の縁に背を押しつけて息を飲む。昨日は勢いあんな真似をしてしまったが、勇太に知られたらただで済む訳がない。

「なんや、具合悪そやな。ウオタツ」

「そ……そうなんだよ。高熱出て、インフルエンザで。結核の疑いもあるって医者に」

「ほんまのとこ言われたとしてもどうせゆったん藪やろ、何がインフルエンザや。この陽気に」

「本当なのよこれが、乱暴はよしてっ」

ただならぬ殺気に逃げ場を探しながら、もはや悲鳴のように達也は言った。

「酒臭いで、おまえ」

くん、と鼻先で酒の匂いを嗅《か》いで勇太が顔を顰《しか》める。

「女に振られて、昨日の。ほら、女子校の。そんで」

「神社で真弓に縋って飲んだ酒が、まさかまだ残っとる訳やないやろ」

必死の言い訳も空しく、勇太は一部始終を見ていたことを達也に教えた。

「まあ、慰めるぐらいは目え瞑《つむ》るわ。兄弟同然の幼なじみやしな。俺もそこまで了見の狭い男ちゃうで」

言葉は穏やかだがいつの間にか襟首を摑んで放さないこの両手はなんだろうと、達也が頰を引きつらせる。

「けどあれはなんや、ウオタツ」

「あれって……」

「あれはあれや。自己申告せえ、男やろ」

鼻先を突きつけられてなんのことかしらとしらを切ることもできず、達也は腹を括《くく》った。

「……悪ぃ」

唇を嚙んで、素直に頭を下げる。

「でも弾みで、掠っただけだ。真弓はきっとわかってねえし……勘弁してくれよ。気ぃ済むまで殴っていいからよ」

「おまえまだ真弓のこと好きやったんか。冗談やのうて」

ふっと、襟首を摑んでいた勇太の手が緩んだ。言葉どおり、冗談ではなく問われているのが達也にもわかる。

けれどいまさら、それは言葉にはできない。

「まあ……後から、割り込んですまんかったわ」

信じ難い言葉とともに、勇太の手が達也から離れた。

「とかゆうて見逃すたまやと思うか俺が」

「あ、なんかいやな予感っ」

だが信じ難いだけのことはあって、すぐに懐を摑まれ景気よく担ぎ上げられる。地面に叩きつけられてもたいした痛手だと身構えたがそんなことでは勇太の気は済まず、制服のまま達也は隅田川に放り込まれた。

「……し、信じらんねーっ」

幼いころから眺めていたが実のところ一度も泳いだことのない川に叩き込まれて、呆然《ぼうぜん》と達也は橋を見上げた。

「四月だぞバカ！　下手すっと死ぬぞコラッ、汚ねんだぞこの水!!」

「息の根止めんとそれで許したろっちゅうんやからありがたい思え」

「ちょ……ちょっと何やってんだよ！　勇太っ、達ちゃん!!」

家に置き去りにされて走って来た真弓が、登校中の生徒の人だかりを掻《か》き分けて川を覗き込む。

「どうしちゃったのっ？　達ちゃん落ちたの!?」

「俺が叩き込んだったんや」

「なんでそんなことすんだよっ」

「おまえが尻軽やからやろ」

「何それっ、どういう意味だよ！」

桜橋の上では今度は、勇太と真弓の大喧嘩が始まった。

心機一転の新学期には誰も間に合わず、校舎からは始業のチャイムが無意味に響き渡る。

「……尻軽かあ。そういや昔からそういうとこあったよな、あいつは。誰も彼もが惑わされた……うん」

上の喧噪を聞きながら、ゴミの流れてくる川に仰向けに達也は浮かんだ。川端に小屋を作って生活している親父たちが、さすがに驚いて川端に出て来ている。

この緩い流れを泳いで岸に着くのは着衣でも簡単だったが、しばらくこうして漂っていたくて達也は川面から青い空を眺めた。橋に舞い戻って戦うような気力は、何年も前に壊れた灯籠と一緒に捨てた。

「よーやく終わったな、俺の初恋」

しみじみと呟く闘争心の足りない魚屋の息子は、せめて春で良かったと思いながら汚い隅田を泳ぐのだった。

子供たちの長い夜

良く晴れた五月の隅田川《すみだがわ》からの初夏の風が、竜頭《りゅうず》町を静かに通り抜ける。近くの他所《よそ》の町からは、祭りの気配が川風と一緒に運ばれて来た。いつものことだ。お隣浅草《あさくさ》では年柄年中何か理由をつけては祭りで盛り上がり市《いち》を立てる。理由がなくとも、人々はいつも活気を忘れない。

しかし竜頭町の地蔵尊の小さな境内では、若い二人が無言で背を向け合っていた。

「……ねえ」

すっかり地蔵尊のお社を覆い隠してしまった大きな欅《けやき》は若葉を茂らせ、今にも崩れそうな木の階段に座り込んでいる真弓《まゆみ》の足元に木漏れ日を散らす。

「ねえってば」

あまり待つことを得手《えて》としない真弓にしては長く黙っていたがやはり堪《こら》えられず、こちらも今にも折れそうな境内の柱に寄りかかっている勇太《ゆうた》を睨《にら》むように振り返った。

「こんなとこまで来て黙り込まなくたっていいじゃん。もー」

ふて腐れて、真弓が足元の雑草を毟《むし》って捨てる。

「……こんなとこっていうんは、この地蔵尊のことか」

今、今日という訳でなく達也《たつや》を隅田に叩《たた》き込んでからほとんど真弓と口をきこうとしなかった勇太は、あからさまに不機嫌な声を聞かせた。

「久しぶりにデートしてるのにってこと！」

苛立《いらだ》った口調で、自分を見ない勇太に真弓が言葉を重ねる。

デートが久しぶりなのは険悪な雰囲気が続いているせいもあったが、それだけではなかった。

二人はこの春、揃《そろ》って高校三年生になった。進学クラスの真弓は補講だ模試だ進路相談だと忙しく、学校の行き帰りもあまり勇太と時間が合わない。勇太は勇太で、最近花屋のバイトの他にも何かと外出してしまい、真弓が帰れば勇太が、勇太が帰れば真弓が先に寝てしまっていると、そんな状態が一月近く続いていた。

「……デート？」

ただでさえ人相の悪い顔を顰《しか》めて、勇太は両手をポケットに突っ込んだまま雨に削れた地蔵を眺めた。

「これの何処《どこ》がデートやねん。地蔵に神社に山車《だし》倉に百花園《ひゃっかえん》！　何がデートやっ、抹香臭いんじゃ何処行ってもよっ！」

「だってさ、午後から休日補講で……あんまり遠く行けないし。そりゃ珍しく勇太が日曜にいるから俺だって本当は」

話す機会さえ最近はなく、不意に訪れた二人きりの時間に少しだけ真弓が惑う。

「……ねえ、最近何処行ってんの？　土日」

何度か聞いたけれど答えてはもらえないことを、それでも真弓はまた聞いた。

そっぽを向いたまま勇太は、黙り込んで何も言わない。

久しぶりのデートだからそれを問い詰めて喧嘩《けんか》の種を増やすのはよそうと、あきらめて真弓は問いを引っ込めた。

「……そしたら花屋敷か演芸場にでも行く？　そういえば浅草にきれいな場外馬券場できたんだよ、近代建築だよ。めちゃめちゃ周りから浮いてるけど」

浅草ぐらいなら行って帰ってくる時間はあると、高校の入学祝いに大河《たいが》に買ってもらった腕時計を真弓が見る。

実のところ勇太が言いたいのはそういうことではなく、二時間ご休憩を拒んだことだとは真弓もわかってはいたが、ご休憩の後にまともに補講が受けられるとは思えなかったし、何よりちゃんと仲直りをしないままなし崩しにそんなことになるのはいやだった。

「何処の馬券場がおまえに馬券売ってくれんねん」

「勇太そういうの好きかと思ってさ。俺は競馬なんかしないよ」

譲歩したのにと言わんばかりに、真弓が歯を剝《む》く。

「……俺はもう賭博《とばく》はやらへん」

ふと、状況にそぐわない神妙な声で低く勇太は言った。

「なんで」

最近よく留守にする勇太はパチンコにでも行っているのではないかと密《ひそ》かに疑っていた真弓が、失礼にも驚いて問い返す。

「賭博もシャブも深酒も女衒《ぜげん》も、もうせえへん」

「うん、もちろん全部やんないで欲しいけどさ」

突然何を言い出すのかと惑いながら、立てた膝《ひざ》に両肘《りょうひじ》をついて真弓は頬杖《ほおづえ》をつきながら勇太を見つめた。

「せやからおまえももう浮気すんなや」

その真弓を振り返って、勇太が一月前の話を蒸し返す。

「……またその話？　やっぱりそれで口きいてくんなかったわけ？」

うんざりと真弓は、溜息《ためいき》をついて立ち上がった。

「してないよ！　浮気なんてっ」

そしてなんのウォーミングアップもなく突然怒鳴る。

「ええ加減認めて謝らんかっ、そうやって嘘《うそ》言われる方がムカつくんじゃっ！」

「してないったらしてないっ!!」

「浮気やなかったらなんなんやあれはっ」

「浮気じゃないもんっ」

もはや水掛け論でしかない甲斐《かい》のないこの口論は桜の散り際から延々と続いていたが、未だに終わりは見えなかった。どちらかが完全に折れなければ終わらない訳だが、どちらも一歩も引く気がない。

その強情さには、本人たちよりもご家族ご学友ご近所の皆様の方が大きな迷惑を被っていた。

「……もう、帰る」

せっかく二人になれたのにまた喧嘩になってしまったことが悲しくなって来て、真弓がふいに呟《つぶや》いて歩き出す。

「ついて来ないでよ」

同じ方角に後ろから歩いて来た勇太に、背を向けたまま真弓は言った。

「しゃあないやろ、おんなじ家に帰るんやから」

木に陰を作られた暗い地蔵尊から出ると日差しが眩《まぶ》しく、響いた怒鳴り声を聞いていた団子屋の親父が気まずそうに二人を見ている。

「いい加減仲直りせえって」

前を通ると親父は、二人に一本ずつみたらし団子をくれた。

「ごちそうさま」

それで口がふさがるのをありがたく思い真弓は頬張りながら歩いたが、四つの団子はすぐに食べ終わってしまう。

神社の前を通って、ゆっくりと、真弓は足を止めた。

「……ちょっと、度が過ぎたかもしんないけど」

桜祭りの日の、彼女に振られた達也を慰めたときのことを思い返して溜息をつく。

「でも謝んのやだ」

確かに自分の恋人が他の男にあんな風にしたら嫌だろうことは、よくわかった。真弓自身人一倍やきもち焼きの方だ。他の男に触るなと言われてしまえば、素直に聞いて謝ったかもしれない。

「なんでや」

「謝ったら本当に浮気したってことになっちゃうじゃん」

けれど相手は兄弟同然の幼なじみの達也だし、真弓にしてみれば浮気だなんてそんな気持ちは米粒ほどもなかった。

「丈《じょう》兄とかが失恋したって同じに慰めるよ俺。丈兄だったら……慰めるのは明《あき》ちゃんかもしんないけど」

それを勇太が浮気だと責めるのが、寧《むし》ろ真弓は逆に腹立たしくて堪《たま》らないのだ。

しばらく、勇太も黙り込んで社の方を見ていた。その言い分が全くわからない訳ではないと、そんな風に。

「けど、慰めるのにキスはせんやろ」

憮然《ぶぜん》と、勇太は眉《まゆ》を寄せて言い捨てた。

「キス?」

否定しようとして問い返した真弓の声に、けれどあまり力が籠《こ》もらない。

ぼんやりと、真弓は肩に縋《すが》った達也の涙を思い出した。

──酔ったの? いきなりそんなの、飲むから。

一瞬、弾みのように唇の端が掠《かす》った。事故だと、思ったつもりだった。

──あの子と間違えた? いいよ、ちょっとなら間違えてても。

だけどあんな風に言ってしまったのは、そこに微《かす》かな意図を感じたからだったのかもしれない。

「……キスなのかな、あれ」

そう思うと本当に恋人に対して酷《ひど》い罪悪感を覚えて、真弓は立ち止まったまま俯《うつむ》いた。

けれど余計に、キスではなかったと言い張りたくもある。そうだったと言ってしまえば、何か二人の間にあるものが取り返しがつかないほど疑われてしまいそうで。

「おまえは無防備すぎるんや」

気持ちを察したのか、不意に苛立ちを堪えられなくなったように勇太は声に険を込めた。

「いつかその辺のチンピラにえらい目に遭わされても俺は知らへんで」

信じられない冷たい言葉に、腹立たしいより泣きたくなって真弓が顔を上げる。

「そうか、せやから俺に引っかかったんかおまえ。おるもんな女でも、わっるいんが好きなんが」

「そんな……ことまで言うことないじゃん。酷いよ勇太、俺がどんなに勇太のこと……どんな風に好きかってちゃんと知ってるでしょう……っ!?」

冷静なら、喧嘩の勢いでの過ぎた言葉だと思えたかもしれないが、真弓も感情的になってしまってまともには何も返せない。そのまま行ってしまおうとした勇太の肩を、真弓は力任せに摑《つか》んだ。

「今そないなこと言われたかてわからへんわっ」

肩を摑んだ真弓の手の強さにカッとなって、勇太が力任せにそれを振り払う。

加減が狂って、その手が真弓の頬を弾いた。

少し大仰な音が、パンと響く。叩いたというほどの強さではなく、弾みで当たってしまっただけだ。

けれど叩かれた真弓より勇太の方が、呆然《ぼうぜん》とその真弓の頬を凝視していた。

「……すまん」

「ううん……当たった、だけだし」

急に大事のように謝った勇太に逆に驚いて、真弓が首を振る。

「悪かった」

「どうしたの？　全然、痛くないよ」

自分の方が何か酷いことをしたような気持ちになって、真弓は言い重ねた。

俯いた眼差しを、勇太は上げない。

「……勇太？」

ぼんやりと勇太は、頬に当たった手を眺めていた。呼びかけた真弓の声は届かない。

「ね、どっかいこ？　俺、今日補講やっぱり休むから」

歩み寄って、真弓は勇太のその右手を両手で摑んだ。

そのまま手を繋《つな》いで歩きだそうとした真弓の指を、勇太は振り払う。

「勇太……」

「……行くとこあるん、忘れとった」

そのまま、勇太は真弓に背を向けてしまった。

「予備校行かへん代わりに学校の補講は休まんで出るて、決めとったやろ。ちゃんと行き」

やさしいようでいて、何か突き放したような声を残して、勇太が真弓を離れて行く。

何故だか追えなくて、真弓は勇太の背が川の方へ消えるのをただ見送った。

付き合い始めて一年半、仲の良さで家族をやきもきさせる二人だったけれど、大きな喧嘩も何度も繰り返して来た。何日も口をきかないこともあったし、今度こそ別れるのかと思ったこともあった。多分、どんな恋人同士にもあるような行き違いやぶつかり合いで。

だからこの喧嘩がいつもと何か違う違和感を持っていることに、まだ真弓は漠然としか気づいていなかった。

「あーっ」

「……何してるのまゆたん」

自宅の洗面所の曇った鏡の前で、唇の端を指で引っ張りながら大きく口を開けている制服姿の末弟に困惑しながらも、戸口から次男明信《あきのぶ》は尋ねた。

次男は怖い物には蓋《ふた》をするところがあるので奇矯な行動を取っている弟に気づかない振りで洗面所を去りたかったが、自分も大学に登校しなければならない朝なので顔を洗わない訳にはいかない。

「あーっ、あーっ」

見ているうちに、奥歯を見ようとして声が出てしまっているのだと気づいて、取り敢《あ》えず行動の理由がわかって明信はホッとした。末っ子も高校三年生になって随分と大人びたと思っていたが、そんな姿を見ているとまるで子供だ。

「……そういえばさ、まゆたん」

言いながら、自分と三男の丈《じょう》だけがいつまでももう十八にならんとする弟を「まゆたん」などと呼んでいることにはたと気づき、いい加減改めようといきなり明信は誓った。

「あー？」

「その、勇太《ゆうた》くんと喧嘩でもしてるの？　なんかみんな、ちょっと気にしてるよ」

あからさまに険悪な二人が喧嘩をしていることぐらい聞かなくともわかったが、実は明信は兄弟たちと、さらに長男の恋人であり勇太の養父である秀《しゅう》から無理やり役目を押し付けられて、洗顔もしたかったが喧嘩の理由を聞きにも来たのだ。

いつものことだとみんな思ってはいるのだが、今回は鬱陶《うっとう》しいほど長いし、ここ数日は険悪さの度合いが深刻になったように見えて余計なお世話かと思いながら明信も気にはなっている。

「喧嘩はしてる。仲直りの予定は今のとこないみたい、勇太に聞いてよ」

口を引っ張るのをやめて、真弓《まゆみ》は口を尖《とが》らせて明信に答えた。

神社の前で口論をした日曜からより一層勇太は無口になっていて、真弓はおはようにさえ応えてもらっていない。その過剰な反応に最初は心配さえしたが、あまりのしつこさに段々真弓は腹が立って来ていた。

「……そう。まあ、できるだけ早く仲直りしてね。歯、見てたの？　親知らず？」

あまり期待できない願いを口にしながら、一年も前から放っておきっぱなしになっている真弓の親知らずの存在を突然思い出して、明信は身を乗り出した。

恐らく家族みんなも真弓の親知らずが生えて来たことをすっかり忘れていたが、それは真弓が最初にそう言った日以来痛いと主張しなかったからで、主張しないのは痛いと一言言えば歯医者に連れて行かれることは必定だからだ。

「それがさ、なんかねえ、親知らずちょっとずつ伸びてんの。伸びてんだよ?」

喜々として、真弓はそれを明信に報告した。

「このまま育てられちゃうんじゃないかなあ。そんでちゃんとした歯になって、きっと抜かなくて済むんだよ。そういう人いるって聞いたことあるもん。だいたい元々人間にあった歯な訳だし」

だったらまともな歯になってしかるべきだと、まるで演説のように真弓が何処からか仕入れて来た知識を語る。

「見て見て明ちゃん。真弓の新しい歯。あーっ」

その歯を抜かなくていい歯として認めろと、真弓は明信に大きく口を開けて見せた。

眼鏡をきっちり掛け直して、朝の焦点の合いにくい目でそれでもしっかりと明信が真弓の歯を検分する。

ちびた、他の歯とはどう見ても色目と強度の違うおかしな向きの最奥の歯を眺めて、明信は深々と溜息をついた。

「どうどう? だって昔は、人の歯は三十二本あったんでしょ? ちゃんとした歯でしょ?」

「風邪ひいたり、体調崩したりすると疼《うず》くでしょ」

明るい回答を期待する真弓には応えてやれず、親知らず経験者の明信が指先で真弓の奥歯の嚙《か》み合わせの辺りに触れる。

「……う、うん」

思いがけない力で顎《あご》の付け根を押されて、悲鳴を上げそうになりながら真弓は頷《うなず》いてしまった。

「そうやってね、だましだまし育てようとしても結局最後には抜く羽目になるのが……それが親知らずというものなんだよ」

「そんな……」

大きな希望の光を思い切り遮《さえぎ》られて、呆然と真弓が明信を見上げる。

「無理に育てるとかえって抜く時に痛いから、もう頭が出てるんだし今日にでも歯医者さんに行こう?　お兄ちゃん抜いたとこ、連れてってあげるから」

「ひっどい……」

「結局は、切開して抜かなきゃならないんだから」

「あ……明ちゃんのばかーっ!」

このまま歯医者に行かなくてもいいと言ってもらえるという期待を見事に打ち砕かれて、真弓は幼児返りの癇癪《かんしゃく》を起こして涙をぼろぼろと零《こぼ》した。

「真弓は歯医者には一生行かないもん。忘れないもん、子供のとき遊園地行っておもちゃも買ってくれるって大河《たいが》兄に連れてかれて、全部全部嘘だったもんっ!　全然痛くないってみんなで真弓のこと騙《だま》したんだもんっ」

「ま、まゆたん……っ」

「うえーんっ」

号泣しながら真弓が、洗面所を飛び出して行ってしまう。

しかし明信は違うショックを受けて立ち尽くし、玄関を開けて外にまで出て行ってしまった弟の背中を呆然と見送った。

不審そうにその玄関を振り返りながら、タオルを肩に掛けた勇太が洗面所に入ってくる。

「どないしたん。うえーんて泣きながら出てったで、うえーんて。こーこーさんねんせーが」

「まゆたん泣かしちゃった……すごいショック。僕子供のころからまゆたんのこと一回も泣かしたことなかったのに」

おまけに初めて真弓に「明ちゃんのばかーっ」と叫ばれた衝撃も大きく、情緒不安定になりそうだと思いながらよろりと明信は洗面所に寄りかかった。

「最近随分大人になったと思ってたのに……親知らずぐらいであんなに泣くなんて」

自分がデリカシー皆無な言い方をしたという自覚は全くなく、額を押さえて明信が悲しみに打ちひしがれる。

「何見て大人んなったと思うてんねん。あいつは小学生と変わらんとこもぎょうさんあるがな」

立ち直れない明信を退けて先に洗面所を使いながら、冷たく勇太は言い捨てた。

その言い方には険がない代わりにあまり力も感じられなくて、気になって明信が顔を上げる。

「……どしたの？　勇太くん？」

「なにがや」

「まゆたんにもさっき聞いたんだけど、もう一月くらい喧嘩してるよね。二人」

ただのいつもの痴話喧嘩ではないのだろうかと、段々と不安を大きくしてはっきりと明信は尋ねた。

「まあ、見ての通りやけど」

否定できるような現状ではなく、勇太が憮然としながら頷く。

「……もしかして達坊がまゆたんにキスしちゃったこと、まだ尾を引いてるの？」

「なっ、なんで知ってんねん！」

突然核心をついたことを聞かれて、一旦銜《くわ》えた歯ブラシを勇太は吐き出した。

「ごめん。お社の反対側から龍《りゅう》ちゃんと見ちゃったんだ」

頭を掻《か》いて明信が、率直な問いかけを反省する。

「怒るの無理ないけど、勘弁してあげてよ。達坊もずっと辛かったと思うし……それにまゆたんホントにわかってないから。兄弟みたいなもんで」

誰の味方になるのも気が引けたが、一応中庸の気持ちで明信はなけなしの仲裁に入った。

「……兄弟みたいな、か」

コップに水を汲《く》んで、曖昧《あいまい》な息を勇太が落とす。

「兄弟みたいな、親子みたいな、家族みたいなて」

もう一度歯ブラシを洗って、勇太は残り少ない歯磨き粉を絞り出した。

「なんや聞き飽きたわ俺。その台詞《せりふ》」

明信の分を残して、歯磨き粉を渡したきり勇太は歯ブラシを口に銜えてしまう。

もう会話の続けようもなく、仕方なく明信も自分の歯ブラシを手に取った。最後の歯磨き粉を必死に捻《ひね》り出す明信の横で、勇太が早い漱《すす》ぎを終える。

「……ああ、丁度ええわ。俺あんたに話があったんや、そういうたら」

行ってしまうのだろうと思った勇太が自分に向かって話があるというのに少し驚いて、明信は歯ブラシを銜えかけた手を止めた。

「なに？」

「俺、龍んとこのバイト辞めよ思うねん」

「どうして？」

突然のことに驚いて、明信が見えにくい目で勇太に歩み寄る。

「金谷《かなや》のおばちゃん出られるようになったし、あんた最近よう手伝っとるやん。そんな人手いらんやろ、あの花屋」

明信の恋人である龍が経営している花屋は、勇太の言う通り確かに手狭で、昼夜分かれているにしても三人の従業員は多過ぎる。

「え、でもそしたら僕行くのよすよ」

慌てて、明信は勇太に首を振った。

一見言い合いばかりしている龍と勇太だったが明信の目には随分と気が合っているように見えたし、何よりもう一年半も勇太はそこで働いて来たのだ。片手間に手伝っている自分が勇太の居場所を取っていたことが、明信には堪らなかった。

「何言うてんねん。龍かて俺の顔毎日見るよりあんたが行った方がええやろ」

「そんなこと言わないでよ、勇太くん。僕は学校が不規則だから手伝ったり手伝えなかったりだし、龍ちゃんは勇太くんのことすごく頼りにしてるんだよ」

必死で、明信が本心からの言葉を重ねる。

「……すまん、厭味《いやみ》とちゃうねん」

不意に神妙になって、言い方を反省するような、らしくないしおらしさを勇太は見せた。

「他にちょっと、働きに出たいとこあんねん。これはほんまの話や。去年の夏ぐらいから、考えとって。けど途中で龍んとこ放り出す訳にもいかへんと思って迷っとったんやけど、あんたが来てくれるようになったし。学校も忙しやろけど、後のこと頼みたいんや。あかんか？」

誠実な言葉で告げて、勇太が明信に懇願する。

「……他の仕事？　学校は？」

急な話が飲み込めずに困惑して明信は、もう背丈では完全に自分を追い越し大河にさえ追いつこうとしている勇太を見上げた。

「せやからバイトや、心配せんといて。あんたの都合はどうや」

「それは……なんとかなるかもしれないけど。店番の間に勉強もできるし」

「そしたら龍には俺からちゃんと話すから、それまでは誰にも言わんとってくれる？」

「言わないけど、でも……」

「すまんな、よろしゅう頼むわ」

不安で言い淀《よど》んだ明信の言葉の先を聞かず、勇太は限《きり》をつけて話を終わらせてしまう。

「……だけど他の仕事って」

「お、朝の洗面所ラッシュ」

やはり曖昧にするのは躊躇《ためら》われてちゃんと聞いておこうとした明信を、今起きたばかりの丈がのそりと現れて遮った。

男三人が詰まると、二畳ほどの洗面所は空気まで薄くなる。

「俺は今終わったとこや」

引き留める明信の視線をあっさりと置いて、勇太は顔も洗わず行ってしまった。

「……勇太に喧嘩のこと聞いた？　明ちゃん」

仲裁を押し付けた中の一人である丈は、調子よく結果だけ聞きながら顔を洗い始める。

「聞いたけど。……ちょっと、どうしていつも丈は顔洗うのに洗面所の床水浸しにするんだよ」

大事な話を遮られた気がして明信はつい苛立って、三日に一度と決めている小言を昨日も言ったのにまた言ってしまった。

「洗面所の高さが合わねんだよ、絶対。そんで喧嘩は？」

「……うっす。急いでんだ、どけ」

そして仕事が立て込んでいて二時間しか寝ていない長男大河が、頭を爆発させたまま現われ洗顔途中の丈を蹴《け》り飛ばす。

「いってえっ、ひでえなアニキ！　横暴だろ!?」

「一円でも食費入れてから言いやがれこの大飯食らいのデブが」

「う……っ、ちくしょー……世界タイトル取ったら百万倍にして返してやるよっ」

普段は自分のことさえ賄えば家計のことは気にするなという家長兼長男は、朝の不機嫌に任せてただ弟に当たっているだけだった。

だが、単細胞な三男坊はそのことに気づかずに歯噛みして地団駄を踏んでいる。

「体も絞れねえそんなデブがどうやって世界タイトルとんだか知らねえが、あーそりゃ楽しみだ」

「オレは計量に失敗したことは一回しかねんだよっ！」

「ところで僕は一体いつになったら顔洗えるのかな……」

この春には新しい奨学金制度の資格を得て研究費と称して多少の援助を文部省から貰《もら》い、いらないと言い張る大河に無理やり些少《さしょう》だけれど食費を入れ始めたバイトもしている明信は、そんなこととは無関係に洗面所が空くのをただ無力に待つのだった。


毎朝のことだが皆戦争のようにばたばたと出掛けて行ったというのに、悠然と居間で食後の茶を啜《すす》っている義理の息子の勇太《ゆうた》を、最近ますます原稿が遅くなったと評判を落としているS

F作家阿蘇芳《あすおう》秀《しゅう》は台所を片付けながらちらちらと見つめた。

原稿が遅くなっているのはこうして家事を引き受けているからではなく、家事をしているという言い訳を得て逃避をしているせいだと本人だけが知っていたが、それは恋人である担当にも生涯打ち明けるつもりのない重大な秘密だ。

洗い物を後回しにして、秀はお茶を入れ直すべく居間の飯台についた。いつもならその悠長な息子に学校に行けと小言を垂れなければならない場面だが、今日は少し事情が違う。

「……最近、朝真弓《まゆみ》ちゃんと行かないね」

「おまえまでその話かいな」

朝のワイドショーを片肘をついて眺めながら、うんざりと勇太は眉を寄せた。

「だって」

「あいつは進学クラスやから、三年なってから早朝補講ゆうのがあんねん。一時間もはよ出るのに付き合ってられんわ」

「でもせめて勇太も遅刻しないように行ってくれてもいいと思うんだけど」

朝のホームルームのチャイムが川向こうの高校から微かに聞こえて、秀が精一杯の怒り顔を作る。

「俺は就職クラスや。先公も適当に手え抜いてやっとるわ。ホームルーム出んかて単位には関係ないし、卒業できればそれでええねん。学費出しといてもろてんのに悪いけど、俺ほんまに学校ちゅうとこが合わんのや」

　そもそも小学校もまともに行っていないし、子供のころから働くことを知っていた勇太にはどうしても級友に合わせることができない。唯一気の合う達也《たつや》とも今は気まずいままだし、真弓とは言わずもがなだ。

「そんでもおまえとちゃんと約束したから高校だけはありがたく出さしてもらうよって、心配すんなや」

「卒業できないとは……思ってないけど。僕の方から無理に行ってもらったんだから、就職したら学費返すとかももう言わないでね。頼むから」

「……そんなん言わんでや。頼まれたから行ってやったみたいには思ってへん。俺秀がおらんかったらこんなまともに高校出たり、絶対できひんかったし」

　正座した膝に両手を置いた秀に慌てて、勇太は姿勢を正して秀に向き合った。

「別に、ガッコ行くん苦痛なだけやないし。悪かったな、こんな言い方して。すまん」

　髪を掻いて、謝りながら頭を落とす。

「……あのね、勇太。話があるんだけど」

　躊躇いながら秀は、最近色を落とすことをしなくなった勇太の髪を見つめた。中の方が黒いのは何度か見たが、その黒い毛の比率がかつてなく多くなっている。ずっと元の色がわからないくらいに色を抜いていてどんなに言ってもやめてくれなかったのに、どういう心境の変化だろうと、それが秀には不思議だった。耳たぶがかさついても入れっぱなしだったピアスも、よく見ると外されている。

「そんな風に言ってくれるのに付け込むみたいで悪いんだけど、怒らないで聞くだけ聞いてくれる?」

もしかしたらその理由のわからないその勇太の心境の変化がチャンスなのかもしれないと、意を決して秀は言葉を切った。

「なんや、改まって」

「その……本当に、進学する気ないの?」

「なんべんも話したやろ、そのことは」

遠慮がちに問いかけた秀に、勇太が不機嫌をあからさまにする。

「だけど大学は中学や高校みたいに制服もないし、規則や生活の制約もほとんどないんだよ。クラスみたいなものもあるけど、団体行動なんてする必要ないし」

「俺は明信《あきのぶ》や真弓みたいにやりたいこともなんもあらへんし、だいたい勉強が嫌いやねん」

秀が言うような理由で進学を拒んでいるのではないことはわかっているはずだろうにと、勇太は声を苛立たせた。

「でもね、今はそうでも」

「なんでや、なんで大学に行かしたいんや。大学出とらんと一人前の人間ちゃうて思っとんのか」

何度も聞かされた言葉でまた甲斐のない説得をされるのかと、飯台を叩いて勇太が話を終わらせようとする。

「そんなことは全然思ってないよ！」

不意に、ほとんど声を荒らげることのない秀が、叫んで半立ちになった。

縁側の老犬バースが驚いて、眠りから覚め肩を起こす。

そんな風に逆上されるとは思いもしなかった勇太も、酷く驚いて呆然と秀を見上げた。

「ただ……今僕には勇太を大学に出せるだけの余裕があるし。もちろん専門学校でも、勇太の行きたいところがあれば」

自分自身その感情の高ぶりに驚いているように、少しだけ目を落ち着かなくさせて秀が色の薄い髪を掻き上げる。

「……まあ、言いたいことあるんやったら最後まで聞くわ。取り敢えず座れや」

毒気を抜かれて、寧ろ秀を心配して勇太は畳を指した。

「そうだね……大きな声出してごめん。だけど本当にそんな風に思ってる訳じゃないんだ。それだけは信じて」

「もうわかったて。変なこと疑って俺が悪かったわ」

宥《なだ》める勇太の言葉を聞いて、秀が畳に腰をつく。

膝を正して向き合ったまま、気まずい沈黙が流れた。丈《じょう》が縁日で買ったという手細工の風鈴が、気の早い涼やかな音を聞かせて間を持たせてくれる。

「……勇太就職って、どうするの？　何か考えてる？　もう同じクラスには就職活動してる子もいるぐらいでしょ」

今のところそうした気配のない勇太に、気を静めて秀は尋ねた。

勇太は答えず、眉間《みけん》に皺《しわ》を寄せて口を噤《つぐ》んでいる。

「もしまだ何もビジョンがないなら、大学でそれを探すのもいいと思うんだ。だいたいでいいから、興味のある方向で」

「進学の連中は二年の夏からやっとるで。もうそんなん言うたかて間に合わへんて」

「浪人してもいいじゃない。予備校に行って」

「そうまでして……」

「僕はこういう人間だから、本当言うと勉強の他は何もしたことがなくて。だからきっと、もっと他にいろんな勇太を助けるものがあるんだろうけど僕には……わからなくて」

「……助ける?」

俯いて、何処か切なげに秀の言ったことの意味がわからなくて、勇太は首を傾けて問い返した。

「うん。何かを一つ修めるのは、いつか勇太を助けることもあるかと思うんだ。……ただ大学を出たってことが、選択の道を広げることもあるだろうし」

「なんや、進路指導のおっちゃんみたいな台詞や」

茶化すつもりはなかったが、後半の台詞は進路という言葉が学校で出るようになってから何度聞いたかわからない言葉だと、勇太は溜息をついた。

「……本気で、言ってるんだよ。ただ言いくるめて大学に行かせようなんて思ってる訳じゃ」

「すまんすまん。けど、回り道てこともあるやろ。おまえの言う助けに、もし大学とか専門学校が俺んとってならん場所やったら」

眉を寄せて、秀が勇太を見上げる。ばつが悪そうに、秀はまた俯いた。勇太が言ったことを元々わかっていて言ったことへの居たたまれなさでか、それとも想像もしなかった気まずさでか。

「そうだね」

ぽつりと、秀は呟いてぼんやりと外を眺めた。

去年から掛かったままになっている簾《すだれ》が色あせていたが、庭の緑を映してやがて来る本当の夏を匂わせてくれる。

「わがまま、言ってごめんね」

「せやから謝らんといてくれや頼むから。保護者のおまえがそうせえてずっと言うとったのに、聞かへんのは俺の身勝手や。すまん、秀」

けれど行かないという気持ちを下げるつもりはなく、勘弁してくれというように勇太は頭を下げた。

自分よりとうに広くなってしまった肩を、言葉もなく秀が見つめる。

「ううん、僕のわがままだよ。岸和田《きしわだ》で勇太に出会って……僕の子供になってもらって。会った時は十一歳だった勇太はもう十八になっちゃって」

唐突にそんな昔話を始めて、秀が笑うのかと一瞬勇太は思った。

「自立する自由もある、そういう年齢になっちゃって」

けれど呟いた秀の声は、掠れて微かに震えていた。

「だから、これが僕が勇太にしてあげられる最後のことかも……しれないから。それで僕も、あきらめがつかなくて」

だから自分の勝手な頼み事なのだと、秀が告白する。

「こんなことしか考えてあげられなくて、情けないけど」

ちりんと、硝子《ガラス》の風鈴が慰めのようにまた音を鳴らした。

「……秀」

「一度も、僕は勇太を本当の親御さんに会わせなかった」

どんなに充分だったのかということをどうやって伝えたらいいのかわからずにただ名前を呼んだ勇太を遮って、不意に、秀が己を断罪する。

「何言い出しよんねん、いまさら。俺が会いたなかったんや。おかんは何処におるかもわからんし、おとんはおとんなんてもんとちゃう。おまえのせえなんかやないわ。たまに岸和田行ってみるかて、おまえ何べんも聞いとったやないか」

「行かないって、勇太が言うのをわかってて聞いたんだよ。僕は僕のエゴでそうやって勇太を自分だけの子供にしてた。親御さんには会わせたくなかったよ、本当は。勇太がいつ本当に岸和田に帰るって言い出すかって、ずっとびくびくしてたんだ。僕は」

それはずっと押し隠していた本心で、初めて得たたった一人の肉親を秀は最初どうしたら手放さないで済むかとそればかりを考えていた。

「……僕はそんな酷い、養父だったから」

「そないなこと冗談でも言うな！　誰にも、おまえにかて言われたないそんなことっ。他に言うやつがおったら俺が殺したるわ!!」

「だけど一度も会わせなかったから、勇太を僕に託して良かったって思ってもらえるだけのことはしたいんだよ。せめて」

「あほなこと抜かすなっ、もう充分してもろたわ俺は！　今度は俺が返す番やないかっ」

感情を抑えられず喉《のど》が切れるほど叫んで、勇太は飯台の縁を摑んでいつの間にか腰を浮かせていた。

「……親なんだから」

眉を寄せて、秀が微かに首を振る。

「僕は返してもらうものなんか何もない。何も返して欲しくなんかない」

大きく振ってしまうと涙が零れ落ちてしまうと、そんな風に静かに。

「だから誰かを……真弓ちゃんをちゃんと愛して。真弓ちゃんに沢山のものを渡してください」

願い事を口にした秀の口元に、どうしようもなく溢《あふ》れた滴が伝って畳に落ちた。毳《けば》だった畳は、すぐにそれを吸い込んで隠してくれる。

秀の言ってくれたことは、勇太にも痛いほどわかった。

——だけど家族って本当は。

岸和田に迎えに来た秀が、聞いたこともない強い声で言った言葉だ。

——いつでも、手を離せるもののことを言うんでしょう?

そして勇太が誰かの、真弓の手を取って行けたらそのときこそ自分たちは本当に家族だったと言えると。

「……けど」

真弓の手を取るということは、ただ一緒に行けばいいということではないと勇太にもわかっていた。秀は、人と幸いを分け合って欲しいと、願っている。

「俺」

そんな秀の気持ちを胸に濁らせながら、勇太はぼんやりと右手を眺めた。

——当たった、だけだし。

耳に返る不安そうな真弓の言葉のとおり、確かに叩いた訳ではなかった。

——どうしたの？　全然、痛くないよ。

けれど本当にそうだろうかと、疑って勇太は手を握り締めた。もう一週間近く経つのに、手に痺《しび》れのような強い感触が残って消えない。

「……喧嘩、そんなに深刻なの？」

拗《す》ねるでもなく黙り込んだ勇太に、不安を露《あらわ》に秀は聞いた。

「秀、おまえと暮らし始めた最初のころ」

問いかけには答えず、手を見たまま勇太が違う話を始める。

「俺おまえのことどついたことあったな。何べんも。台所のもん投げ付けたりしたしな」

「それは……最初からうまくはいかなかったし。僕はよく勇太を怒らせて」

変に慌てて、秀は激しく首を振った。

「これ、そんときの傷か」

顔を近づけて、よく見なければわからない目の下のうっすらと残る線に指先で勇太が触れる。

「違うよ」

やんわりと、秀はその手を解いて飯台に置かせた。

「違う。これはずっと昔からあった傷だよ。子供のころに自転車で転んだんだ」

変にはっきりし過ぎるほどの口調で、秀は言い切る。

そして目の縁に残っていた涙を拭《ぬぐ》って、話を変えるために、秀は立ち上がった。

「実はね」

背を向けて電話の下の引き出しに、秀が指先で触れる。引くのを、躊躇って。

「岸和田から、手紙が届いたんだ。初めてだから驚いたよ」

思い切りをつけるような大きな声で、何げないこととして伝えようとしながら、秀は背を張った。

けれど振り返った顔には、心細さと不安と、言い出せずにいたすまなさが影を落としていた。

「一昨日……届いたんだけど。ごめん、怖くて、渡せなくて」

「なんが怖いねん」

手紙が来たということには勇太も驚きはしたが秀のそれほどの躊躇いも不思議で、座ったまま問う。

「帰って来て……欲しいとか書いてあるんじゃないかと思って」

消え入りそうな声で言って、微かに揺らぐ手で秀は勇太に手紙を差し出した。

「あほ、そんな親ちゃうわ。もう俺のことなんか、おとんはいたことも忘れとるて。……それにこれは」

立ち上がり手紙を受け取りながら、勇太も多少躊躇《ちゅうちょ》して裏書きを見る。

「これはお好み焼き屋のババアからや。見てわからんかったんかいな」

「住所が岸和田だし、僕には誰だかわからないから色々考えちゃって。代理の人なんじゃないかとか」

あきらかな安堵《あんど》を肩から抜いて、秀は息をついた。

自分にしてみれば親からの手紙などあり得ないことなのに本当にそんな心配をしていたのかと、苦笑して勇太が手紙の口を切る。

「去年の夏に家出した時、このババアに世話んなったんや。真弓が住所控えてきよって、お礼状や年賀状やて勝手に出しとったんや。せやから俺へやなくて真弓への手紙なんかもしれへん」

表にはしっかりと「阿蘇芳勇太様」と、大人の字ではあるけれどあまり書き慣れていないような乱暴な宛《あ》て名が書かれていたが、特に自分に用があるとも思えず勇太は何げなく便箋《びんせん》を引き出した。

元より手紙など得意でないのだろう彼女はそれでも、「拝啓」とぎこちなく文を始めている。目が字の上を滑ってすぐには意味を捉《とら》えられずに、何度も、勇太は短い手紙を読み返した。やがて何が書いてあるのかをようやく知って、ただ便箋を摑んだままぼんやりと立ち尽くす。

「……勇太？」

その様子が、明るい知らせを聞いたようにも真弓への伝言を読んだようにもとても見えなくて、秀は遠慮がちに勇太を呼んだ。

「なんて、書いてあったの？」

躊躇いながら手元を見ようとした秀に、慌てて勇太がくしゃりと手紙を閉じる。

「たいしたことは……書いてへん。店の猫がどうとか、真弓は元気かとか。おまえのことも、ちゃんと親孝行しとるかとか」

早口に、勇太は内容を告げて秀に笑った。

「あと昔なじみのトヨっちゅうやつが女孕《はら》ませて所帯持つて。覚えとるか？　おまえなんべんかおうとるで」

「うん……坊主頭で、ここのとこが禿《は》げてる子だ」

傷のせいで毛の生えて来ないところがある坊主頭を思い出して、秀が頭を指さす。

「そうや、ハゲのトヨが結婚や。あんまりおもろなって慣れん手紙なんぞ書いて来よったんやろ」

「……本当に、それだけ？」

不自然なほど笑おうとする勇太に不安を深めて、秀はもう自分より高い目線を見上げて聞いた。

「それだけや」

静かに、勇太は笑う。

「結婚式、行くの？」

「するかいなそんなもん。それにトヨは俺におうたら必ず殺すて、今でも言うとるんやで」

肩を竦《すく》めた勇太の物騒な言葉に、冗談ととったらいいのかわからず曖昧に秀は首を傾けた。

「こう、石握って」

答えるように苦笑して、勇太が右手を丸める。

「どついたったら鼻が折れてしもたんや。トヨは二つ年嵩《としかさ》やったから、ハンデや」

手を開いて笑った勇太に、笑ったらいいのか怒ったらいいのか、暴力とは無縁に育った秀にはわからない。

「……理由も、もうよう覚えてへんなあ」

ふと、独り言のように言って勇太は、開いた右手を浮かせたまま俯いた。掌《てのひら》越しの過去を眺めるように、ぼんやりと目が遠くを見ている。

何もかもが途中になったままの話をどれも続けられずに、秀は黙って勇太の横顔を見つめた。

裸電球に隣の揚げ物屋の油が染み付くのか、どうしても薄茶がかってしまう明かりの下で、色鮮やかな初夏の花が少し頭を落としている。

明日には投げ売りされるのだろう竜胆《りんどう》を店の中にしまっている龍《りゅう》の後ろに、躊躇《ためら》いながら真《ま》弓《ゆみ》は歩み寄った。

「……真弓」

人の気配に敏感な花屋の主人はすぐに気づいて、足でバケツを店に押し込みながら真弓を振り返る。

「どした、最近お見限りだったのによ」

「うん、三年生になったし。でもちょっと、来ちゃった」

補講が忙しいからではなく勇太《ゆうた》と喧嘩《けんか》しているせいで最近顔を出していなかったのだが、少し気まずく真弓は笑った。

「明《あき》ちゃんは？」

すぐに勇太はと聞くのは癪《しゃく》で、何げない素振りで真弓は兄を探す。

「近くまで配達行ってもらってるとこだ」

「こないだ明ちゃんにばかって言っちゃったの、まだごめんなさいしてないんだ」

花の咲いたバケツをしまうのを手伝いながら、兄の恋人に真弓はそれを告白した。

「なんでまたそんなこと言ったんだよ、丈《じょう》ならともかくよ」

実はすっかり話を聞いている龍は可笑《おか》しくて仕方なかったが笑う訳にもいかず、まともに話を聞いてやる。

「だって親知らず抜かないとだめだって言うんだもん」

「俺も抜いたぞー、二十歳んときだったな。ちっとも痛かねえ、あっ、もうぜんっぜん痛かねえぞ」

「……龍兄」

じとっと真弓は、あからさまな嘘《うそ》をつく龍を上目遣いに睨《にら》んだ。

「そんで？　今日はわざわざこの花屋に兄ちゃんと仲直りに来てくださったんですか？」

「……龍兄、意地悪ばっか。なんで明ちゃん龍兄がいいのかな。もう」

わざと核心から離れたことを言う龍を恨んで、家族に認められないながらも明信《あきのぶ》の強情さで強引に付き合いが続いている次男の恋人に口を尖《とが》らせる。

「……勇太とはどうなんだ、そんで」

恋人の弟を揶揄《からか》う悪い癖がつい顔を出してしまったが二人のことを一応真剣に心配している龍は、話を逸らすのをやめて率直に聞いた。

「全然、口もきいてないし」

怒る気力はもう潰《つい》えて、力なく真弓が俯《うつむ》く。

「でも喧嘩してんのつまんないしさ。仲直りしよかと思って、俺」

「延々やってたのに、自分から折れる気になったのかおまえ。最初のころはすぐ謝ってきたのに、最近はいつも結局自分が折れてるって、前に勇太ぼやいてたぞ」

「それ言い過ぎ。十回に一回くらいは俺から謝ってました」

しおらしい真弓の言葉に目を丸くして言った龍に、憮然《ぶぜん》と真弓がとてもほめられたことじゃないことを言った。

「じゃあその十回の一回だっつう訳だ」

中の花に水をやって、今日の仕事を完全に終えて龍が相変わらず似合わないエプロンを外す。丸いビニールの禿《は》げた椅子《いす》に座って、一仕事の後の一服とばかりに龍は煙草《たばこ》を取り出した。

「本当は今回は絶対折れる気なかったんだけど」

その煙草の先に龍が火をつけるのを眺めながら、真弓が溜息《ためいき》をつく。

「だけどなんか……途中から勇太ちょっと、おかしくなっちゃった気がして」

ぼんやりと煙が上がるのを眺めながら、真弓は独り言のように呟《つぶや》いた。

「なんか、最初はただの喧嘩だった気がすんだけどね。勇太が変だなんて、全然、気のせいかもしんない」

一人で先を急ぐ真弓を、煙を吐きながら龍がただ言葉を聞いて眺める。

何も否定してくれない龍もやはりそういうものを感じるのかと、真弓は肩を落としてもう一つの椅子についた。

「どうしたんだろ、勇太」

神社の前で最後にまともに話したときのことを、濡《ぬ》れたコンクリを眺めながら真弓は思い返した。話したというよりは、口論だったが。

勇太の手が弾みで頬《ほお》に当たって不意に勇太の声音が弱くなって、それで喧嘩が終わるような気さえしたのだけれど、あれ以来勇太はまともに真弓を見ようともしない。

「謝っちゃった方がいいのかなあ……どう思う？　龍兄。でもさ、浮気なんてしたつもりないのに。浮気してごめんって謝られたら余計にムカつかない？　どう？」

色恋においては実の長男よりはよほど相談相手として当てになりそうな年長者をしっかり選んで、足の間に両手を置きながら真弓は尋ねた。

「まあそういうのは認めたら最後ってとこあるわな。確かに」

早々と吸い終わった煙草を、アルミの灰皿に龍が押し潰《つぶ》す。

「ぜってえそんなつもりはねえって言い通した方がいいかもな。疑ってる方が、ホントだったって言われるより実際はマシなもんだろ」

「……明ちゃんのこと弄《もてあそ》んだりしないでよ」

その狡猾《こうかつ》さににわかに兄が心配になって、相談に応えてもらっておきながら真弓は酷《ひど》く訝《いぶか》しげに龍を見た。

「今おまえに言われたくねえぞ、俺は」

「……俺って浮気もん？　だってさ、達《たっ》ちゃんだよ？」

どうしても納得がいかないと、真弓が口を尖らせる。

「まあ、確かに達也《たつや》だけどな」

そこのところは龍も情状酌量の余地を感じていたが、しかし自分と明信《あきのぶ》の話ならと思うと安易に真弓に頷《うなず》いてやる気にもなれなかった。

「勇太は本当に」

親切にも一緒に考え込んでくれている龍をよそに、ぽつりと真弓が口を開く。

「俺が浮気したなんて思ったのかなあ。なんか、変だ。あんなに怒るなんて」

「そりゃ怒るだろ普通。自分のコレが他の野郎とキスしたら」

「だからしてないってば」

小指を立てて片眉《かたまゆ》を上げた龍に、真弓はキッとなって顔を上げた。

「まあ確かに……何もあんなに余裕なくなることねえわな。弾みでちっと掠《かす》ったくらいで」

「……あれ？　そういえばなんでそんなに詳しいの？」

成り行きで思いきり相談してしまったがそういえばどうして何もかも知られているのかと、はたと不審に思って真弓が眉を寄せる。

「え、いや」

「勇太が喋《しゃべ》ったの？」

「そうじゃなくて、俺と明は見ちまったんだよ。お社の反対側で。だけど町中知ってるっつの、おまえらの喧嘩も達坊のことも。今この界隈《かいわい》で最も気の毒な男は達也だぞ、実際」

観念して龍は、洗いざらいを喋ってしまった。

「そっか……そういえば最近、達ちゃん顔見てないや」

「ばつがわりいんだろ。早く仲直りしてやんねえと、達也も浮かばれねえって」

まるで故人のようなことを言って、龍が白菊の前で両手を合わせる。

「やめてよもう、悪い冗談。……でもそうだね、やっぱりちゃんと勇太と話さなきゃ。ちょっと長すぎだもん、おかしくもなるよね。ところで勇太は？　勇太も配達？」

決めたらなんでも早い真弓は、すっくと立ち上がって狭い店の中を見回した。

「……え？」

二本目の煙草を噛《か》んで、答えられずに龍が顔を顰《しか》める。

「あれ？　まゆたん、どしたの？」

そこに丁度配達から帰って来た明信が、エプロンを解きながら笑顔で弟を迎えた。

「勇太迎えに来たの。久々に」

「……さてと、帳簿でもつけるかな俺は」

笑って言った真弓に、龍が伸びをしながら椅子から立ち上がる。

「龍ちゃん……まゆたんに言ってないの？」

「えーっと。俺、裏の植木見てくるわ」

「龍ちゃんってばっ」

この後のことを思えば逃がしてなるものかと、必死で明信は龍のシャツの後ろを摑《つか》んで止めた。

「何？　どしたの？」

キョトンとして真弓が、どう見ても様子のおかしい二人を交互に見る。

息を飲んで、明信と龍は真弓を振り返った。

「……龍ちゃん言ってよ」

「おまえの弟だろ」

小声で二人が、真弓の問いの答えを押し付け合う。

「ねえってば。どしたの？」

焦《じ》れて声を大きくした真弓に、観念して明信は溜息をついた。

「……辞めたんだよ勇太くん、ここのバイト」

仕方なく明信が兄の義務で、弟には知らされていないと思《おぼ》しき事実を語る。

「えっ⁉」

即座に真弓は、身を乗り出して聞き返した。

「一週間くらい前に、正式に辞めちゃったんだ。聞いて……ないみたいだね」

「聞いてない。全然、なんにも」

明らかに憤りに満ちた目で、真弓が憮然と答える。

「あのね、僕がまめに来るようになっちゃったから気を遣ってくれて。それで他所《よそ》探したのかな、そこのとこはよくわかんないんだけど。二人ともずっと喧嘩してたから、それで言うタイミングがきっと……」

「……信じらんない、いくら喧嘩してるからってそんなことまで教えてくれないなんて」

必死で気持ちを宥《なだ》めようとした兄の言葉を聞かず、折れると言った最初の言葉は何処《どこ》へやらで真弓は店を飛び出そうとした。

けれどずっと週末も留守にしてどうやらときには学校さえ休んでいるらしき勇太がじゃあ何をしているのか気に留めずにはいられず、短気を堪《こら》えて爪先《つまさき》を留める。

「辞めて、今何してんの勇太。今日だってまだだし、昨日だって遅くまで帰って来なかったよ。他所って？」

自分たちが教えていいものかと躊躇《ためら》って、龍と明信は顔を見合わせた。

「……山下《やました》の親父さんのとこだ。親方のとこで、雑用のバイトさせてもらってるらしい。うち辞めたのは一週間前だけど、そっちはもう春休みから行ってたみてえだな」

黙っていても仕方がないと、龍が全《すべ》てを教える。

「そんな……」

「きっと達也のことがあった直後ぐれえだろ」

それで言いそびれたのだろうと、言い聞かせるように龍は言い添えた。

「だからってそんなのって」

「……あのな、真弓。なんでかは俺もわかんねえけど、その、おまえと達也とのことのせいかもしんねえけどよ、もちろん。だけど多分それだけじゃなくてあいつ今やっぱなんかおかしいっつうか、見てて変に浮き沈みが激し過ぎんだよ。だからここはおまえの方が引いて、取り敢《あ》えずちゃんと仲直り……」

しろ、という龍の急《せ》いた言葉を最後まで聞かず、逆上したまま真弓は花屋を飛び出した。

「まゆたん！　ちょっと待……っ」

今その勢いで行っては拗《こじ》れるだけなのは火を見るより明らかで、慌てて明信が追ったが間に合わない。

真っすぐ真弓は、神社の裏に走った。

そこには龍の言った、山下の親方の仕事場がある。いつも木の匂いがして削られた木屑《きくず》が山になっている仕事場には古い屋号が掛けられていたが、そこが何屋なのかははっきり真弓も知らなかった。職人も多く明けっ広げな仕事場の多い下町だが、そんな風に子供にはなんだかよくわからない仕事というのは沢山ある。

息を切らせて真弓がそこに辿《たど》り着くと、丁度仕事場の明かりが落ちるところだった。

「お疲れさまでした。お先、失礼します」

ランニングの肩に手ぬぐいを掛けた勇太が、中に向かって頭を下げているのが目に映る。目を背け合っていた知らぬ間に随分と隆起した腕には汗が滲《にじ》んで、髪に木屑がついていた。

「いっぱい引っかけてっか。勇太」

「俺まだ一応未成年なんっすよ」

中からの親父たちの声に、まるで青年のような顔で勇太が笑う。力仕事に疲れたのか少し鋭角になった横顔は見知らぬ、精悍《せいかん》な大人の男のようで、惑って真弓は声がかけられなかった。

そうして、自分には何も教えないまま一人で大人になろうとする恋人に焦り、堪えられないほど苛立《いらだ》ちが込み上げる。

家に向かって歩きだそうとして、勇太が、真弓を見つけた。

明らかに隠し事を見つけられたという気まずさで目を逸らせた勇太に、真弓は我慢ができなくなった。

「どういうこと？　なんで、いつからここに来てんの？　どうして教えてくれなかったの？」

「疲れとるんや、明日にしてや」

矢継ぎ早に問いを重ねた真弓に、右手を振って勇太は横を擦り抜けて行こうとする。

「待ってよ！」

ただ感情で声を荒らげて、真弓は勇太の腕を摑んだ。

「……しゃあないやろ、龍のとこには明信が行った方がええし」

溜息をついて、仕方なしというように勇太が答える。

そんな言い方をされてしまうと言葉を重ねるのも切なくなって、真弓は唇を嚙んで俯いた。

「だからって何も学校も休んだりするようなバイトしなくてもいいじゃない」

「納期のある時は猫の手でもないとどうもならん。……せやから明日にせえって」

そんな込み入った話を今はしたくないと、手を振り払って勇太は歩きだす。

「ねえ、待ってったら。もしかして、就職のこと考えてるの？」

そんな話も少しもしていないことを気にかけていた真弓は、小走りについて行きながら問いを重ねた。

「土建って、前に言ってたよね。何処までがそういう風に言うのか俺よくわかんないけど。それでバイト変えたの？」

大工とは違ったが山下の親方の仕事は確かそういうようなものだったはずだと、思い出して真弓が問う。そこに見習いに入ったということならば勇太はもう進路を決めたも同然ということになる。それを少しも相談されなかったことが、真弓は本当にショックだった。

「やっぱり、どうしても進学はしないの」

もうクラスも完全に分かれてしまったけれど、勇太が気を変えて一緒に進学することもあるのではないかと、まだ何処かで真弓は期待もしていた。

「せえへんて、何べんも言うたやろ」

苛々と勇太が、あっさりとその望みを切り捨てる。

「でも秀《しゅう》ともまだ……ちゃんと話してないでしょ？」

けれど働くということへの実感がほとんどない真弓には、そうしてなんの理解も与えられないまま道が分かれて行くことがどうしても不安だった。

「秀は進学して欲しいって」

「るっさいんじゃっ、明日にせえて言うとるやろが！」

袖《そで》を引いて進学を望む真弓の手を弾いて、勇太が立ち止まって怒鳴る。

投げられた声の険に呆然《ぼうぜん》として、真弓はただ立ち尽くすことしかできなかった。

「なに……そんなに苛々してんの？」

暴力と変わらない声をいきなり投げ付けられた痛みで涙が零《こぼ》れそうになるのを堪えるのがやっとで、問いかけた真弓の声が掠《かす》れる。

「俺の聞き方が悪かった？　ごめん……急に知ったから驚いて、責めるみたいにして」

いつの間にか辿り着いていた、冬の間ずっと勇太のバイトの帰りに二人で会っていた百花園《ひゃっかえん》前の公園の街灯が、小さく点滅する。

「それともまだ全然、達ちゃんとのこと怒ってるからなの？　謝ったら、許してくれる？　俺してない浮気なんて謝るの絶対やだけど」

ただ睦《むつ》み合うことしかしなかった場所の前でこんな話をしているのは余計に辛くて、言葉が続かずに真弓は唇を噛み締めた。

「勇太が、前と同じになってくれるんなら……謝るよ、ごめんなさい。もう、他の男の人に近づいたりしないから」

耳に返る言葉に酷く情けない気持ちになりながら、それでも先を続ける。

このことで険悪になってから初めて真弓から謝ったのに、勇太は何も答えてはくれなかった。

寧《むし》ろ何処か傷ついたように、腹立たしげに真弓を見ている。

「最初っからそんなに怒ってた？　俺がわかってなかっただけ？」

堪えられずに、真弓の目の縁から涙が零れ落ちた。

一度零れたものは引き留めるのが難しく、後から溢《あふ》れて足元に吸い込まれて行く。

「なんで泣いとんねん」

苛立ちを隠さずに、勇太は聞いた。

「怒鳴ったから謝ったんか。俺が……こわいんか」

木屑と汗の匂いのする仕事に荒れた手が、真弓の頬を触って髪を摑む。

明らかな脅えを目に覗《のぞ》かせてしまった真弓を、勇太は公園のベンチに押しつけるように座らせた。

「待……っ」

もがく真弓の背をきつく抱いて、勇太が唇を合わせる。

「ん……う……っ」

ずっと触れていなかった唇に痛いほど深い口づけを施されて、息もできずにただ真弓は涙を零した。

「……っ」

剝《む》き出しの肩に縋《すが》りつくように爪を立てる真弓に気づいて、ようやく勇太が口づけを解く。

「……寄り道、してこか?」

聞き慣れたはずの台詞《せりふ》を酷く陰に籠《こ》もった声で、勇太は口づけと変わらない距離で真弓の耳元に言った。

「……ゆう、た」

厚い胸を押し返そうとしながらできずに、精一杯拒絶の声を真弓が上げる。

「勇太」

確かめるように名前を呼んで、真弓はまた涙を零した。

「知らない、ひとみたい」

眉を寄せて、微《かす》かに真弓が首を振る。

「……どうして？」

問いかけた真弓に、何故だか酷く傷ついた目で勇太は身を引いた。

点滅していた街灯の蛍光灯がついに切れて、公園が闇に落ちる。互いの顔が、近くても確かめられない。

「違うか、今までと。なにが違うねん、どういう風に……違うんや」

不意に、責めるでもなくそんな風に問われても、暗闇で真弓は答えられなかった。

ただ勇太が知らぬ間にその胸に何か暗いものを飼っていることだけは、もう確かなことで。

「なんか、あった？　なにかあったんだよね。もっと他に、俺の知らないこと」

「仲直りしよて、言うとるだけやないか。いやか、寄り道」

まともに話そうと涙を拭《ぬぐ》って膝《ひざ》に手を置いた真弓の腰を、わざと色めいた声で勇太が抱き寄せる。

「ね……っ、待って、どうしたのか話して……っ」

深く喉元《のどもと》を吸われて、悲鳴のように声を上げながらそれでも真弓はもう一度聞いた。

「ゆう……た……っ」

誰より自分の体をよく知っている恋人に加減もなく肌を探られて、真弓は身を捩《よじ》って息を上げた。

「あ……っ」

久しぶりに間近に匂う恋人の情交の最中のそれに似た汗に、飲まれて流されてしまいそうになる。

「知らんやつみたいやのに」

甘くやわらかい耳たぶを食んで、勇太は真弓の腰に深く触れた。

「こないになってしまうんや」

愛情のかけらも感じられない声には、真弓には聞いたこともない蔑《さげす》みが湿る。

息を飲んで、真弓は勇太の胸を闇雲に両手で突き飛ばした。

「……だって、勇太の匂いが」

いつの間にか開いていた胸元を掻《か》き合わせて、肩で息をつきながら真弓が勇太を見上げる。

「勇太の匂いが……するから……」

信じ難いことを疑われたのだと知って、真弓は言葉が続かず声を掠れさせた。

ふっと、勇太を捉えていた熱が急激に失せる。

今そこにあった険とはまるで違う力のない目で勇太が自分を見ていることに、真弓は気づいた。

深く、長い溜息を勇太が落とす。

ボタンの外れたままの真弓の襟《えり》に、勇太は手を伸ばした。びくりと一瞬身を引いた真弓に苦笑して、静かに、下からボタンをかけて行く。

肌を隠し終えた勇太の掌《てのひら》が、さっきとはまるで違う意図で、真弓の頬に触れた。汚した項《うなじ》を撫《な》で、背をさすり、縋るように、勇太の両手が真弓にかかる。

「……勇太？」

真弓の胸を覆い尽くした怯《おび》えは、もう癒《い》えた。俯く勇太が辛いだけで、真弓が両手で勇太を抱きしめる。

「勇太」

名前を呼んで、真弓は汗ばんだ勇太の項に唇を当てた。

何があったと、もう一度尋ねたい気持ちもなく、ただそうしていたくて真弓は勇太を抱きしめた。

ようやくこうして抱き合ってみても、もう喧嘩とも呼べないものが終わったとはとても思えない。見えない溝や影が、余計に深く濃くなっていくのをどうすることもできず両手で引き留めるのが精一杯で。

それでもさっきまで勇太を覆っていた真弓の見知らぬ陰惨なものは、完全に顔を隠した。

静かに、焦らずに手繰《たぐ》り寄せれば手を繋《つな》いで帰れるかもしれないと、明日には笑ってくれるかもしれないと微かな望みを真弓が懸ける。

急に、切れたと思っていた蛍光灯がなんの弾みでかまた点滅を始めた。

暗闇に隠そうとしたものを引きずり出されたように、勇太の手が真弓から離れて行く。

「なんやなんや、こないなとこでお熱いこったな」

不意に勇太の背から、この辺りでは他に聞かない西の言葉が、投げられた。

驚いて二人して振り返ると、街灯の下に青年が立っている。

眉を寄せて目を細めて、じっと、勇太はその青年を睨んだ。

「……もしかしておまえ、ヤスか？」

「ようわかったな。五年ぶりやっちゅうのに」

わからないと言われればそれでもかまわなかったような風情で青年は、肩を竦《すく》めて笑う。

「六年や」

「そうか六年か」

六年ぶりの再会だという二人は、特に懐かしげでも嬉しげでもなく、昨日も会った人間と出会ったように見えて、突然の来訪者に驚く他ない真弓には不思議な光景だった。

「……岸和田《きしわだ》のときの、お友達？」

「わいはお友達なんてもんちゃうで、喧嘩仲間やな。……ええと、あんたは」

勇太が女と抱き合っていたと思い込んでいたその青年は、立ち上がった真弓を見て判別しかねるというように惑って短く刈った頭を掻く。剝き出しの腕に、花札の牡丹《ぼたん》が鮮やかに彫られていた。

「はじめまして」

遠慮がちに真弓が、勇太の少し後ろから頭を下げる。

「もしかして、わざわざ訪ねて来てくれたんじゃないの？　うちに、寄ってってもらえば？」

それが何か変化の切っかけになるかもしれないと期待をして、真弓は勇太に笑いかけた。

「いや、そういうつもりやないからかまわんでくれ」

指が一本足りない手を振って、青年が笑う。

「でも」

その笑顔にほっとして歩み寄ろうとした真弓の肩を、不意に、驚くほど強い力で勇太が押し返した。

「……勇太」

「かまうな。先、帰っとけ」

「でも友達なんでしょ？」

「別に俺のなじみやからておまえが愛想せんでもええっちゅうてんねん。帰れ！」

思いもかけないことを言われて、真弓が唇を噛み締めて息を飲む。

「遅なるて、秀に言うとけ」

「……そんなに信用できなくなったの？　俺のこと」

「帰れて、言うとるやろ」

俯いたままの問いには答えず、勇太は真弓を置いて歩きだした。

「あ、ほんならまた。悪かったわ、邪魔して」

手で勇太に呼ばれた青年は、真弓にすまながって右手を立てて行った。

置き去りにした真弓が遠ざかっても、勇太は振り返らない。

「ええんかいな、あないに冷たして。あれ、おまえのマブなんちゃうの。男か女かようわからんかったけど……」

ちらちらと、立ち尽くしたままの真弓を気にかけて青年は勇太を咎《とが》めた。

「ほっとけ」

「そんでどっちなんやあれ」

「るっさいわ会った早々。男や、悪いか。俺は女はあかんて、おまえも知っとるやろが」

自棄《やけ》のように勇太が、当てもなくただ真弓から離れるために歩きながら言い捨てる。

「そらまあガキんころはそんなんやった気いもするけど」

角を曲がり際に青年は、もう一度街灯の下の真弓を振り返った。

「けどあれやな、別嬪《べっぴん》やな。わいは女がええけど、あんなんやったらどんなもんかいっぺんお願いしてみたいわ」

「いてまうどヤス」

軽口をきいた六年ぶりの昔なじみの胸倉を加減もせず左手で摑んで、勇太が肘《ひじ》で胸を弾く。

「……冗談や、冗談。なんやなんやあんな冷たしとって、本気で惚《ほ》れとんのかいな」

「おうた早々そないな話したないわ。どないしたんやおまえいきなり、びっくりしたやんけ」

「ほんならもうちっとびっくりした顔せえや」

両切りの煙草をポケットから出して噛みながら、鼻先で青年は笑った。

「向こうでポカやらかしてな」

たいして深刻にもならず、青年が小指の欠けた手を晒《さら》す。

「そんでちょっと前に出て来たんや。身を隠すんなら人の多いとこと思て。西新宿《にししんじゆく》がええて前に誰かが言うとったから最初そっち行ったんやけど、えらい話がちごてて」

「ああ、なんや片付けたらしいわ。あの辺は」

「せやから今は浅草《あさくさ》の場外馬券場の辺りでゴロゴロしとる。時々トラック来て、日払いの仕事くれんねん。景気も戻って来たゆうて、なかなかええ稼ぎになるで」

火が見つからずつけられずにいる青年の煙草の先に、勇太はライターを灯した。

「馬券場の辺りで寝泊まりしとるんか」

「そんなんいっぱいおるで。新参もんやから、場所取れんで苦労しとるんやけどな。時々撤去に来よるし。金が入ったらサウナにも泊まっとる」

うまそうに煙を吐いて、あっけらかんと青年が荒《すさ》んだ生活を語る。

けれどそれは聞いている勇太にも特別なことではなく、ただ幼なじみが子供のころ見て来た大人と同じになったというだけの話だ。

「そんでこないだおまえ見かけて、隅田《すみだ》の高架下の現場におったときに」

学校と川を挟んで反対側の高速道路の下でずっと何かの工事をしていることを、言われて勇太も思い出す。

「いや、この辺におるらしいっちゅうんは聞いとったんや。けどびっくりしたわ」

肩を竦めて、何か複雑な笑みを青年は横顔に見せた。

「そら驚くわな」

「そうやのうて……高校の制服着て、えらい堅気《かたぎ》くさいやつとつるんどって。さっきの子おったんかな、まあ不機嫌そうやったけど。すぐにはおまえやてわからへんかった」

皮肉からは遠い、揶揄いでもない、不思議なやさしさと寂しさがぽつりと落とされる。

「堅気の、学士様に貰《もら》われてったゆうておまえの父ちゃんが何べんも自慢しとったけど。ほんまやったんやなあ」

「……おとんが?」

眉を寄せて勇太は、覚えず凍りつくような声を聞かせてしまった。

「お好み焼き屋のババアは自分が産んだような顔で自慢しとる」

うっかりと父親のことを言ってしまったのだろう青年は慌てて、なかったことのように懐かしい人のことを話す。

「しゃあないわ。ババアおらんかったら飢え死にしとった。それに俺を引き取ってくれたんは学士様ちゃうわ。最初におうた時は大学生やったけど、今はなんや訳のわからんもの書きもんしとる兄ちゃんや」

身内のことはつい照れてそんな言い方をしてしまい、言いながら心で勇太は秀に謝った。

「そないに若いんか。急におらんようになって驚いたわあんときは。……まあでも、おまえははようにあそこ出られて良かった」

懐かしい土地は遠くあたたかく居心地の良い巣でもあったけれど、生き方を選ぶのは難しい狭く小さな場所だった。道一本向こうの人間はうっかりとそこへ足を踏み入れない、そういう一郭で他人とも身内ともつかないものが身を寄せ合って暮らしていた。

それでも二親がまともなら、少しは違ったのだろうけれど。勇太は子供のころに、まともな大人を住処《すみか》の近くで見たことがない。

「……ええ暮らししとるやろからたかったろかと思たけど、やめたわ」

ぼんやりと故郷を思う勇太の隣で、やはり同じ町を思っていたのだろう青年は冗談とも本気ともつかない声で笑った。

「なんでや、飯ぐらい奢《おご》らせえ」

「ええて。こないだでかく賭《か》けた馬券当たってん。わいが奢ったる、居酒屋かなんか案内せえよ」

気前のいいことを言って、青年がポケットの中で裸銭を切る。

「ここは夜が早いねん。八時には町は死んだも同然や、酒出すようなとこは俺が追い出されてまうし」

その情けに甘えたくもあったが、真面目《まじめ》な暮らしの長い勇太にはここでの遊び方がわからなかった。

「見えへんぞ、未成年には」

「狭いとこやから、みんな顔見知りやねん」

「ガキに酒飲ますようなとこちゃうってことか」

「祭りでもないとな」

それでもこの町の大人は子供に酒を飲ませたがる方だとは思ったが、青年や自分の知っている環境とはもちろんまるで違う。

「したら弱なったやろ」

「もう全然飲まれん」

虚勢は張らずに、勇太は肩を竦めた。

「なんもかんもやめた。便所に隠れて煙草吸うくらいがせえぜえやな」

「なんやそれ、悪い冗談ちゃうか」

「ほんまやて」

「たまらん話やなあ」

信じられん、と大きく青年は笑う。

そしてふっと、笑うのをやめて息を抜いた。

「そんで」

短くなった煙草を道に投げ捨てて、呟きのように青年が声を変える。

「真人間にはなれたか」

夜に弧を描いた煙草の赤い火が、随分とゆっくり落ちたように、勇太には見えた。

小さく、勇太の足が止まる。答えを待つでもない青年の肩を、ただ、答えを持たないまま見つめる。

「なあ、勇太。ああはなりたない、なりたないてずっと思っとった。おとんやおかん、おっちゃんやおばちゃん見てて」

二人して立ち止まっていたことに気づいて、呟きながらゆっくりと青年は歩き始めた。

「わいは違うああはならん。出てくやつはみんなそう思て出てく」

独り言のように繰り返された言葉は、辛く、後ろを歩く勇太の耳に触れる。

「そうやろ？」

肩で軽く、青年は勇太を振り返った。

「……ああ。そうやな」

小さく、勇太は頷く他ない。

「ちっと遅かったけど、まあ、指が足らんようになったとこでわいも取り敢えずは出てはみたわ」

おどけて、青年はまた手を空に翳《かざ》した。

「けどこっち来てみてもやってることはなんもかわらん。こないだ指七本しかないおっさんに、ぶらぶらしとるんならうちの組こんか言われたで。はは」

指のない手をポケットに突っ込んで、背を張って青年は笑う。それは一瞬のことで、彼はすぐに、笑うのをやめた。

「やっぱり、クズは何処行ってもクズなんやろか」

二本目の煙草を銜《くわ》えて、火を持たないことを忘れて青年の手があちこちを探す。

「……それを、俺に聞きに来たんか。ヤス」

まだあまり使っていない青いライターを、勇太は右手に手渡してやった。

「言うたやろ。たかりにきたんや」

煙草に火をつけて、笑いながら青年がポケットにライターをしまいこむ。

「したらたかれ」

「わいは」

酒屋の前の自動販売機を見つけて、取り敢えず青年は足を止めた。

「自分よりしんどそうなやつからはなんも取らん」

ワンカップを二本小銭で買って、一つを勇太に放り投げる。

湿った風の吹く川べりまで歩いて、二人は柵《さく》に寄りかかって酒を開けた。言葉もなく、厚いコップの縁を合わせる。

半分まで、ただ黙って二人は飲んだ。

「俺最近、ようあの町のこと考えんねん」

誰にも言わなかったそのことを、昔なじみへの気安さと安堵《あんど》で、ぽつりと勇太は教えた。

「どつきおうて、いつも酔っ払って罵《のの》りおうて。男も女も……おとんもおかんも。毎日や、死ね殺せ言うて。生まなよかった、生まれてこんかったらよかったって」

「ほんまに、毎日聞いたなあそんなん。聞き馴れ過ぎてなんも気にせんようになったわ」

肩で風を躱《かわ》して、夜には汚れもわからない川を眺めて青年は笑う。

「そんでもなんでみんな、あそこにおったんやろ。おとんとおかんはなんで……一緒におったんや」

「おまえのおかんは出てったやないか」

「……今思うたら、あんときまで我慢しとったことの方が不思議や。あの親父のそばで。出てく前の一年は、前の痣《あざ》が消えんうちにまたどつかれとった。そんなもんやないな、毎日や。金、せびられて」

そんな男に押し付けられて捨てられた恨みは消えないが、そうしていくらかの間でも耐えていた母親のことを、最近よく勇太は思い出すようになっていた。

父親との喧嘩から自分に当たる、そしてあの男が悪いんだと言って泣く。そんな姿だけを憎しみとともに記憶に刻んでいたけれど、今にして思えばそうではない顔が、母にはあった。

飯場の男たちに、情を振る舞い酒を注ぎ、女の色香を撒《ま》いて人の背を摩《さす》り、器量がいいこともあって、彼女は男たちに求められた。こっそり賄いを貰いながら見てしまった男に媚《こ》びる母親の姿は許し難かったが、酒を飲むとすぐに泣く男の背を摩る彼女の菩薩《ぼさつ》のような手を、勇太はいつも複雑な思いで見つめていた。

「大きい祭りがある町は男は働かんもんやて、こないだテレビでやっとったぞ。南米かなんかの話やったけど、大笑いしてしもたわ」

「そんなもんなんか」

記憶の淵《ふち》に沈み込む気持ちを引き上げてくれた青年の高い笑い声に、連れられて勇太も笑う。

「そういやトヨ、所帯を持つて聞いたで。働いとんのかいな」

「ああ、禿げのトヨがおとんやで。大笑いや。一応鉄工所行っとるけど、端から潰れとるからどうなるかわからんな」

障りのない話題はいくらもなく、けれどようやくそうして笑い合う。

「まだ禿げとんのか」

「当たり前や。生えて来るかいな、わいかてここ」

短い髪の後ろ頭を見せて、青年は笑って小さな禿げを指さした。

「おまえにモップでいかれたんやぞ」

「おまえら中坊やったやないか、俺はしょーがくせー様やったんやぞ」

「関係あるか。めっちゃくちゃな小学生やったわおまえ」

今も痛むというように青年が、大仰に後ろ頭を摩る。

「トヨ、鼻もまだ曲がっとんのか」

「足も引きずっとるわ」

並べた不具合の話は全部子供のころの喧嘩の結果だったが、勇太はトヨがまだ足を引いているという言葉に驚いて酒を飲む手を止めた。

「……足もか」

「おまえかて左目、よう見えんのとちゃうの」

その喧嘩で勇太が左目を打って、失明したとそれこそ本物の藪《やぶ》医者に言われたことを思い出して青年が肩を竦める。

「ああ、見えへんことないけど元には戻らんな。けど右はいける」

結局失明はせず視力が落ちただけで済んだのでそれに気づいた秀に何度も眼鏡をかけさせられそうになったが、鬱陶《うっとう》しがって勇太は結局裸眼で余計に視力を悪くしてしまっていた。だが勇太にしてみれば不自由をするほどのことではない。

最後に見たトヨの、足を引く後ろ姿を勇太は思い出した。

元々仲が悪くいつも縄張り争いをしていて、積み上がった土管の上から突き落としたら、トヨの足が外側を向いた。親が放っておいたので、子供たちでトヨの足に添え木をしたのだ。膿《う》んで腫《は》れたときには、氷を盗んで手で押し付けて冷やした。

「まだ引きずっとるんやったら、一生……引きずるんやろな」

「たいしたことない。そんなやつはいっぱいおる」

「よう、覚えとるで俺。あんときのこと。トヨ死んだと思たわ、白目剥いて」

「わいもそう思うた」

「おまえの後ろ頭、血まみれにしたときのことも……覚えとる」

冗談のように相槌《あいづち》を打った青年に、ぼんやりと、勇太がそれを教える。

そんなことだけではない。もっと酷いことも沢山した。ヤスやトヨはまだ何処か身内の気持ちがあったが、よそ者にはそれ以上に加減をしなかった。乱闘のまま捨てて、あれは生きたか死んだかと思い返しては考えるのをやめることもある。あの血の熱さは、正気ではなかった。

自分では大人のつもりでいた既に幼いとも言えない少年のころ、この手によく馴染《なじ》んだ暴力は一体なんだったのだろうと勇太は右手を見つめた。何も思わなかった。いや思っていたような気もする。蓋《ふた》をしてしまった過去の自分は、他人のようにわからないまま遠く、そうして姿を消したのかもしれないと、秀の子供になってからは思うこともあった。

けれど、あの頃抑えられなかったものをまだ自分が変わらずに飼っていると、最近になって勇太は知った。いや、ずっとそこにあったのに忘れた振りをしていたのかもしれない。

——せえへん。

一年前、犬鳴《いぬなき》ではじめて真弓と抱き合った晩のことを、勇太は思った。

——おまえが触ってくれたみたいに、俺もやさしくする。

酷くしてもいいと言った真弓をそうして言葉のとおりに抱くことができたとき、今度こそ昔の自分は潰えたと信じたのだけれど。

「そんな話しに来たんちゃうやろ、ヤス」

昔話に黙り込んだ青年がいつの間にかカップ酒を飲み上げたことに気づいて、勇太は川風に髪を晒《さら》して振り返った。

「いや……」

躊躇った青年が、知らせを一つ預けられていることを勇太は最初から知っている。

「まあ、そうや。東京に行くんやったら寄ってくれて、ババアに頼まれて来たんや。半分は。けどまともに暮らしとるとこ訪ねていくんもなんかなと思て」

「……つまらんこと言うな、あほ」

気遣いに怒った勇太に、青年は曖昧《あいまい》に苦笑した。

話を迷う間が、ぼんやりと川面を流れる。

「ババアの手紙、読んだんやろ」

思い切るように、息をついて青年は口を切った。

「ああ」

「死んだで、おとん」

川面を眺めたまま、青年は言った。

柵に寄りかかって、勇太も青年を振り返らない。

「……ああ」

悼《いた》みとも了解とも違うただ同じ返事を、底に残った酒を上げて勇太は風に流した。

結局朝まで河岸《かし》を変えながら飲んで、最後に青年をカプセルホテルに放り込んで勇太《ゆうた》は帰宅した。朝というより昼近い。

青年は最後には何度も、同じ話をしていた。もう故郷に帰りたいと言って、泣いた。

同じ相槌を何度も、勇太も繰り返した。

「……さすがにこの時間は、まずかったか」

誰もいなければいいが玄関は開いているし、バースは朝帰りに抗議するように鳴いている。さらにはよく考えたら今日は日曜だ。運が悪ければ誰も彼もがいるところだ。

「ああ、けど真弓《まゆみ》は補講やな」

顔を合わせずに済むのに安堵して、またその安堵する自分に胸を暗くしながら勇太は家に上がった。昨日真弓を突き飛ばした感触が、酒に痺《しび》れた手にまだ居座っている。謝れるかどうか、自信もない。

廊下を歩いて何か家の中の様子がおかしいことに、勇太は気づいた。人の気配はしたが居間ではなく、二階で秀《しゅう》と丈《じょう》の騒ぐ声が聞こえる。

「……どないしたん。なんかあったんか」

居間で薬箱を物色している明信《あきのぶ》を見つけて、その背に勇太は戸口から問いかけた。

「まゆたんが昨日の晩からごはんも食べないで、部屋に閉じ籠もってるんだよ」

「誰が」

「今言ったよ。まゆたんだってば」

「……だから誰が」

「まゆたんだってばっ」

明信にしてはあまりにもらしくなく気短に、何度も聞き返した勇太に声を荒らげた。

「せやけどあいつはどんな時でも飯食わんなんてこと……」

去年の夏、もうこの家には帰らないかもしれないという状況になったときでさえおなかがすいたと主張した真弓は、何があろうが精神的なことを理由に食欲がなくなるということは決してない。昨日確かに真弓を酷く傷つけた自覚が勇太にはもちろんあったが、それでも真弓が晩から食事を取っていないというのは信じ難い話だった。

「拗れちゃったんでしょう？　昨日。勇太くんもこんな時間まで帰って来ないなんて、秀さんだってすごく心配してたよ」

怒っているような焦っているような口調で、矢継ぎ早に明信が言う。

「僕たちもまゆたん止められなくて。簡単にいかないことあるのかもしれないけど、お願いだからちょっとだけ仲直りしてよ。まゆたんがごはん食べないなんて……」

それがよほど心配なのかほとんど泣きそうになって、明信は眼鏡の下の目を潤ませた。

「……昨日も、ちょこっとだけ仲直りしかけたんや。ほんまは」

仲直りとは言えないかもしれないけれど少し苛立ちが止んだ瞬間のことを、勇太は思った。

「けどなんや急にうっとうしなってしもて」

真弓の腕に抱きとめられて全てが凪《な》いだような気がしたのだけれど、ヤスに会って真弓が笑いかけるのを見たらまた我慢がきかなくなった。理由もない、ただの癇癪《かんしゃく》だ。理不尽だと、自分でも自覚はある。

父親が、そういう人間だった。

自分の中で過去形で呟いて、父親だと母親に教えられていた男がとても往生とは言えない年で死んだのだと改めて思い出す。人には大事と言える話だということはわかったが、勇太はそれを誰にも言うつもりはなかった。秀に言えば会わせないまま死なれたと自分を責め嘆くことは容易に想像がついて、それは勇太にとって全くの不本意だったし、自分自身長く会わないままその男が逝《い》ったことに何も感じるつもりはなかった。

元より、父親だと勇太は思っていない。自分には関係のないことだ。何度も、その知らせの手紙を貰ってから勇太は自分にそう言い聞かせる。

これからも何も、変わらない。変わらないでいなければならない。

「……俺、謝るわ。真弓に」

どうしようもない気持ちの浮き沈みを今度こそ自分から堪えようと、勇太は右手をきつく握った。

「本当に!?」

突然そんなことを言った勇太に、本当に嬉しそうに明信が声を上げる。

「あいつが飯食わへんなんてやっぱりおかしいし」

「……うん。あ、あのね。でももしかしたらそのせいじゃないのかも……しれないんだけど」

喜びながら明信は、少し後ろめたそうに言葉を淀《よど》ませた。

「でもせっかくその気になってくれたんなら、行って行って。今すぐ行ってみて」

「あ……ああ」

躊躇う勇太の背を、明信が両手で押して二階まで上がらせる。

「勇太……どうしたのこんな時間まで。後でお説教だよ」

二階では勇太と真弓の部屋の襖《ふすま》の前で、戸を叩《たた》いたりしながら丈と秀が説得に当たっていた。

「ったく、この朝帰り野郎が」

自分はしょっちゅう飲んで朝帰りするくせに丈は自分のことは棚に上げて、この真弓の閉じ籠もりの原因が勇太のせいだと決めてかかって勇太を睨む。

「なんや、開けへんのか」

「うん、今朝からなんかつっかえ棒しちゃったみたいで」

「閉じ籠もり言うより立て籠もりやな、俺を入れん気かいな」

「ううん、誰も来ないでって」

「せやったら外してまえばええやろ、襖なんやから」

悠長に襖の前にいる二人に呆《あき》れて、勇太は両手で襖を上げた。

「来ないで！　誰も来ないでっ」

「……真弓、昨日はすまんかった。もうあんなこと言わへんから、堪忍《かんにん》してや」

二人きりで言うより逆に皆がいることで勢いがつけられて、襖を外しながら勇太が真弓に謝る。

「勇太……帰って来たの？」

声を聞いて真弓は、さっきとはまるで違う言葉を聞かせた。

「やっぱ喧嘩のせいだったんじゃねえかよ」

呆れたように揶揄うように、口の端を上げて丈が笑う。

「……もう、帰って来てくんないかと思った。あんなに怒って」

不自然なほど真弓は、聞いたこともないような心細い声を聞かせた。

「せやから、すまんかったたって」

不意に罪悪感で胸がいっぱいになった勇太が、真弓に駆けよってベッドの上で蹲《うずくま》っている恋人の頬に触れる。

「……い」

家族の目も忘れて口づけで諍《いさか》いを半分ごまかすように終わらせようとした勇太を、不意に、信じられない力で真弓は突っぱねた。

「いやーっ、触らないでっ!!」

悲鳴のような絶叫が、硝子《ガラス》を震わせるほど響く。

そのまま、真弓は布団を引っ被って啜《すす》り泣き始めた。

「な……なんなんや一体」

呆然と勇太が、その布団の山を見つめる。

「引っ掻かれたど、いきなりっ」

後ろからそっと入って来た明信に、困惑のまま勇太は頬を指して訴えた。

「……ごめん。食べない理由、喧嘩じゃなかったみたい」

咎めたことを謝って、明信が勇太の隣のベッドの縁に腰を下ろす。

「まゆたん、まゆたん。ね、歯が痛いんでしょう?」

そっと布団の肩を揺すって、明信はできる限りのやさしい声を真弓にかけた。

「親知らず、痛むんだよね。ちょっとだけ見せて、顔。見るだけだから」

根気よく単調な明信の説得に、微かに真弓が布団の端を上げる。

後から入って来た秀も丈も一緒に、涙で顔をぐちゃぐちゃにしている真弓の右頬を覗き込んだ。

「気いつかんかった……むちゃむちゃ腫れとるやないか」

すっかり変形している自分が触ってしまった頬に驚いて、勇太も息を飲む。熱があるのか、よく見ると首筋から真っ赤だ。

「痛くて熱くてすごく辛いねこれじゃあ。……まゆたん、これ」

さっき薬箱から取り出して来た、市販の物とは思えない仰々しい銀の包みの錠剤を、コップの水とともに明信が真弓に差し出す。

「痛み止めだから」

にっこりと、ナイチンゲールのような慈愛に満ちた笑顔を明信は真弓に向けた。

「ウソ」

「本当だよ。すごくよく効くんだよ。痛いの痛いの、とーくに飛んでくよ」

薬を挟んで、兄と弟の間に信頼を賭けた沈黙が流れる。

「うそっ、絶対うそ！　それ飲むと気絶してる間に歯医者に連れてかれるんだからっ」

「一般家庭にそんな薬がある訳ないでしょ真弓ちゃん！」

苦痛のあまり見境がつかなくなっているのだろうと秀が、間に入って真弓を宥めた。

「……明ちゃんこれ。オレでも聞いたことあんぞ、どうしたんだよ」

駄目だったか、と溜息をついて背を向けている明信の手元を覗き込んで、試合の前日に飲む者もいると聞く即効性の高い眠剤に驚いて丈が目を剝く。

「こないだまゆたんが親知らず伸びてるって言ってたから……こんなことになるんじゃないかと思って藪先生に相談して一錠だけ処方してもらっておいたの」

「そんなもん気軽に薬箱に放り込んどくなや、あほ」

秀に抱きとめられ宥められている真弓の横で、勇太も顔を顰めて薬を眺めた。アルコールと一緒に大量に飲むと飛べるという有名な薬で、常用した覚えのある勇太は胸がざわついて目を逸らした。

「それになんぼなんでもそんなもん飲ませんのは俺は賛成できん。ようそんなこと本気で考えるわ、っまに」

本来医者が処方したものを一錠飲むのに問題があるとは思わなかったが、切れたときの鬱に近い落ち込みを思い出すと勇太はとてもそれを真弓に飲ませる気にはなれなかった。

「そりゃ僕だっていやだけど、まゆたん歯医者に連れてこうと思ったら後は麻酔銃で撃つぐらいしか」

頬の腫れ具合を見て思い詰めている兄は、冗談には聞こえない声でそんなことを言う。

「何こそこそ相談してんのっ!?　行かないからっ、絶対抜かないから！」

「甘えるんもええ加減にせえ真弓！　そのまま歯並びガタガタんなってえっらいぶさいくんなったら俺はもうおまえのことなんか知らんからなっ」

「そんな……っ」

やさしく抱きしめてくれていた秀から突然引きはがされたうえ信じ難いことを言われて、泣きながら真弓は勇太を見上げた。

「俺の顔なんか全然好みじゃないって言ってたじゃない！」

「好みやのうてもぶさいくやったら捨てたるわっ」

「ひっどい……っ」

「勇太！　なんてこと言うのっ」

「そんなただ宥め賺《すか》しとったらいつまでたっても行かんやろがっ、歯医者に！」

叱《しか》りつけた秀に、癇癪を起こして勇太がベッドの端を叩く。

その音に反射的に、びくりと震えて真弓は後ずさった。

一瞬のことだったけれどその脅えを見てしまって、勇太は勢いをなくしてもう何も言えなくなる。

「……ま、ゆ、み」

部屋の戸口から、一際、低い声に似合わず不自然にやさしい男の声が聞こえた。

そういえば何故この場面でその男がいないのだろうと不思議に思っていた勇太が振り返ると、右手を後ろに隠した大河《たいが》が張りついたような笑顔で真弓を手招きしている。

「買い物行こう、な、真弓。この間テレビで見た、なんか古着のジーンズ欲しいって言ってただろ。すげえ高いやつ。あれ、兄ちゃん買ってやっから」

「うそだ」

「ほら、十三万もするってぼやいてたのちゃんと覚えてて、サンデーバンキングで金下ろして来たんだぞ。本当に、まーじで買ってやっから」

左手で大河は、無造作にポケットに突っ込んであった札を真弓に見せた。

「……本気で欲しいなんて言ってないもん。あんなに高いの、いらないよ」

見せ金に絆《ほだ》されて真弓が、ちょっとだけしおらしい声を聞かせる。

「じゃあほら、一緒に見たレトロじゃなくてアンティックじゃなくて」

「ヴィンテージ」

頭を掻いて焦りながら言葉を探す大河の後ろから、丈が推測されるものを耳打ちした。

「そうそう。ヴィンテージのアロハ、三万の。あれ買ってやろう、な。よく似合いそうだったし、最近よく勉強してるし。ご褒美《ほうび》だ」

「……本当に？」

遊園地とおもちゃで懲《こ》りているのに何故一番上の兄には騙《だま》されてしまうのか、ついに真弓が布団から出る。

「本当だ本当だ。さ、行くぞ真弓」

「……それ、なに？」

善は急げと真弓の熱い手を摑んで駆け出そうとした大河のジーンズの後ろポケットを、真弓は凝視した。

「なんでお洋服買いに行くのに保険証持つの？」

「ん？　何処に保険証が？　おっ、なんでだこんなとこに、おかしいぞ」

じっと見られているポケットからはみ出た保険証を慌てて引き抜いて、トランクスの中に大河が突っ込む。

「これでよし。行こう、真弓」

「いや」

「たまたまポケットに入ってただけだって。持ち歩くのが癖なんだよ！」

「やーっ、大河兄のウソつきーっ！」

「買ってやるってシャツは！　その前にちょっとだけ俺に付き合え。ちょっと寄り道だ、痛くないからっ」

「もうこんなに痛いもんっ、触られただけで死にそうになるんだもんっ！　うわーんっ、痛いよーっ!!」

痛みでもはや訳がわからなくなって、腫れた頬を指して立ち尽くしたまま真弓は幼稚園児も真っ青という勢いで号泣した。

「真弓……なんだってそんなんなるまで我慢したんだよ」

泣かれると弱く、情けない声で大河が溜息をつく。

「昨日まで痛くなかったもん。夜急に……痛いようーっ」

「おうおう、どした。ったく、ここんちはいつもいつも休診日に」

阿鼻叫喚の六畳間に、誰もいない玄関から勝手に上がって来たと思しき藪医師が姿を現した。

「誰が呼んで来たんだよ、歯なのに藪医者呼んだってしょうがねえだろ」

せっかく来てくれた藪に感謝もせず、癇癪を起こして大河が歯を剝く。

「だって、休みだからこそ藪先生くらいしか来てくれる人いなくて」

「おりゃお茶《ちゃ》の水《みず》医科歯科大出てんだぞ。学生んときは一通りやったんだ」

見かねて電話をかけていた明信が、やはり感謝の心の足りないことを言った。

「何十年前の話だよおい……」

しかも一番近場の医大の名前を気軽に出されて、それさえ本当なのかと大河が疑う。

「どれ、見してみろ末っ子。あー、してあー」

「あ……口、開かない」

「ほれ、がっと開けて」

もう顎が腫れ切って口を開けられずにいる真弓の口に手を突っ込んで、強引に藪が中を見た。

「きゃーっ！　あーっ、あぁーっ!!」

「痛いか痛いか、そりゃ痛いだろそんなに腫れちゃ」

「真弓に何しやがる藪っ！　どっかいい歯医者今すぐ紹介しろっ、無理やり開けさせろすぐタクシー呼ぶから!!」

気を失いかけた真弓を抱き留めて、完全に冷静さを失って大河が喚《わめ》く。

「こんな高熱出しっぱなしにしおって。熱が下がらんと歯は抜けん。そういうもんなんだ」

「ぼ……僕氷嚢《ひょうのう》持って来るね」

呆然と成り行きを見ていた秀が慌てて立ち上がり、冷やす支度をするために下へ駆け降りて行った。

「だけどこの熱って親知らずが原因なんじゃないんですか!?」

経験者の明信が、顔を真っ赤にした真弓を大河がベッドに寝かせるのをはらはらと眺めながら藪に問う。

「……その通り」

重々しく藪は、この世の終わりを告げるような顔で頷いた。

「そしたら熱は下がらんやないか、このままにしとっても。熱も下がらん歯も抜けんで、どうなるんや」

「もう地獄だな」

「なんとかしろヤブ医者っ！」

手の施しようがないことを告白した薮に、見境をなくして大河が摑みかかる。

「熱冷ましぐらいは打ってやるってもちろんっ」

「うう……う……熱いよう……痛い……っ」

経験したことのない高熱と激痛が頂点に達して、真弓は布団の上で譫言《うわごと》のように呻《うめ》いた。

「真弓」

そんなに苦しんでいる真弓を見るのは初めてで、勇太が躊躇いながらも歩み寄ろうとして名前を呼びかける。

「……大河兄……痛い……」

けれど朦朧《もうろう》とし始めた意識の中で、ぼろぼろと涙を零しながら真弓は一番上の兄を呼んだ。

「真弓……っ」

呼ばれた兄は堪らずに駆け寄って、両手で弟の手を握り締める。

「大丈夫か真弓」

「熱いよう……痛いよう……苦しいよう……うえ……」

その手に縋って泣いている真弓を、複雑な思いで勇太は見つめた。

「うわーんっ」

「真弓！」

「あんまりかまってやっても後で覚えてねえぞ。大抵の人間はそんぐらいの熱が出ると訳がわかんなくなってガキみてえになっちまうんだ」

大の大人が「かあちゃん」と言って泣いたりするのを何度も見た医者は、冷たいことを言って解熱剤の準備を始めている。

「るせえ……っ、ちくしょうこんなに真弓が苦しんでんのに、どうしようもねえのかよ。なんとかしてやれねえのかよ」

「助けてよう大河兄……なんとかしてよう……っ」

「真弓っ」

しがみついて来た真弓を、堪らず大河が両手で力いっぱい抱きしめた。その背を真弓は、放すまじという勢いで摑んでいる。

「なんか、すげえガキのころみてえ」

さすがに居まずくなって、丈が頭を掻いて笑った。

「おたふくのときのこと、思い出すなあ」

「本当」

しみじみと呟いた丈に、不安そうに真弓を見ながらも明信が頷く。

「ちっと注射すっから、どいてろ」

「やだ、行っちゃやだ大河兄」

注射器を持った藪に蹴《け》り飛ばされた大河に、必死で手を伸ばして真弓は探した。

「大丈夫だちゃんとここにいっから。手え握っててやっから、な？　安心しろ」

「手え摑んでたら注射できねえだろ、ったくこのバカ兄貴が！」

毎度のことながら本当に呆れ返ると、毒づきながらも藪が丁寧に真弓のズボンを引き下げる。

「え!?　お尻に打つの？」

なすがままかと思えば真弓は、消毒しようとする藪に必死の抵抗を見せた。

「やだよ、お尻痛いんだもん。ただでさえこんなに痛いのにもう痛いのやだ……っ」

「ちっとは我慢しろっ。ったく、ほら、おまえら押さえとけこのクソガキ」

「やだーっ」

普段はもう少し聞き分けがいいはずなのだが、限度を超えた高熱で退行現象が起きている真弓は両手をばたつかせてじたばたと暴れだす。

「まゆたん、熱下がんないともっとつれえだろ。な！」

力技担当の三男と大河とで、仕方なく大暴れする真弓をうつぶせにして押さえつけた。

「……行かないの？」

足手まといになりそうで引いて見ていた明信が、同じように隣で壁に寄りかかっている勇太に尋ねる。

「兄ちゃんらの方が、安心するんやろ。こういう時は」

「まゆたん、熱で訳わかんなくなってるから。僕もこの前高熱出したとき、大河兄に手え握ってって言ったらしいよ。覚えてないけど」

やり切れない心中を察して言葉を重ねてくれる明信に苦笑しながらも、腕を組んで勇太は傍観者になる他なく溜息をついた。

「ましてやまゆたん、こんな苦痛きっと初めてだから」

「生まれて初めての、一番のしんどいときに」

必死の明信の弁明は、けれど今の勇太には裏目に出る。

「大河兄助けてて？」

注射の痛みにまた泣いて大河の手を掴んで放さない真弓に、勇太は笑おうとしたけれど笑えなかった。

「そんで大河は、ああやってちゃんと助けてくれる」

つまらない僻《ひが》みだとわかっていながら、遠く感じられる距離をどうすることもできない。

「けどそしたら俺、いらんのやないか」

「何言ってるの」

独り言のように呟いた勇太に、強い口調で明信が振り返った。

「勇太くんと付き合い始めて、信じられないくらいまゆたん大河兄離れしたんだよ。もちろん自分でもわかってるよね？」

目の前の光景からするとどうにも説得力がなくなってしまうが、いまさらのことを明信は言った。

「あんなんやのに」

何も目に入らずただ大河の手に縋っている真弓と、真弓の手を両手で握り締めて放さない大河を、ぼんやりと勇太が見つめる。

「離れる必要、あったんやろか」

隣からの声を聞かないまま言った勇太の目の前で、パンと、大きく明信が手を打った。

驚いて大きく、勇太が目を見開く。

「どんな風に二人が依存しあってたか、忘れちゃったの？　辛い、無理な支え合いを解いてくれたんだよ。君は」

筋肉注射の痛みは後を引き騒ぎは大きくなる一方で、皆は二人の会話には気づかない。

「……そうやった」

普段あまり前に出ることのない明信に強く言われて、勇太は、また自分がそれを忘れていたことに気づいた。

「あかん。すぐ、忘れてしまうんや俺は。そういう、肝心なこと」

目を伏せて、笑おうとしながらできずに勇太が髪を掻き上げる。

「あいつを置き去りにしてここ出てこうとしたときも、そうやった。思い出してて、真弓に言われて」

大事なことを見失わずについてきた真弓の強さと清さを勇太は、いつでも忘れたことはなかったのだけれど。

「預けとること忘れんでて……言うたな。あのときあいつ」

「……何を？」

何処か一人で確かめるための様な言葉に、遠慮がちに、明信は尋ねかけた。

「……けど、預かりきれんもんやったんかもしれん」

答えず勇太は、憂鬱そうに真弓を眺める。

「さっき、仲直りするって」

不安が込み上げて、明信が念を押すように勇太の肘を引いた。

「もう喧嘩やめにするって言ったよね」

「そうは言うとらんがな」

「でも謝るって」

先を急いで、明信が無理に約束を取りつけようとする。

「昨日まゆたん、謝りに来たんだよ。勇太くんがいると思って、龍《りゅう》ちゃんのとこに。だけどとっくに辞めたって知ったら頭に血がのぼっちゃって」

多分勇太はそれを知らずにいるのだろうと、明信は真弓のために弁明を加えた。

「あの後、何があったの？」

そして、一人で帰って来た真弓がきっと親知らずのせいではなくあまりにも塞《ふさ》ぎ込んでいた訳を、立ち入りすぎかと思いながらも聞かずにおれない。

「なんも……いつもと一緒や」

嘘を、勇太は口にした。喉に何か閊《つか》えるようで、胸の辺りをつい摩る。

「本当に？　まゆたん、普通じゃなかったよ。帰って来たとき」

言葉どおりには信じてやれず、それでも穏やかに明信は聞いた。

「ちゃんと、話し合って仲直りしない？」

もう誰かが口を出す時期なのかとも思ったが自分がというのはと惑って、小さく明信が懇願する。

「親知らず……ずっとなんでもなかったのに急にこんなに酷くなっちゃったのも、ストレスみたいなのもあると思うんだ。悩み事あったりすると、寝てるときに無意識に歯を食いしばったりするし」

勇太にならから言ってもらうのが一番いいような気がしたが取り敢えず大河や丈が言うよりはましかと、明信は先を続けた。

「……そういうもんなん？」

「ごめん。責めたみたいだねこれじゃ」

あの高熱と痛みが自分のせいなのかと辛い顔をした勇太に、慌てて明信が俯く。

「でもなんだか、心配で」

こういうとき自分は本当に口べたで役に立たないと、喋るうちに明信は情けなくなってきた。

「龍ちゃんも勇太くんのこと、すごく心配してる」

言葉にはしない龍の気持ちまで伝えることは難しくて、もう一つ、気にかかっていることを聞こうかどうしようか明信は迷った。

「……昨日、公園の近くで知らない子といるの見たんだけど」

花屋から帰る途中明信は、勇太が初めて見る青年と話し込んでいるのを見かけてしまった。

「大丈夫？」

柄が悪いのはこの辺りにもいくらでもいるが、見かけない顔というのと何か二人の間にあった緊張が不安感をそそった。

「その大丈夫はどないな意味やねん。墨が入っとって目が半分濁っとって、あいつがやばそうやったからか」

「暗くて、よく見えなかったよそんなの。ただ、こんな時間に帰って来て、元気ないし」

不意に険のある声を聞かせた勇太に、眉を寄せて明信が首を振る。

「元気がないんは朝帰りのせえやて」

「ちょっと……深刻そうに見えたからただ心配で。気に障ったらごめん」

何が勇太のカンに障ったのかは明信にもわかって、素直に、明信はそれを詫《わ》びた。

思い込みで酷く当たったことに、勇太も気づいて髪を掻く。

「……すまん」

溜息をついて、勇太は明信に謝った。

「えらいひねた言い方してしもたな。ほんまにすまん」

ずっと隠して来た、自分でも知らなかった嫌な引け目が胸に在ることを、初めて勇太が知る。

明るい場所でもなく上手く生きる者などいない生まれた裏町を、そこに住むものを。口汚く罵ることはあっても引け目に思うのは、勇太には辛い屈辱だった。いつかここを出て行くことだけが子供の望みだという、そんな一郭だ。

出てしまえば二度と帰るまいと誰もが思う場所だ。

けれどいまさらのように、その町の外れの片隅とそこに住む者を愛していたことを勇太は知った。そしてそれを、自分が捨てて来たということを。

「僕の言い方が悪かったんだから、そんな顔しないで」

謝ったきり黙り込んだ勇太の顔を覗き込んで、明信が酷く不安げな目をしてみせる。

「……どんな顔や？」

首を傾けて、勇太は笑った。

その顔が老いて疲れた男のように一瞬見えて明信は息を飲んだけれど、勇太はいつもの顔に戻って真弓に目を向ける。

「氷嚢と湿布、あと氷枕っ」

やり過ぎというくらい冷たいものを抱えて、ばたばたと秀が部屋に飛び込んで来た。

汗を拭《ふ》いたり布団をかけ直したりしながら、三人がかりで真弓の熱を冷ましにかかる。

「はよ下がるとええけど」

騒ぎとは程遠い不思議なほど静かな声で、誰に聞かせるでもなく勇太は呟いた。

黄昏《たそがれ》に染まって行く竜頭《りゅうず》町を、ゆっくりと、真弓《まゆみ》は歩いた。抜糸した親知らずも大分落ち着いて、いつの間にか空気の色が変わり始めていることに気づく。湿った夕暮れの気は重く、遠くの空はあちこちで花開き始めた紫陽花《あじさい》の色に似て曖昧《あいまい》だ。梅雨がもう来ている。

辿《たど》り着いた山下《やました》の親方の仕事場の前で、真弓は足を止めた。

少し迷って、仕事場からほんのちょっと離れた植え込みに腰を下ろす。土曜の午後の補講を一つ、サボってしまった。その分ここで単語帳を開こうかとも思ったけれど、そういう気持ちにもなれない。

ただぼんやりと、時折耳慣れない音をたてる仕事場を真弓は眺めた。

大人のいる場所だ。覗《のぞ》いたら叱《しか》られる。危ないものが沢山あるから絶対に入っては駄目だ、手や指が落ちても知らないぞと。そんな風に子供のころ脅かされた。

そこに今、勇太《ゆうた》が働いている。

「……お先、失礼します。お疲れさまっした」

いつまでも気長に待つつもりだった真弓の予想よりずっと早く、勇太が仕事を上がって往来に出て来た。

慌ててしまって立ち上がった真弓を、すぐに勇太が見つける。

どう応えたらいいのかわからないほど穏やかに、勇太は笑った。

「どないしたん」

「……来ちゃった。朝も夜も時間合わないから」

戸惑いながら、ようやく真弓も笑い返す。何もかも元どおりになったのかと、一瞬錯覚する。

そう思いながら錯覚だと知っている自分に、真弓は息をついて目を伏せた。

高熱を出して騒いでからしばらく真弓は記憶がないほどだったが、気がつくと戻っていた日常の中ですれ違う時間は増えるばかりだった。確か熱を出した日に仲直りをしようと勇太は言ってくれた。空耳だったのかと、食卓や学校で会えたときにそんな目線で勇太に縋《すが》ると、勇太は笑ってくれる。

今のように。それ以上真弓には何も言えなくなる、辛い穏やかさで。

「今日、最初の給料貰《もろ》たんや。なんか奢《おご》ったる」

黙り込んで立ち尽くしている真弓に、ポケットに突っ込んである古風な給金袋を勇太が見せた。厚みのない茶封筒からは、小銭の音が聞こえた。

「最初の?」

龍《りゅう》たちから聞いた話からすると、もう勇太がここで働き始めて二カ月以上が経《た》っている。

「最初はただの見習いや、金なんか貰われん。これかて小遣いみたいなもんや」

当然のことだと、勇太は言った。

「そうなんだ。……あ、今日は自転車なの？」

「ああ、朝遅れそになってもて」

道の端に止めてあった自転車の鍵《かぎ》を外す勇太の広い背に、真弓が問う。どうしても朝の時間が合わなくなってしまったのを見かねて、大河《たいが》が買って来た自転車だ。家にある他の自転車のように、住所も名前も書かれておらず真弓はどうしてもそれが家の物だという気がしない。

「後ろ」

自転車に跨《また》がって、勇太が荷台を指した。

二人乗りも本当に久しぶりで、変に緊張する自分に苦笑しながら真弓が荷台に腰掛ける。

「何処《どこ》行くか」

「最近、勇太夕飯うちで食べないときどうしてんの？」

「ここで賄いもろたり、早く引けたときは飯屋に連れてってもろたりしとる」

「じゃあ……そこに行きたいな」

離れてしまったものを少しでも知りたくて、真弓は言った。

「よっしゃ」

勢いをつけて、少し登り傾斜になっている坂を勇太が漕《こ》ぐ。

「もうええんか、歯は」

「うん。こないだ抜糸して、落ち着いた。そんで明《あき》ちゃんが……」

風に言葉を流されてしまいそうになりながら、真弓は声を上げた。

「俺、熱で訳わかんなくなっちゃってずっと大河兄のこと呼んでて。勇太がちょっと拗《す》ねてたよって、言うから。……ごめんって」

言いに来たと告げようとしながら、声が頼りなくなる。背に触れているのに、言葉などなんの力にもならないように感じられた。

「川、寄ってこか」

答えずに勇太は、大きな通りを信号を無視して横切った。

「隅田《すみだ》リバーサイドや」

高架下を潜って、一応そんな名前をつけられているサイクリングコースに上がって笑う。学校とは反対側の船着き場がある方に走って、勇太は自転車を漕ぐのを止めた。適当なところに自転車を置いて、川岸に降りる。きれいに整備された川辺には沢山のビニールシートと木箱の小屋が建てられ、中には老いた男たちが住んでいる。晴れた日には橋の下で、酒盛りをしながらのマージャン、将棋を指す彼らの姿が見られた。

「俺、ここが結構好きやねん」

空いているこの川辺に不似合いなきれいなベンチに座って、暮らして二年目で初めて勇太はそれを真弓に教えた。

「あ……」

整備された橋や川辺とは裏腹な雰囲気に、真弓もここが一度だけ見た勇太の生まれた町に少しだけ空気が似ていることに気づく。

「一人で、来たりするの？」

問いかける声が切なく、揺れた。

「……たまにな。最近や」

とてもきれいとは言えない広い川の流れを、椅子《いす》の背に肘《ひじ》をかけて勇太が眺める。日が落ちる直前の西日に、川面は銀色に凪《な》いだ。

子供のころから見て来たはずのその川面を、初めて見るような気持ちで真弓が眺める。遠い場所のように、知らない川のように。

「今度はちゃんと俺のこと呼べや」

謝った言葉に応えないだろうと真弓は思っていたけれど、不意に、勇太は真弓を振り返った。

「そしたらこうやって、ぐいぐい押したる」

指先で顳顬《こめかみ》に触って、勇太は笑う。

ほんの少し前までよく見た笑顔だと、そう信じてやりたかったけれど真弓はできなかった。

「勇太」

気づかない振りを、してやることもできない。

「すごく頑張って、無理して笑ってるね」

眉《まゆ》を寄せて辛くその笑顔を見た真弓に、ぼんやりと、勇太は顳顬に触れていた指を引いた。

何も語らず、勇太はまた水面を追っている。落ちる日に、また川は色を変える。

「……勇太は？」

夕日に映えてかえって表情を見失う横顔を見つめて、真弓は聞いた。

「俺を呼んでくれる?」

問いかけに、いきなりなんの話だとそんな風に、勇太が肩を竦《すく》めて笑う。

「歯が痛なったらか? そらおまえになんとかしてもらうしかないわな」

「今までなら誰を呼んだ? 秀《しゅう》より、もっと前は?」

冗談にしてしまう勇太に、真弓は問いを重ねた。

首を傾けた勇太の髪が、さらりと流れる。川面の向こうの故郷を眺めるようにして、遠くを勇太は見つめた。

「誰も、呼ぶやつなんかおらんかった」

尋ねられていくら答えようとしても、勇太の胸には誰の名も顔も浮かばない。

「誰も信じとらんかったし、誰かが助けてくれるとも思わんかった」

母も、母に父と呼ばされた男のことも。

「誰も助けてくれるやつなんかおらんかったから」

その男が死ぬときも、誰の助けも呼ばなかっただろうか。

廃れた漁港で死んだという男の最後の姿を、思うまいとしながらけれど幾度も勇太は想像していた。手紙にその文字を見た日から、何度も。

「お好み焼き屋のおばちゃんは? 沢山ごはん、食べさせてくれたんでしょ?」

「……ああ、せやった」

いつの間にか右手の上に左手を置いていた真弓の言葉に、ほとんど自分たちを育てたと言ってもいい老いた女の顔が勇太の眼前に思い出される。

「兄弟みたいやて、おまえらみたいに言いおうた連れもぎょうさんおるにはおった。ほんまにおとんがおんなじかもしれへんて」

そうして喧嘩《けんか》ばかりしていたが祭りには共に騒いだ幼なじみたちの顔も、浮かんでは消える。

「わろとったな」

荒《すさ》んだ冗談だったが、皆本当に可笑《おか》しそうに笑っていた。それもいいと、酒屋から掠《かす》めた酒でふざけて杯を交わしたりもした。

「簡単に、置いて来てもたんやなあ……俺」

辛いことばかりではなかった。恨むことばかりでもなかった。

「離れたらなんでも、忘れてもた」

それでも勇太は秀の元に来て彼との生活を共有するようになってから、そのころの全《すべ》てをなかったことにした。

耐え難いことの多くは、その心なさからどれだけ人を傷つけ人の足を引いたか、人がではなく自分がどんな人間だったかということだったのだと、気づいてしまったのはいつだったか。気づいたからこそ、目を逸らして来た。前へ歩くのにその枷《かせ》は大き過ぎて、捨ててしまったと、そんな話を真弓にもしたことがある。

けれど一度捨てた者には、次に何かを捨てるのも簡単なのかもしれない。一年前も、そうやって今在るなにもかもを捨てようとした。いや、捨てたのだ。その勇太が捨てようとしたものを真弓が取り戻しに追って来てくれなければ、あのままにしただろう。

真弓を置き去りにして一人で乗った列車の中で、勇太の心はもうこの町を離れていた。

「俺みたいなもんは……」

あのとき不意に思い出してしまった過去と自分を、終わらせていた。

「会わんようになったら、おまえのことかて忘れてしまえるんかな」

ふと、ぼんやりと勇太は、独り言のように小さく呟《つぶや》いてしまった。

覚えず口をついた言葉に、はっとして真弓を振り返る。

聞こえたに違いないのに、真弓は悲しまずに真っすぐに勇太を見ていた。

「俺ね、今度は絶対勇太のこと呼ぶから」

穏やかな声で、真弓は自分から始めた話を終わらせずに続けた。

「約束するから」

「なんやおおげさやな、親知らずのことぐらいで。そらまあ拗ねたけど、しゃあないわ」

その聞こえなかった素振りに力を借りて、勇太が軽口で流す。

「勇太を呼ぶから」

けれど真弓は笑い話にはせず、勇太の目を捕らえようとしていた。

「だから勇太も、俺を呼んで」

気づくと、真弓の左手はずっと勇太の手を摑《つか》んだままでいる。

「辛かったり苦しかったりしたら、俺を呼んで」

心を引き留めるように右手も、左手の上に重なった。

「助けてって、必ず言って」

逃れられないほど近くに、真弓の目がある。

逸らすこともできず勇太は、黒い、濁りのない真弓の目を見つめた。きれいだと、ただ見とれた。

きれいで——勇太はそれが辛かった。

「……どないしたん、急に」

見ていることができなくて勇太が、小さく笑いながら真弓の肩を抱き寄せる。恋人の瞳は肩に埋もれて、もう視界に入らない。

「おまえは……俺を呼ばんでもええよ」

けれど抱いた肩でなお自分を探すようにしている真弓に、言葉を躱《かわ》すことを勇太はやめた。

「俺にはなんもできんかもしれん。助けてやれんかもしれんから」

「いいよ。それでも俺、勇太のこと呼ぶ。勇太は？　勇太は今……俺にして欲しいことない？」

ゆっくりと勇太の胸を押して、もう一度真弓は目を合わせようとする。

「俺、どうしたらいい？　何ができる？」

明らかな変化を、もう遠回しな言葉では放っておけず、勇太の両腕を真弓は捕らえた。

「言って。何があったの？　全部俺のせい？　それなら俺」

「ちゃう、おまえのせえなんかやない」

先を急ごうとした真弓に、勇太が首を振る。

「だけど勇太、近くにいないみたいだよ」

手を遠ざけられてしまった真弓の声が、そうするまいとしながらどうしても、不安に掠れて震えた。

眉を寄せて、勇太が目を背ける。

その目が辛くて、真弓はそれ以上問い詰められない。膝《ひざ》に遊んでいる勇太の手に、真弓も目を落とした。包むようにそっとまた、せめてその手を捕らえる。

「手が、変わったね」

些細《ささい》な話に変えるようにやわらかい声で、ささくれの多くなった勇太の手を真弓は見つめた。

「前と、触っとるもんが全然ちゃうから」

その声に合わせて、勇太も普通に答える。

持ち上げるものの重さもやはり花とは違って、手だけではなく背や腕の形もたった二月で違う物になった。

「そういえばなんで、山下さんのとこに行こうと思ったの？」

追いつけない早さで自分を置いて行く勇太に、他にできることもなくただ真弓が触れる。

「勇太の話聞きたい。どんなことでもいいよ……話して」

それを勇太が厭《いと》うならと目を合わせないまま、固くなった指の付け根を労《いたわ》るように摩《さす》りながら真弓は聞いた。

唇を、開きかけたまま勇太は自分の手を取る真弓の手を、見つめた。

何げないことを尋ねていると、真弓は思っている。

けれどその問いに答える勇太には、そうではなかった。

問われれば、言いたいことがある。教えたいことが、ある。そうして本当は、泣いてしまいたいのかもしれないとさえ勇太は思った。

あの、酒を飲んでは泣いていた漁港の飯屋の男たちのように。

「……たまたまや」

けれど言えずに、勇太は溜息《ためいき》を落とした。

それでも真弓の手は、勇太を離れて行かない。

「おまえ」

その手が不意に、勇太の中で母の手と重なった。

「俺のこと、許せんことなんかなんもないて……言うたな。前に」

いや、不意にではない。気づいたのは達也《たつや》を慰めている灯籠《とうろう》の下の真弓を見たときなのだと、ふと気づく。

「……うん」

問われたその言葉を決して忘れていなくて、俯《うつむ》いたまま真弓は強く頷《うなず》いた。

「だから、なんか閊《つか》えてることがあるならなんでも話して」

「聞く前から許してしまうんか？」

その慈愛のような声に、唐突に、また抑え難い苛立《いらだ》ちが込み上げるのを勇太は感じた。

「今まで俺がおまえに話した俺がしてきたこと、ほんまにええて思てるんか？」

手を解いて、勇太が顔を上げる。

「こないだ俺が、おまえ叩《たた》いたことも？」

頬《ほお》を見つめた勇太に、真弓もゆっくりと目線を上げた。

「あんなの……手がぶつかっただけじゃない」

言い聞かせるように真弓が、瞳を捉《つか》まえてはっきりと教える。

「俺の左目、黒目んとこ濁っとんの気いついとったか」

また合ってしまった目を今度は逸らさずに、左目を晒《さら》して勇太は尋ねた。

「……うん。だって近くで何度も、見たし」

突然の問いかけに惑いながら、知らないとは言えず真弓が答える。

「こう……先にブロックのかけらがくっついた鉄の棒でどつかれたんや」

手でその形状を形作って見せて、勇太は濁りの訳を教えた。

それだけで真弓は、自分がそうされたかのように息を止めて眉を寄せている。

「仕返しに、俺は土管の上からそいつを突き落とした。もうそいつも二十歳んなる……ガキができて所帯持つて、ババアから手紙が来た。鉄工所で働いとるけど」

淡々と勇太は、感情を込めずに先を語った。

「そんとき外側に向いた足、まだ引きずっとるそうや」

そんな風に語らなければ、どう高ぶるかわからなくて。

「もっと、聞くか?　まだおまえにしとらん、もっとえげつない話ぎょうさんあるで」

「勇太が」

声を詰まらせるかと勇太に思わせた真弓は、少しも待たせず、言葉を返した。

「話したいなら、聞く」

微《かす》かに、真弓の肩が上下している。

「聞くよ」

胸が痛んで心臓の音が耳に大きく届いたけれど、真弓は震えずに言った。

掌《てのひら》を、勇太の頬に、静かに真弓が伸ばす。子供に触れるようにそっと頬を撫《な》でて、抱きとめることも慰めることもできず、ただ真弓は勇太を何かから許そうとした。

縋ってしまいそうに、勇太の指が浮いた。

そんな光景を、けれど何度も見た。子供のころから。どうして一緒にいるのか、何故そこにいるのかと思った男と女が、慰めに縋り合って手を伸ばし合うのを。

あたたかい、頬に触れる手に勇太は指を重ねた。首を傾けて、その体温を貪《むさぼ》る。貪る己を、そうすれば止められなくなる。

いつの間にか強く、勇太は真弓の指を摑んでいた。指に、掌に唇を寄せる。情交のように深く吸って、それでは足りずに歯を立てる。

「……っ……」

声を出すまいと堪《こら》える真弓の呻《うめ》きが耳について、勇太は息を飲んだ。

「……痛いんやろ？」

手を摑んだまま、咎《とが》めるように勇太が問う。

「なんで、辛抱するん」

赤く痕《あと》のついた手を引かない真弓を、勇太は責めていた。

痛むはずの指を、真弓は振り返りもしない。ただ真っすぐに勇太の目を、微かな白い濁りの痕を見つめている。

「……痛く、ないから」

左手を、真弓は勇太の右手の上に重ねた。そのまま頰にもう一度、勇太の指を呼ぶ。

熱を分けようとした真弓の手を、咄嗟《とっさ》に、勇太は強すぎるほどの力で振り払った。その指を与えられるたびに上がったり下がったりする腹の底の熱さを、どうにも堪えられなくなる。

弾みがあればすぐにでも、歯を立てるだけではすまなくなりそうで勇太は真弓に背を向けた。

「どっか……行ってくれ」

体を丸めて、自分を覆い隠すように頭を抱え込む。

「頼むから、俺から離れてくれ。俺に触らんでくれ」

「勇太……？」

「後生や、聞いてくれ……っ」

髪を掻《か》き毟《むし》って、悲鳴のように勇太は言った。

熱の届かない距離で、震える背を、真弓は見ていた。とても置いてはいけない。けれど勇太の背は、真弓が触れることを恐れるかのように拒んでいた。

「……帰って、来るよね」

立ち上がり、戦慄《わなな》く口元を押さえながら真弓が問う。

「それだけ約束してくれないと、行けない」

力なく呟いた真弓に、声を聞かせず勇太は頷いた。

「……じゃあ、先に、帰るね」

静かに告げて、真弓がベンチを離れる。一度も振り返らず、真弓は川べりを行って階段から橋に上がった。視界の端に遠くなる勇太がいたけれど、見ることができない。

目の前は滲《にじ》んで、足元さえ真弓にはよく見えなかった。

だるさに最後の授業を抜けて一人自転車で走っていた川沿いのサイクリングコースで、勇太《ゆうた》は後ろから来た自転車にいきなり横付けされて激突された。

「何処《どこ》目えつけて走っとんねんっ」

肩を柵《さく》にぶつけて自転車と挟まれ、身動きが取れないまま凄《すご》むと相手はここ二カ月ほとんど顔を合わせることもなかった達也《たつや》だった。

勇太の方から達也を無視したのは最初の三日ぐらいのことだったのだが、達也は達也で気まずかったらしく勇太と真弓《まゆみ》を避けて、クラスも違うので言葉を交わさない日が続いていた。現に今も酷《ひど》く気まずそうに、顔を顰《しか》めて勇太を見ている。

「……ウオタツ」

「あのさ」

驚いて名前を呼んだ勇太に、挨拶《あいさつ》も抜きに達也は口を切った。

「もう仲直りしてくれよ、真弓と」

前置きをする余裕もないのか、いきなり達也は本題に入る。

「俺が悪かったよ。人様のもんにあんな真似して、マジでっ、本当にっ、すっげえ俺が悪かった！　すまんっ、ごめん！」

　返事を待たずに達也は、ひたすら勇太に謝り倒した。

「でもさ、俺生まれたときからあいつが好きで。そりゃもうよ、俺の意志とカンケーなくそこに真弓がいたんだよ。ほれこいつ、初恋にどうぞってなもんで！」

　ガキ大将なら一日でのぼせる、そういう姿で物心ついたときから目の前にいたそれを他に説明のしようもなく、達也は頭を掻いて言い訳なのかなんなのかよくわからないことを早口に言う。

「でも女じゃねえってわかってあきらめて、でも本当はまだあきらめ切れなくてよ。だって昨日まで嫁にすると思ってたらいや男だっつわれて、はいそうですかってやっぱ終わんねえだろ!?　そのうえおまえと真弓がくっついちまって……っ」

　この際恨み言を言おうというつもりではないのだろうが、ポンポン喋《しゃべ》っているうちに達也は思っていることが全部口から出てしまっていた。

「十七年ワケのわかんねえ辛抱したんだぞ俺は！　そんで血迷ってやっちまった掠ったただけのキスみたいなもん一回で……っ」

　勇太に摑みかかった達也には、もはや自分の言っていることがよくわかっていない。

「おまえと真弓の仲がどうかしちまったらっ、俺がかわいそうだろ!?　土下座でもなんでもすっから仲直りしろっ!!」

　頼んでいるのか脅しているのかよくわからない目茶苦茶さで、達也は喚《わめ》いた。

言っていることはともかく必死な目をする達也に、勇太は思わずくすりと笑ってしまった。

「笑うのかよ……っ」

「いや、すまんつい。取り敢《あ》えず手え放してくれや、足が痛くてかなわんわ」

手を振って勇太が、自転車に挟まれている足を指さす。

「わ……悪ぃっ、俺つい夢中んなっちまって」

慌てて、達也は手を引いて、自転車を退けた。

「おまえのその無茶苦茶さは結構嫌いやないんや、俺」

笑いながら勇太も、自転車から降りる。

「ちゅうか、おまえとのことはもう、別に怒ってへんて」

柵に背を預けて地べたに、二人はどちらからともなく座り込んだ。

「だって……おまえら全然、仲直りしてねえじゃねえかよ。行き帰りも別みてえだし、目も合わせねえって」

顔を見た途端逆上して喚いてしまったものの、一応謝罪の準備として用意しておいたポケットの缶コーヒーを、達也が勇太に投げる。

「誰がそないなこと言うてんねん」

「学校でも、みんな言ってる。町会に至っちゃ俺よ、目茶目茶責められたりガキやババアに同情されたりして、もう死にてえよっ」

膝を抱えて達也が、本当に半泣きの声を上げた。

「そら……すまんことしたわ」

狭い町とはいえそんなことになっているとまでは知らず、思わず勇太が謝る。

「俺のことはどうでもいいんだよ。ただ真弓が」

愚痴っておきながら頭を掻いて言い捨て、達也は膝から顔を上げた。

「今日、朝、橋んとこであいつ見たんだ。したら……なんか」

唇を嚙《か》み締めて、達也は眉を寄せて俯いた。

「あんな真弓、見たことねえよ。そりゃよ、今までだって落ち込んだり泣いたりしてってとこは何度も見たけど」

明るくないことの方が少ない真弓だが、御幸《みゆき》に振られたり、同級生の少女に酷いことを言われたり。それこそ勇太と喧嘩をしたりして、人並みに落ち込んでいる姿を何度も達也も見たことがある。

「あんな……」

自分が今朝見かけた真弓を言葉で表すことはできず、達也は無意識に強く自分の髪を摑んだ。

「せやから、おまえのせえやないて」

その切っかけを作った自分を責めて止まない達也の手を、摑んで勇太が髪から解く。

「……いや、確かに切っかけはあんときのことや。けどほんまに、おまえのせえとはちゃう。おまえ川に叩き込んで、そんですっきりしよかって俺ほんまにあん時はそう思たんや」

何か遠い、桜の花びらが川面に落ちていた春の日を、勇太は思い出した。

「おまえの気持ちのしんどさもわかった気いしたし、最初はほんまに……俺もそれで終わらせるつもりやった」

お節介なほど人のことばかり一生懸命で、いつも冗談で気持ちを明かさずに堪えていたのだろう達也が、真弓によく似た面差しの少女を連れて目の前に現れたとき、気づかずにいた達也の辛さへのすまなさで勇太も堪らなかった。

それでもキスぐらい、とは思えなかったけれど、いつまでも達也に腹を立てたりするつもりはなかった。川に叩き込んで、笑い事にしてしまえたらとさえ思ったのだ。

「したら、なんでこんなに拗《こじ》れちまったんだよ」

溜息交じりに問われて、勇太は立てた膝に頬杖《ほおづえ》をついた。

「……なんでやろな」

考える力も、今は勇太の手元には足りない。

——あんなの……手がぶつかっただけじゃない。

何度も思い返している真弓の頬を弾いてしまったときのことを、また勇太は掌に映した。

——ぶつかっただけじゃない。

本当にそうだろうかと、疑いを何度も繰り返してもう疲れた。

簡単に許すつもりだったと今達也に言った言葉は、嘘《うそ》のつもりはない。けれど真弓を叩いてしまう前から、本当は勇太は苛立ちを深めていた。堪えられない熱を、抱えていたのだ。

——知らんやつみたいやのに、こないになってしまうんや。

もう、堪えてもいない。

既に幾度となくそれを真弓にぶつけて傷つけているのに、真弓が許しているからこの酷く不安定な状態のままそれでも立っていられるのだ。

「思い出すたんびに、むかついた」

「じゃあやっぱ俺が……っ」

「おまえにやない。真弓にや」

先を逸《はや》った達也に首を振って、勇太はそれを口にしてしまった。

「……あんとき、気いついてしもたんや。あいつ、俺のおかんに似とるとこがあんのや」

低い呟きをどう受け止めたらいいのかわからず、ただ黙って達也が続きを待つ。

「あばずれで男にだらしのうて、おとんと俺をほって男と逃げた女や」

「おい……っ、いくらなんだっててめえあんなことぐれえでそりゃねえだろ!?」

友人の母親を一緒に悪し様にいうようなことはしたくなかったが、そんな風に語られる女と幼なじみを似ているという勇太が許し難く、達也は腰を上げて片襟《かたえり》を摑み上げた。

「……せやない、そういうどうしょうもない女やったけど……せやなくて」

高ぶりに付き合わない勇太に意気を下げながら、襟を摑んだまま達也が探されている言葉を聞こうとする。

「なんて、ゆうたらええんかな。おまえのこと慰めとる真弓の手や、目え見て、思い出したんや」

真弓が触れた達也の髪を、肩を、見つめた背を勇太はぼんやりと追った。

「おかんは、ぎょうさん……愛情みたいなもん、ぎょうさん持っとった」

似合わない、使い慣れない言葉に、勇太の声が尻《しり》すぼみになる。

「笑わんといてや」

「……笑わねえよ」

俯いて笑った勇太の襟を、静かに達也は放した。

「そら、俺にはええおかんやなかった。けど」

今にして思えば、男を愛するために生まれて来たような女だった。そんな中にも自分への微かな情は在ったたと、今は勇太もまるで信じない訳ではない。

「その……なんやろな、男にだけやれる慈悲みたいなもんを持っとって、誰んでもやってまえた。どんな男も、かわいそうやて思う女で」

我が子を貰って行った人はいい人かと聞きながら母親は泣いたと、去年の夏に故郷を離れる折りに聞かされた。幸せかと案じて泣きながら、その女は子供を幸せにできる人間ではなかった。そういうことなのだと、後から勇太は理解することにした。

「それがおとんには、どうにも辛抱できんかったんや」

けれどそれなら、誰も彼もを愛するあの手は今、誰に幸いを与えているのだろう。

「よう、おかんを叩いとった。顔が変わるまでどついて、それでも足りんで蹴《け》って……殺さんと気い済まんのやないかて、いつもおそろしかった」

最後には勇太も、庇《かば》うこともできなくなった。ただ終わるのを待つことしか、見ていることしかできなかった。

「俺はおとんとはおんなじにはならん。そうはせん。そう思た。惚《ほ》れた女ならなんであんな真似するんかさえ、ずっとわからんかった」

手がつけられない父親の母親への暴力は、そうしていた彼自身にさえどうすることもできないものだったのだと、けれど今は知っている。

「こないだ、真弓を叩いた。弾みやったんかもしれんけど……」

もう勇太には、叩いた感触しか残っていなかった。

「一緒や、おとんと」

絶対にするまいと思っていたことをしてしまったのだということしか、見えていなかった。

「けどおまえ前に……」

すぐには、達也には言葉が見つからない。

「本当に親父さんかどうかわかったもんじゃねえって、言ってたじゃねえかよ。だからそんな一概に」

幼なじみに手を上げたという勇太を達也は、今はとても咎める気にはなれなかった。それよりも何か取り返しのつかないもので自分を縛ろうとしている友人を、引き留めるのに必死で。

思い込みを執り成そうとする達也に、曖昧に、勇太は笑った。

自分の種ではない、自分は父親じゃないと言い張る父親の言葉を、ずっと、何処かで勇太自身頼りにしていた。何処の誰ともわからない男の息子だとしても、その方がまだ希望が持てる。だからかまわず人にもよく話した。自分は父親がわからない子供だと、信じようとしていた。母親の言い分に耳を塞《ふさ》いで。

けれど父が死んだという知らせが、勇太の手元に文字になって届く。言葉になって、運ばれる。皆がそれを、知らせようとする。

後ろから川風が、伸び過ぎた髪を煽《あお》った。頰にかかった髪を払って、首を傾ける。

ふと見ると仕事に固くなり始めた自分の両手は、母を叩いた父の手によく似ていた。

「……おまえ、親父さんと自分の手、見比べて見たことあるか？」

笑いながら問いかけた勇太に、小さく、達也が首を振る。

「今度見てみい。親子は何処が似んでも、手だけは写したように似るんやて」

口をつけていなかった缶コーヒーを飲んで、勇太は肩で息をついた。

「おまえしょっちゅう親父さんと喧嘩しとるみたいやけど、親父さんのなんが気に入らんねん。かあちゃんどついたりするんか？」

厭味《いやみ》のようでもなく、ただ不意に思いついたように、勇太が達也に問う。

「いや、うちはたんに親父が短気でよ。ちっとのことでもすぐぐずりやがるから」

勇太の話を聞いてしまった後では酷く子供じみたことを言っている自覚があって、達也は気恥ずかしくなりながら正直なところを答えた。

「俺いっぺん世話んなったし、俺からしたらええ親父さんに見えるけど。自分のおとんなら勘弁できんことてあるよな」

「あ……ああ」

穏やかな勇太の問いに少しだけほっとして、達也が頷く。

梅雨に入った町は暑くなったり寒くなったりを繰り返して、今日は酷く蒸れていた。風を求めて、髪を晒しながら勇太が少しの間黙り込む。

「親捨てよて、思たことあるか？」

問いかけに、眉を寄せて達也は勇太の手元を見た。

あると、答えてやりたい気がした。自分にもある、きっと誰にでもあると達也は言ってやりたかった。

何度も、小さな家出はした。こんな家出てってやると啖呵《たんか》を切って、叩き出されたこともある。店を継ぐ気になったり、何もかも放り出したくなったり。感情的になって親子の縁を切ると、互いに叫んだこともある。だから今勇太に頷いても、嘘にはならない。

「……いや、ねえよ」

けれど両親の顔を思い浮かべたら、どうしても達也には言えなかった。自分も同じだと、言ってやれなかった。

それを勇太も、責めはしない。それで当たり前だと、知っている。

「俺は二親捨てた」

当たり前でなかったのは自分の生まれ落ちた場所、生きて来た道だと。それは秀《しゅう》に出会った時からかこの町に来た時からか、思い知ったことだ。

「捨てたっちゅうことにも、最近まで気づかんかった」

それでももう取り返しのつかない過ぎた時に囚《とら》われずに生きようと、勇太は思っていた。秀に育てられ、真弓と出会い、知らない日なたを眩《まぶ》しく思いながらも懸命にそこを歩こうとしたはずだった。

「おとんと、よう似とるとこも一つ見つけたわ」

けれどもう、歩く自信が勇太にはない。

「弱いんや気持ちが。一つのことがあかんようになると、なんもかんも駄目にしてしまう」

いい風が吹いているときは平気だと思えたことが、些細《ささい》なことの積み重ねでこうして瞬く間に崩れた。

もう繰り返さないと一年前に思ったはずのことを、また繰り返している。

「……そういう風になっちまうやつは、生真面目《きまじめ》なんだよ」

「俺がか?」

膝を揺すった達也に、勇太は苦笑した。

「茶化すな。前にお袋が言ってた、近所の、しょっちゅう頭がいてえっつってるおばちゃんに。いっつも全部ちゃんとしようと思うから、一個も嘘つかねえでいようって思うから具合悪くなんだって」

それこそ大真面目に達也が、必死で覚えている限りの、そのときは他人事《ひとごと》のように聞いていた言葉を勇太に向ける。

「自分に手え抜かねえと、疲れて死んじまうよって……だから」

もっと何か母親はちゃんとしたことを言っていた気がしてそれを思い出したかったができずに、達也は髪を掻き毟った。

「ちょっと殴ったぐれえなんだよ、一回だろ!? それにあいつは女じゃねえし、真弓だってそれを怒っちゃいねえんだろ？ そんなんでそんなに自分を追い込んじまうなよっ」

男だから殴っていいという理屈の話でないのは達也にもわかったけれど少しでも勇太の気持ちを解きたくて、思いつく限りの言葉を重ねる。

「ウオタツ」

まだ言葉を探している達也の肩を、勇太は押した。

「……堪忍してや。なんや俺」

笑って、肩に触れたまま勇太が俯く。

「泣きそや」

礼の代わりに、冗談のように言って勇太は唇を噛んだ。

その横顔を見たら達也の方が辛くなって、不意に喉《のど》を塞がれたようになって横を向くしかなかった。

長い間ただ、二人は黙り込んで川が流れて行く静かな音を聞いた。上を通る高架の車の音は、何故だか気にならない。

不意に、頬の内側を噛んだ達也の爪先《つまさき》にあった空き缶が、通りかかったスクーターのタイヤカバーに当たって転がった。抜けられなくはないはずの幅をそのまま行ってしまうだろうと思ったスクーターが、嫌な金属音を立てて止まる。

「何道塞いでんだよ」

見上げると工業の制服を着崩した二人連れが、ノーヘルで黒いスクーターに相乗りしていた。

「……ああ、悪ぃ」

素直にどこうと達也は立ち上がったが、彼らは行かない。

「悪ぃじゃねえよ、車体に傷ついちまったじゃねえかよ」

元々、勇太や達也たちの行っている高校と、隣接しているその工業高校とは不仲で、細々とぶつかりあいが絶えなかった。しかし男子の数が圧倒的に多く校内の揉《も》め事も絶えない工業の生徒は場数が違い、進路も関わる三年にもなるとこちらからはぶつからないように避けて通るのが常なのだ。

「何因縁つけとんねん、ちっと缶が当たっただけやろ」

「おっと関西弁かよ。おっかねえなあ」

道に座り込んでいることが気に入らなかったのか、彼らは最初から絡む気で止まったことが明らかだ。

「……おっかないならとっとと行けや」

「まあまあ、ちょっとよしてよお兄さんたち」

そういう意味のない小競り合いから引くのには達也はもう慣れていて、睨《にら》み合った勇太と彼らの間に割り入って目線を遮《さえぎ》る。

「悪かったって、大事なスクーターに傷つけて。どーもすいませんでした。んじゃ道塞ぐのやめて俺たち行きますんで」

どう見ても傷がついたようには見えない車体をちらと眺めて、達也は彼らを行かせようとした。

「……何調子こいてんだ。おまえ、達也じゃねえかよ。竜中《りゅうちゅう》の」

しかし彼らはまだそこを通ろうとせずに、運転していたほうの少年が達也に気づいて眉を寄せる。

「え？　やだわなんのことかしら。誰それ」

「すっとぼけんな。てめ中学のころは無茶苦茶やりやがったくせにすっかり見なくなったと思ったら、そうやってバックレてやがったのかよ」

何か大昔の恨み言を忘れていない少年は、いきなり達也の襟を摑んで引き寄せた。

「おい……なにすんねん、ええ加減にせえや」

黙ってやり取りを見ていた勇太が、いい加減苛立って立ち上がる。

「竜中の達也って、中坊んときにうちの三年三人を一人でぼこぼこにしたっつう達也か？」

「ちょーっと待ってよ、それ完全に話が逆んなって……っ」

後ろに跨がっていた方が言った言葉を慌てて否定した達也の横っ面を、いきなり前の少年が肘で打った。

「痛……っ……」

「うちのOBにそんだけやっといて、へらへら笑ってんじゃねえよ」

中学生が工業の三年生に挑んだというだけで話は充分だったのか、達也の与《あず》かり知らぬところでいつの間にかそれは武勇伝に成長を遂げていて、彼らはこれを機会に名を挙げようという勢いで凄んでいる。

「あんちゃん待てや。こいつが何したゆうねん」

間に手を割り入れて相手の襟を、勇太は力任せに摑み上げた。

「いいって、勇太。逃げるが勝ち逃げるが勝ち……いてて」

随分な力で弾かれた顎《あご》が痺《しび》れてなかなか動けなかったが、それでも達也が勇太を宥《なだ》めてシャツの背を引く。

「関西人はどいてろ」

「いきなり肘でどつくことないやろ。なあて」

「るせえ、用があんのはそっちの野郎なんだよ。てめーも一緒に殴られてえのか」

元々気短な少年たちは勇太を押しのけてバイクから降りると、半分膝をついている達也の腹を靴の先で蹴った。

「……っ……」

不意打ちに声も出ず達也が、腹を押さえて蹲《うずくま》る。

「やめろやっ」

なおも後ろ襟を引いて達也を引き起こそうとした少年に躊躇《ちゅうちょ》することもできず、勇太は腕を引いて顎に力任せに肘を入れた。

「てめ……っ」

痺れに蹲った少年を見て形相を変え、もう一人が勇太に摑みかかる。

凶器と変わらない固い拳を、勇太は鳩尾《みぞおち》に叩き込んだ。

「……なんや、もう終わりか」

二人ともほとんど動けなかったが、勇太の腹の中を搔き回す熱はただ上がり続けるだけだった。

膝をついた二人のうち、達也に蹴りを入れた方の少年を勇太が引き起こす。襟を摑んで横っ面を殴りつけ、それでも気が済まずに勇太は首を摑んで少年の額を川の柵に打ち付けた。

「……っっ……もう……っ」

「ああ!?　おまえかて無抵抗のこいついきなり殴りつけて腹抉《えぐ》ったやろがっ！」

「やめろ勇太！」

殺してしまいそうな勢いで少年の首を柵に押し付けたまま締め上げた勇太に、起き上がって達也が叫ぶ。

「勇太っ！」

耳に止める声が届いていない勇太の肩を、後ろから両手で達也は力任せに摑んで引いた。

血に塗《まみ》れて意識を失った少年が倒れ込むのに、ようやく、勇太も正気に返る。

ただ呆然《ぼうぜん》と、勇太は起き上がらない少年を見たまま息を上げていた。

「……おい、おまえ起きられんだろ。こいつ病院連れてけ、そこ降りてくと藪《やぶ》医院て。知ってんだろ、な」

鳩尾を殴られたまま蹲っていた少年を引き起こして、達也がその頰を軽く叩く。

「なんも聞かねえで見てくれっから。金は後から俺が払うから。達也にやられたって言え、そしたらツケにしてくれっからよ」

目を細めて話を聞きながら少年も、友人の血の量に息を飲んでたじろいだ。

「早く行けよっ」

掌で突き飛ばして、達也が少年をバイクに跨がらせる。意識のない少年を抱き起こして、無理に荷台に乗せて達也は自分のベルトで両手を前で括《くく》った。

「……血が出てりゃ、大丈夫だ。出てねえ方がヤバイ。でもあんぐれえなら平気だ。あんぐらいなら、俺も頭割ったことあっから」

手に残った血をどうしようもなくて、ただ立ち尽くしている勇太から隠すように手を彷徨《さまよ》わせながら達也が無理に言葉を重ねて笑う。

「やっぱつええな。外では喧嘩しねえんじゃなかったのかよ。人殺しにはなりたないからって……おまえに絡んだらすごまれたぜ、俺」

笑い事にしようとして、達也は震えの止まない勇太の拳を力任せに摑んだ。けれど摑んだ達也の手も、震えている。度を越えた、友人の暴力を目の当たりにして。

「ああ……よう覚えとるな。そないなこと」

柵を濡《ぬ》らしている生々しい血を、ぼんやりと勇太が振り返る。

「見んな。向こうから絡んで来たんだ、おまえがやんなきゃ俺がやられてた」

「そうや……俺なんか人殺しになるん簡単やから、せやからもうせえへんて俺」

「おまえは悪くねえよっ」

独り言のように呟く勇太に、平静を装おうとしていた達也の、叫んだ声が上ずって震えた。

「おまえがあいつらやったのは俺のためだっ。変に思い込むな勇太！」

明らかに勇太がやり過ぎたことも、途中から加減も正気もなくなっていたことも、本当は達也にもよくわかっていた。けれどそれを勇太の性とは思いたくなかった。何か酷く辛いものが今、勇太を揺らしている。自分の知らないその途方もない辛さに、きっとずっと勇太は耐えてきたのだと達也は今日初めて知った。

もう戻れないとは、達也は思いたくなかった。

「頭に血い上って、なんも考えてへんかったよ」

ふらついた足元に連れられて、勇太は柵に背を打った。

「長いことここらへんで止めとったもんが」

喉元を、勇太の掌が押さえる。

「もう、堪えられん」

そして断罪のようでもなく後悔のようでもなく、ただ絶望して勇太は呟いた。

「堪えられんのや……」

繰り返された言葉を、息を詰めて達也が聞く。

もう、腕を摑んでやることもできずに。


頼まれた使いを終えるのに思ったより時間がかかったことに気づいて、焦って勇太《ゆうた》は走った。こんなに時間をかけてしまってはまた怒鳴られるだろうが、それは少しも苦ではない。怒鳴られてへとへとになるまで、動き回っていた方がいい。

そう思いながら最近、体に力が入らない。こうして過分な時間を一つの仕事にかけてしまったのも、ぼんやりと立ち止まることが多いからだ。

「……あかん、クビんなってしまうわ」

今もまた足を止めていたと気づいて、慌てて勇太は仕事場に向かって駆けた。もう夜だが、今日は午後半分授業を抜けて来ている。半日、働いた。

けれど仕事場への角を曲がって、驚いて足を止める。思いがけない男が、仕事場から出てくるのが勇太の目に映った。同じ町会だからそう不自然なことではないのかもしれないが、何か

理由があるなら自分のこととしか思えない。学校をサボりがちになっていることについて何か言いに来たのではないかと、勇太は慌てた。

「大河《たいが》」

勇太が世話になっている帯刀《おびなた》家の家長は呼びかけに気づかず、黒く煤《すす》けて字を読むのがやっとなぐらい古い屋号を一度振り返って、仕事場に深々と頭を下げている。大きな間口を離れて、仕事帰りのネクタイを大河は緩めた。

「どないしたん」

近づいて、躊躇《ためら》いがちに勇太が声をかける。

「あ……ああ、戻って来たのか」

少しばつの悪そうな顔で、ポケットから引っ張り出した煙草《たばこ》を銜《くわ》えながら大河が振り返った。

「勇太っ」

仕事場の中から、勇太に声が投げられる。

「届けもんすんだんだろ。ったく時間かけやがって」

「はい。すいませんでした」

「今日はもう上がれ」

いつも怒ったように聞こえる口調で、親方が言った。

「……んじゃ一緒に戻っか」

煙草に火をつけながら大河が言うのに惑いながら、一旦仕事場に入って勇太が少ない荷物を取る。ふと見ると神棚に、さっきまではなかったどう見ても遣い物の酒が上げられていた。

「それ、おまえんとこの一番上が」

手元を動かしたまま顔を上げず、親方が嗄《しゃが》れた声を聞かせる。

「よろしく頼むってよ、持って来やがった。ったく昨日までちんまいガキだったくせに肩肘張る挨拶《あいさつ》覚えやがって、五十年はええっつっとけ」

もう七十をとうに越したという翁は硝子《ガラス》の厚い眼鏡の下で、情の強《こわ》そうな目を細めた。

「よろしく頼まれても、ガッコ出るまではまだうちの職人とは思ってねえぞ」

「わかってます」

「別に今すぐ高校辞めて来てもいいがな。うちは学歴なんかいらねえ」

冗談なのか本気なのかわからない声で、勇太を振り返らないまま親方が続ける。

「……親と、高校だけは出るて約束したんで」

苦笑して勇太は、制服のシャツを肩に担いだ。

「ホントは親方、バイトだと思ってたら取んねえよ」

勇太のすぐ上の先輩が、人のいい顔で笑いながら小声で告げる。聞いたこともない遠方からここの弟子になるために荷物も持たずにある日ふらりと現れた変わり者だと、他の職人が言っているのを勇太は聞いたことがある。

「どうも」

いかにもそんな噂《うわさ》が似合いそうな何を考えているのかわかりにくい、年も想像しにくい青年に勇太は頭を下げた。

「……勇太」

行こうとした勇太を、ふと、背から親方が呼び止める。

「はい」

「あんまりよ、こう」

ずっと手元を見ていた目を、翁は上げた。

「もやっとした顔してくんじゃねえよ、鬱陶《うっとう》しいからよ。どっかで祓《はら》って来い、溜《た》め込むぐれえなら酒でも飲んで暴れちまえ」

何もかもを見透かすような眼差しが、真っすぐに勇太を射る。

その怖さに勇太は口を開いて何かわからないままそのもやというものを知ってもらいたくなったが、できずに頭を下げた。

「……お疲れさまでした。お先、失礼します」

いつでも高架のせいで何処《どこ》かがオレンジ色に明るいが、もうとうに闇に落ちている往来に出ると、ぼんやりと大河が煙草を吹かしている。支度を終えて来た勇太に気づいて大河は、短くなった煙草を携帯灰皿に納めた。

しばらく互いに妙に気まずく、無言で家への道を歩く。

「その」

間が持たないのか二本目の煙草を、大河は銜えた。

「悪かったな」

「なにが」

「差し出がましい真似してよ。けどうちのもん預かってもらってんならいずれは挨拶ぐれえしねえとって、気になってて。続いてるみてえだしな」

いつから気づいていたのか誰から聞いたのかそんなことを言って、まだ大河は余計な真似をしたことを気にしているような顔をしている。

「……いや、そういうこと必要やって俺わからんかったから」

居たたまれない気持ちになって、勇太は汗に湿った髪を掻《か》き上げた。

「気い、つこてもろてすまんかったな」

「なんだよ、素直で気持ち悪ぃな」

そのまま頭を下げた勇太に、苦笑して大河が煙を吐く。

明るさの足りない街灯の下で、また二人は無言になった。

「本当は秀《しゅう》に、進学する気ねえのかどうかもう一回だけ聞いてくれって、頼まれてたんだ」

少し迷ってから、灰を携帯灰皿に落として大河が口を切る。

「ああ、そうやろな」

けれどそう説得する気配を見せない大河の真意がわからずに、勇太は肩を竦《すく》めた。

「うちは両親が五人全部絶対大学まで出すって、まあ今思えば無茶苦茶な遺言残してくれてよ。まあ、姉貴は人の言うことなんか聞きゃしねえ人だったからあれだけど、俺は意地んなってたから、丈《じょう》のときにゃ揉《も》めた揉めた。今思うとあいつのカボチャ頭でなんで進学できると思ったんだか大爆笑だけどよ」

「はは」

冗談めかして言った大河に、思わずつられて勇太も笑う。

「……しょうもねえと思うだろ。たいした理由もくっつけねえで、大学行け大学行けって」

やっと笑った横顔を確かめるように、いつの間にか目線の高さの追いついてきた勇太を大河が振り返った。

「けど俺なんか特にな、丁度バブルの絶頂期にうまい具合に今の出版社に就職してよ。なんつうかそれまでは、大学さえ出とけば一生食いっぱぐれねえには間違いねえっつう世の中だったんだよ。ましてや、そういうことで苦労したり悔しい思いした俺らの親には……もう信仰だな、ありゃ。大学信仰だ。だから、自分のガキには」

説教とも説得とも違う、ぼやきのようでさえある呟《つぶや》きを煙と一緒に大河が足元に落とす。

「一生食いっぱぐれねえように何が何でも大学行かせようとする訳さ、親は」

早くに逝《い》った両親が子供のころからどうしてそんなに大学大学と口にしたのか、そこだけ、自分の知っている両親の記憶と噛《か》み合わないような違和感がずっと大河にはあった。けれど段々と両親が子を持った年に近づいて、その愚かしさと思っていた悲しさが矛盾なく、記憶にある父母の姿と大河の中で重なるようになっていった。

「もう、そういう世の中じゃねえけどな。いい大学出ていい会社入っても、潰《つぶ》れるしクビんなるし」

だがその親の思いを無理にわかる必要もないし自分が誰かにわからせる必要もないのだと、息をついて声を引き上げる。

「ったく不景気ってやつはよー」

愛されていたことは、兄弟たちは皆わかっている。勇太に秀の気持ちが通じていないとも、大河は疑わなかった。

「おっさん……頼むで。そんな背中丸まるようなこと背中丸めて言わんといてや」

「はは、そうだな。だからよ、なんつうのかその、口はばってえけど。自分がしっかりしてねえとどうにもなんねえ時代になっちまったっつうことだよな。けど真弓《まゆみ》のことなんかはなんだかんだ言って散々甘やかしちまったし」

言いながら、しっかりしているようにも見えるが誰かの庇護《ひご》のもとを離れることが想像できない末弟が、不意に不安になる。

「そないなことない。結構、あいつはしっかりしとる。何処行っても何になっても、うまくやれんてことはないやろ」

「まあ、そりゃそうだな。けどこないだやりたいことが見つかんねえとかって、ぼんやり零《こぼ》してたぜ」

もっともそっちが普通の高校三年生の姿なのだろう弟のぼやきを思い出して、大河は苦笑した。

「変な話だけどよ、なんかおまえらの年頃のやつ見てっとかわいそうだとか思ったりすんだよ」

「かわいそう？」

まるで意味がわからず、勇太が問い返す。

「ああ、こっから先が俺らの時よりずっと大変なんじゃねえのかなって。就職難とかそういうことじゃなくてよ。生きにくいんじゃねえかって」

「みんな年寄りはそう思たんちゃうの？」

「はは、違いねえ」

憎まれ口をきかれて肩を竦めながら、けれどそういうものかもしれないと大河は笑った。

「でも……おまえはなんか、見つけたんだろ？」

そしてまた煙草を消して、三本目は出さずに携帯灰皿をしまう。

「さっきちょっと、親方と話したんだけどよ」

「……なんか、言うとった？」

顳顬《こめかみ》を掻いて呟いた大河に、少し急《せ》いて勇太は聞いた。

「なんだよ、何がそんなに気になんだ」

その反応が意外で、大河が肩を竦める。

「俺にはなんも言わへんから、あの人」

頭を掻いて勇太も、その焦りを恥じて溜息をついた。

「去年の夏から、ちょいちょい仕事覗《のぞ》きに行って。やっと春や、なら下働きだけやらしてやるて。それきり用言い付けるときと怒鳴るときぐらいしか口きかん」

そこまでの頑固者はさすがにこの下町にも珍しかったが、祭りのときもむっつりと座ってただ酒を飲んでいる翁の姿を、言われて大河も思い出す。

「昔の人だからな」

他に言いようもなく、大河は苦笑した。

「何考えとんのかさっぱりわからん。あんた来てくれたから、さっきはいつもより余計になんや色々言うとったけど」

──もやっとした顔してくんじゃねえよ、鬱陶しいからよ。どっかで祓って来い、溜め込むぐれえなら酒でも飲んで暴れちまえ。

言葉はストレートで腹が立つほどだが、何か自分には見えないものが見えるのではないかと勇太は翁が怖くなることがある。

見えないはずのべったりと染み付いた汚れを、全部見られているのではないかと。

「おっかないじいさんや」

けれど誰かに、その汚れをはっきりと知られているかもしれないことは何か、勇太を安堵《あんど》させた。誰かが知っている、自分の性を。そうしてここにいるなら、嘘《うそ》が一つ癒《い》える。

そう思った途端、この間の学生を殴ったときの高ぶりを思い返して、勇太はざわつく胸を摑《つか》んだ。嫌な鼓動を、抑えられずに手を握り締める。

その浮き沈みと不安の繰り返しは、薬をやっていたときの感覚に似ていた。いけると思ったり、どうしようもないと思ったり。途方もない恐怖にも似た不安に胸を覆われて、自分がわからなくなったり。

そういう薬でついた癖は、ぶり返すことがあると聞いたことがあった。ふとした弾みで、一度覚えた容易に手に入れられる安堵を、体が思い出すのか。

「秀には悪ぃけど」

足元を見ている勇太を眺めて、大河は口を開いた。

「俺は、あの人がおまえ預かってくれんならもう無理に進学とか言う気はなくなった」

実際長く親代わりとしてやって来た秀にはそう簡単に納まりがつかないことだろうとは思いながら、大河が自分の気持ちを勇太に伝える。

「俺はよ、なんかおまえは」

自分も保護者のつもりだとは勇太にも言ったが、秀のそれとはまるで重みが違うことは大河もわかっていた。

「気ぃ悪くしねえで聞いてくれよ」

だから自分が言ってもいいのかわからないこともあれば、近すぎる秀には見えないこともあるのだろうと思う。

「真弓と付き合っててもおまえは、いつかフラッといなくなっちまうんじゃねえかって、どっかで思ってたんだ。秀の子供としての時期が、完全に済んだら」

そして長らく無意識ではあったけれど案じていたことを、大河は勇太に打ち明けた。

びくりと、勇太の肩が揺らいだ。この間二親捨てたと達也《たつや》に言ったときに胸を過《よぎ》った不安を、知られていたのかと震える。置いて行くのが簡単な人間だと、そのことを。

「ずっとそんな風に思ってた訳じゃねえんだ。ただおまえが山下《やました》さんとこの職人になりてえって知って、どうやら半端な気持ちじゃねえってわかって」

そう思っていいんだろうと、問うように大河は勇太を見た。

「ここに居着いてくれるんだなって、なんか」

慣れない言葉が口の中で滞って、一瞬、大河が口を閉じる。

「嬉しかったよ」

けれど他に言いようは見つからず、素直に、一度だけと思って大河はそれを勇太に伝えた。

受け止めきれない、その思いがけない情に勇太が俯《うつむ》く。

「……俺が、真弓や秀とこれからもおることが？」

問い返す勇太の声が、微かに震えた。

「ああ、それもだし。おまえがずっとここにいることがさ」

「俺みたいな、人間が？」

下を向いたままの勇太の目に、痂《かさぶた》になった手の甲が映る。何度も、川端の柵《さく》に打ち付けた跡だ。疼《うず》くだけで痛まない。そのときのことが、勇太にはよく思い出せない。

また胸を強く摑んだ勇太に、大河が気づいた。落とされた言葉の暗さの、底知れない心細さにも。

「勇太」

けれどそういう最近の勇太の変化が真弓との些細《ささい》な諍《いさか》いのせいだけではないと、今の今まで大河も気づかないでいた訳ではなかった。

「なんでおまえは、親方のとこ行こうと思ったんだ？」

だからこそ今日、仕事帰りになってしまったけれど無理をしても勇太の新しい仕事先を見に行った。

「ちょっと、意外だったよ。仕事場見て、驚いた」

長くこの町に住んでいる大河も真弓と同じで、そこここに屋号を掲げ仕事場を持つ職人たちの多くが何を造っているか、全《すべ》て知っていた訳ではない。

夏に向けて新造されていたものを見て、正直大河はまだ若すぎると言ってもいい勇太が何故自らここを選んだのかと、驚きを覚えた。

「自分のやりてえこと見つけたとか、そういうこととは……違うのか？」

何か、自分には想像もできない理由がそこにあるように、仕事場の中で大河は感じた。どうして勇太がこの仕事を見つけたのか、多分自分には完全にはわかってはやれないだろうと。

けれど勇太がそれを選んだことに、その場では不安は覚えなかったのだけれど。

「大丈夫か、おまえ」

ぼんやりして見える勇太の頭を、力任せに大河は鷲摑《わしづか》みにした。

「……なんやいきなり」

「いや、こう」

何と言われると案じたものを見失って、頭を揺すった手を大河が放す。

けれど、手元しか見えないような勇太の俯きがここ数日、いやもしかしたらもっとずっと前からのものだったと、二人きりになって大河は確信せざるを得なかった。

「視界が、狭くなる感じがよ。俺、たまにあっから」

だからなんだと言われてしまいそうな台詞《せりふ》だったが他に言いようもなく、溜息をつく。

なんのことだと、勇太は言わない。

「大丈夫か」

もう一度、大河は問いを繰り返した。

長い沈黙が、夜に任せて流れていく。

勇太が答えないまま、いつの間にか二人は家の前に辿り着いていた。バースが気づいて、縁側から降りて家長を迎える。

「……よしよし、もう遅いから吠《ほ》えるなバース」

庭先にしゃがんで、取り敢《あ》えず大河はバースの首を撫《な》でて吠えるのをやめさせた。

すっと、勇太は先に玄関に上がってしまう。

「おい……勇太」

気にかけて大河は、すぐに後を追った。

遅い時間だが帰るころだと思ったのか、丈がテレビを観ている居間では秀が二度目の配膳を始めている。早い時間に真弓は丈と食べ終えたようで、真弓の姿はない。けれど帰宅の気配を感じたのか二階で、真弓が部屋から出る音が聞こえた。

その音を耳にして気鬱がどうしようもないところまで落ちて行くのを感じながら、勇太が洗面所で手を洗って食卓につく。

同じように手を洗って腰を下ろした大河と勇太の間に、二階から下りて来た真弓が座った。

「勉強、ええの」

隣り合ったまま無言でもいられず、勇太が短く問う。

「休憩。お茶だけでも……一緒しようかと思って」

必死に側にいる時間を作ろうとする真弓とそれを辛く思う勇太に、大河はどうしたらいいのかわからないまま上座から二人を見つめた。

「あ、これめちゃめちゃうちの近所なんだよなあ。高架下だろ？」

不意に、チャンネルをあちこち変えていた丈が、寝そべったままニュースに手を止める。

「もうあっちでもこっちでもだね」

毎日のように聞こえてくる少年の凶行に、けれど慣れることもできず溜息をつきながら、秀がお勝手から食事を運んだ。

「力余ってんならボクシングでもやりゃあいいのによう……なんだってこんなことすんだかよ」

喧嘩《けんか》、というレベルでは済まない、凶器や火を用いた少年同士の大きな傷害事件に、しみじみと呟いて丈が起き上がる。

「……理由なんて、ないんちゃう？」

目の前に置かれた椀の湯気越しに画面を眺めながら、ぽつりと、勇太が言った。

「たいしたことやのうてもカーッと頭に血い上って、堪えられんで思いきりやってしまうんや。後先も生き死にも考えとらん」

まるで自分のことのように語る勇太に、息を飲んで丈が振り返る。

「おいおい……おまえがやったんじゃねえだろうなこれ」

最近勇太の様子がおかしいことは丈にさえわかっていて、ほとんど獣の勘のような根拠のなさで丈はテレビを指した。

普段なら冗談にしかならない問いなのに、しんと、食卓が静まり返る。

「そしたらどないするん」

真顔で、勇太は問い返した。

何処までまともに受け止めたらいいのかは誰にもわからず、すぐには誰の答えも返らない。

間が悪く、重体だった少年の一人が死亡したという速報が入った。

眉を寄せて、皆がそのニュースの成り行きに見入る。

「なあ……ほんまに俺やったらどないする？」

仮定とも本当ともつかない問いに、大河は真剣に勇太の目を見つめた。秀は身動きもできずに勇太を見ている。

「取り敢えず警察に……一緒に行って。相手のご家族に謝って、それから」

大河は乾いた口を開いたが、どうすると聞かれてもまともに言えることなどほとんどないに等しかった。

「な……にまともに取ってんの、みんな。勇太がそんなことする訳ないじゃん。やめてよ！」

冗談にしようともせず、酷《ひど》く怒って真弓が声を上げる。

だがその真弓こそが、ここまで一声も発せずに頰《ほお》を強《こわ》ばらせていたことに勇太は気づいていた。

「なんで、俺がそんなことする訳ないと思うん？」

言葉で教えただけではやはり蓋《ふた》をした自分というものがわかりはしないのだと、安堵とも絶望ともつかない思いに勇太が口の端をつらせる。

「殺さへん加減知っとっても」

けれどもう真弓にも、その蓋をこじ開けようとする隠し続けて来た自分が垣間見えているはずだと、濁った目を勇太は向けた。

「カッとなったら何するかわからへん」

ただ言い捨てた勇太に真弓は眉を寄せて、誰も続きを聞けなくなる。

その重い沈黙を掻き消して、バースの声が響き玄関がガラリと開いた。

「ただいま、遅くなってごめんなさい。なんかすごいもの見ちゃって」

電話で告げた時間より遅くなったことをまず詫《わ》びて、明信《あきのぶ》が居間に駆けて来る。

「……お帰り、明ちゃん」

「龍《りゅう》ちゃんの配達に付き合って車で入谷《いりや》の方に行ったら検問してて、大捕物してたんだよ。これこれ、この事件。入谷で犯人捕まってた」

少し興奮気味の明信が言うのと同時に、今度は確かに言葉どおり犯人逮捕の続報が入った。

「パトカーいっぱい出てて車も動かなくって。中学生だって、もうどうなってんだか。……あれ？　みんなどうしたの？　なんかあった？」

その騒ぎを見て来たせいで居間の空気にすぐに気づけなかった明信が、言い終えてようやく通夜のような雰囲気に気づく。

大河と丈はいつの間にか止めていた息を吐いて、緊張と疲れのあまり畳に倒れた。

真弓は唇を噛み締めて、勇太の横顔を見ている。

「悪い冗談、よしなさい勇太。みんなに謝りなさい！」

かつてないきつい声で、秀は戦慄《わなな》く手で飯台を叩《たた》いた。

自分のそういうことをやりかねない一面を昔見た故の不安からやっと今解放されて、高ぶってしまった養父の憤りを、すまなく、勇太が見上げる。

「……冗談やないんや」

言われたとおりに謝ってしまいたかったができずに、勇太は告白した。

「秀。金、貸してもらえんやろか」

そして秀に向き直り、膝《ひざ》を正して頼み事を口にする。

決していい趣の話が始まったのではないことは皆にもわかって、誰も居間を動かず勇太が何を言い出すのかを見守った。

「なんの、お金？　訳も聞かないでは出せないよ」

本当はその訳を聞くのを恐れながら、それでも無理に毅然《きぜん》として秀が問い返す。

「藪《やぶ》の治療代や。ウオタツが全部自分のせえやて言い張って、今立て替えてくれてんねん」

「どっか、怪我《けが》したの？」

息を飲んで秀は、勇太の体を上から下まで確かめるように眺めた。

「怪我は、俺やない」

その心配が辛く、勇太が首を振る。

「工業の学生、半殺しにした」

けれど躊躇わず、顔を上げて勇太は秀を見て言った。

「……いつ」

悪い冗談をとはもう言えず、呆然《ぼうぜん》としながら秀が問い返す。

「月曜、ガッコの帰りに」

「どうして」

ほとんど機械的に、秀は尋ねていた。

その動揺が勇太にも伝わったけれど、取り繕う答えは見つからない。

「……カッとなって、堪えられんかった」

膝に落ちた勇太の言葉は居間にいる皆が聞いたが、すぐには納得できる者はいなかった。

確かに勇太は乱暴で喧嘩っ早い一面を持っていたが加減を知っていたし、何より、真弓と同い年でもいつの間にか兄弟たちは勇太を物事の筋や道理を知っている大人として認め、そう扱ってきたのだ。

だが膝の上で握られている拳には確かに、誰かを傷つけた跡がまだ生々しく残っている。

「もう、喧嘩はしないって……」

ぼんやりと勇太の甲を見つめて、独り言のように秀は呟いた。

「すまん」

頭を下げた勇太に、気持ちを乱す自分を戒《いまし》めて秀が背を張る。

「治療費は、もちろん払いに行くよ。いくら？」

「ウオタツが言わへんのや。せやから……手間かけてすまんけどおまえから藪に聞いてくれへんか」

こうして勇太の言葉を聞いていると、本当にそんなことを勇太がしたのかと誰もが疑わずにいられなかった。

「……勇太」

「世話かけて、ほんまにすまん」

けれど勇太はただ、秀に謝罪を繰り返す。

「わかった。それはちゃんとする、明日にでも藪先生のとこに行ってくる。けど、勇太」

もはや悔やんでいる様子の勇太に叱《しか》る言葉も見つからず、当てもなく秀は勇太を呼んだ。

いつからか、勇太がバランスを崩していることにもう間違いはなく、それを親として秀は、今流してしまう訳にはいかない。だが去年の夏の喧嘩のときのようには、その境が今回ははっきり見つけられなかった。

「この間の手紙を……見せてくれない？」

真弓との喧嘩からか、それともと思いを巡らせて、勇太の様子がはっきりとおかしかった日のことを秀は思い出した。

息を飲んで、勇太は顔を上げた。

手紙には秀には死んでも知らせたくない、父の訃報《ふほう》が記されている。

「ババアの近況書いた手紙なんぞとっといてもしゃあない。もう、ほってもた」

「じゃあ、何が書いてあったのか教えて」

「こないだ言うた通りや。それ以上のことはなんもない、ほんまや」

喉に勇太の辛い嘘が閊《つか》えていることが、秀にも、真弓にも、兄弟たちにも映った。

その嘘は無理に聞き出してはならないようにも、どうしても聞いておかなければならないようにも見える。

また己の胸を摑んだ勇太の肩が、酷く強ばっていた。

「俺も」

今はそれ以上を聞くのが酷に思えて、大河が後ろから口を挟む。

「丈も、志麻《しま》姉も、おまえぐらいの年までは分別のつかねえことはやったよ。だからっていいって話じゃねえけど、おまえがそんだけ反省してんだったら、後は言うことはねえよ。飯、食え」

手を伸ばして、その固い肩に大河は強く触れた。撓《たわ》んだ背を伸ばすように、強く。

「……飯、食えそもないわ。風呂、先にもろてもええか」

少しその手に甘えて、勇太は言った。

「ああ、ゆっくり入れ」

「すまん」

大河に言われて、勇太が畳から腰を上げる。

「秀、悪いけど俺の分片付けてくれ」

いつまでも自分を見ている秀にそれだけ言い置いて真弓を一度も見ないまま、勇太は居間を出た。

振り返らない勇太を、真弓が言葉もなくただ見送る。

言葉のとおり風呂を使う音が聞こえて、やっと、皆は詰めていた息を吐いた。

「取り敢えず俺、明日藪んとこ行って相手の怪我の様子とか聞いてくっから」

髪を掻きながら大河が、風呂の音を聞いている秀の横顔に言葉を投げる。

「そんなに思い詰めんな、秀。おまえは縁がなかっただろうけど、ガキ同士の喧嘩なんか……そりゃ最近は物騒な話が多いけど。昔っからそこら中であったことだ」

どれも秀を安心させる理由にはならないのが言いながらわかって、大河は深く溜息をついた。

「……大丈夫秀さん。うちは積み木崩しには歴史があるから」

慣れてるから気にしないでと、無理に、明信も笑う。

「けど」

黙って話を聞いていた丈が、不意に、口を開いた。

「全然、違あ気がするよ。オレ。自分ときとも、志麻姉んときとも」

「丈」

わざわざ秀や真弓を不安にさせるようなことを言う丈を、咎《とが》めて明信が呼ぶ。

「だけどなんか、このままぼんやり見てる場合じゃねえだろ。あいつのこと」

何がとはっきりは言えなかったが危うさだけはよくわかって、丈は声高に主張した。

「自分が何やってんのかなんてオレ全然わかってなかったぞ。だけどあいつわかってんぞ。わかっててどうしようもねえんだったらしんどいだろうし……っ」

酷く恐ろしいことだとは秀や真弓の手前さすがに言葉にできず、丈が口を噤《つぐ》む。

だが言われずとも皆の胸にも、丈の言わんとした怖さが在った。

「せめて志麻姉がいればな……俺のぐれ方なんか自分でバイクで自爆するぐれえがせえぜえだったし」

今の勇太に自分ができることも言えることも幾らも見つからなくて、大河はもはや何処にいるかもわからないすっかり音信不通の姉を思った。

「勇太は」

溜息をついて秀が、ようやく少しだけ肩の強ばりを解く。いつまでもただ動揺してはいられないとそんな風に、無理に手を動かして勇太の食事を片付けた。

「受けて来た暴力も見て来た暴力も、僕には想像がつかないようなもので」

ポットから湯飲みに湯を移して、新しい茶を入れながら誰の目も見ないまま肩を落として秀が告げる。

「だから」

言葉を続けられず、秀は唇を噛んだ。

「……ごめんみんな。不安だろうけど」

やっとそれだけ言って秀が、兄弟たちを振り返る。

「そんなに気に病まないで、秀さん」

首を振って、明信はその気負いを咎めた。

「そうだ。いざとなったらオレが簀巻《すま》きにして監禁すっから」

真顔で言った丈に助けられて、小さく秀が笑う。

「俺」

黙り込んでいた真弓が、不意に口を開いた。

「不安じゃないよ、秀」

安心させるためにか、真弓が微かに笑んで見せる。

誰もその時は勇太のことを案じるのに精一杯で、真弓の背がどれだけ無理に張っているか気づくことができなかった。

溜息《ためいき》をついて勇太《ゆうた》は、随分と久しぶりに思える花屋のシャッターを叩《たた》いた。この時間なら勝手口を叩くところかもしれないが、中から微《かす》かに明かりが漏れている。

程なく、煙草《たばこ》の匂いとともにシャッターが店主のけだるさに合わせてだるく開いた。

「よう、来たか」

店を閉めてただ中でぼんやりしていたのか帳簿をつけていた様子もなく、勇太が中に入るとアルミの灰皿に灰が積もっている。

「なんやおっさん、急にメシ食いに来いとかゆうて。恋しなったか俺が」

用件はほとんどわかっていたが、シャッターを閉める龍《りゅう》に勇太は無理に軽口をきいた。

「あほ、恋しくなるようなツラか」

たった一月ぶりだが懐かしいやりとりをして、上へ上がれと龍が階段を指す。

勇太が上がるのを確認して、龍は店の明かりを完全に落とした。

「メシっつってても弁当だぞ」

「なんや懐かしいな、角の弁当屋の鳥ナス弁当。最近は明信《あきのぶ》がまめに作ってくれてたんちゃうん」

　自分がここに来なくなってからますます生活感の出た台所を冷やかしながら、畳に勇太が胡《あ》座《ぐら》をかく。バイトに来ているときはあまり上がることのなかったこの二階も、最後に見たころとは随分様子が違っていた。

「おまえが来るから、明を先に帰したんだろが。おまえもわかってんだろうけど、別に俺からは特におまえに話なんかねえぞ」

　言いながら一応茶を入れて、小さなちゃぶ台を挟んで龍も胡座で腰を下ろす。

「そらそうやろな。俺もないで、話なんか」

　お互い旧交を温めるタイプでもなく、そうでなくても学校の行き帰りに店の前を勇太が通れば一言二言は喋《しゃべ》るし、いまさら最近どうだと話し始めるのも空々しい。

「どうだ、山下《やました》のおやじさんとこは」

　それでも一応、龍は新しい仕事のことを聞いた。

「ん？　まあ普通や」

　挨拶《あいさつ》と変わらない曖昧《あいまい》な返事で、勇太が話を終わらせようとする。だが少し髪を落として、今日はいつもより余計に怒鳴られて来た仕事場のことを思った。そんな顔して来るならもう明日から来るなという罵声《ばせい》は、いい加減言われ慣れたが今日は響いて重い。

「普通は、嘘《うそ》やな。きついわ結構。細かい仕事なんかと思たら、俺にさしてもらえることなんか材料運びばっかりやし」

「随分立派んなったもんなあ、腕」

花屋も荷を運ぶときは力仕事なのだが、それでも自分のところにいたころよりすっかり隆起した二の腕に感心して龍が呟《つぶや》く。

そうしてその腕の先にある甲の痂《かさぶた》に、否応《いやおう》無く本題を思い出させられて龍は深々と溜息をついた。

「誰に頼まれたん」

明らかに気が進まないでいる龍の様子に、苦笑して勇太が茶を啜《すす》る。

「ばればれだな」

隠すつもりもなく、龍は茶を注ぎ足した。

「今朝会社行きがけに大河《たいが》によ、なんかおまえがおかしいからちょっと話聞いてやってくれって。夜寄れってもう言ってあっからっつって」

「俺には、あんたがたまには一緒にメシ食いてえって言ってたから仕事帰りに寄れとか、ゆっとったぞ」

「気色悪ぃ言い訳使いやがって」

どちらにしても見え見えの言葉に大河の方も取り繕う気はなかったのだろうと、二人して苦笑する。

「……大人やなあいつは。おのれにはわからん話やゆうことを、ちゃんと見極めとるんや」

朝の出掛けに見た、会社とは逆の藪《やぶ》医院の方へ走って行った大河の背を、勇太は思い返して目を伏せた。見送った秀《しゅう》の目は赤く、真弓《まゆみ》は補講をサボったのか自分と同じ時間に合わせて一緒に家を出た。

「無理に、話合わせられてもやっぱしこっちもまともに聞けるもんやないし。せやからあんたに頼んだんやろ」

「失礼な話だぞ、俺にしてみりゃ」

沈んだ勇太に付き合って深刻にはならないよう努めて、龍が弁当を半端に煙草を取る。

「けどよ、何話せっつうんだか。俺は年はおっさんでも全然落ち着いてねえんだぞ」

「知っとるわそんなん」

煙草を嚙《か》んで歯を剝《む》いた龍に助けられて、勇太は少し笑った。

「……だいたいのとこは聞いたけどよ」

その笑顔の力なさに深刻さを知って、龍が声音を落とす。

この界隈《かいわい》で夜には珍しい車の走り抜ける音が遠くから近づいて来て、ヘッドライトの明かりが部屋を通って行った。いつの間にか梅雨の名残の雨が降り出したと、そのタイヤが水を弾く音に気づかされる。

「正直言って、まともにおまえと話すのもしんどいとこだな俺には。自分と喋るみてえでよ」

少年の時間を随分と離れた今になっても向き合うのは辛い過去の自分が、そこで断罪を待つように見えて、龍は目を背けたかったがそれでも真っすぐに勇太を見つめた。

「いや……」

　ふと、その目を見返して勇太が首を振る。

「もしほんまにやってきたことが変わらんようでも、あんたと俺はちゃう。似とるようでも」

　不意に、龍には意外に思えることを、勇太は言った。

「根っこんとこがちゃうんや。あんたは俺より、なんぼマシか知れん」

「……どう、違うんだ？」

　龍からしてみれば、勇太の方がよほど自分よりましな人間だという気持ちがあった。十六のときから自分のところに働きに来た勇太が似たような過去を持っていることにはすぐに気づかされたけれど、その年に自分はどうしていたかと龍は何度も十六の自分を恥じ入らせられた。ぼんやりと聞いた話では、育った環境もまるで違う。理由のない焦りや何処《どこ》からくるのかわからない自分の残虐さと違って、おそらく勇太は虐《しいた》げられることを生まれてまず最初に覚えた人間だ。

　だから許されるとは言わないものもいるだろうが、生まれ落ちたときからその手に覚えた暴力を早くに手放した勇太に、寧《むし》ろ龍は感嘆していたのだ。

「先は長いて、あんた言うたやろ」

　随分前に、戯れに言った龍の言葉を、勇太が持ち出す。

「俺、なんてゆうたか覚えとる？」

「ああ、けど……」

　それは軽口だったし、言葉どおりには龍は受け取っていなかった。

——まあ悪いけど俺は過去には縛られん主義や。

前を向いて勇太は言ったけれど、縛られないでいられないだろうことを、龍は知っていた。

「俺考えたなかったから、あんときはっきりはわからへんかった。っちゅうか、考えんようにしとったんやな」

まだ前へ歩くことに必死だったそう遠くはないはずの自分を、勇太も思い返す。

「長いて言うより、終わらへん。俺は自分に、蓋《ふた》をしてしもたから」

食事には勇太もほとんど手をつけず、ただ摑《つか》んでいた箸《はし》を置いた。

筋が余計に際立つかのように、勇太の首筋の肉が落ちていることに龍が気づく。

「なあ」

立てた右膝《ひざ》に手を放るように置いて、勇太は龍を呼んだ。

「親もこっからおられんようになったんやったら、あんたはなんでここにおったん。いたなかったやろ。全部捨ててリセットして、自分、頭っからやり直したいとおもわへんかったん？　誰も自分のこと、知らんとこに行って」

今まで触れずにおいたことを、勇太が尋ねる。

灰が飯台に落ちてしまって、龍はもう根元まで燃え尽きた煙草を灰皿に捨てた。

「……そりゃ、そうすりゃ楽だろうと思ったし、実際そうしようとも何度も思ったけど」

答えようとしながら、それを勇太に今言うのは酷《ひど》く酷な気がして龍が躊躇《ためら》う。

「考えたら、楽でもねえような気がして」

けれど知っていて勇太が聞こうとしているのもわかって、仕方なく龍は溜息交じりに先を続けた。

「今ここと自分捨てたら、毎日嘘ついてるみたいに生きてかなきゃなんねんじゃねえかって、思って。……けどな勇太」

「俺は全部捨てて来た」

皆が同じではない、捨てなければ生きられない重さも自らの意志で持ったはずではないものもあると言おうとした龍を遮《さえぎ》って、勇太は己を断罪した。

「住処《すみか》も変えて、名前までちゃうんや。してきたことも、人も、親も全部置いて。親父が認知もせんかったからずっとお袋の名字やったけど……名前変わったとき嬉しかったわ」

画数の多い変に大仰な秀の名字、気に入るも気に入らないもなく、ただ自分の名前が変わったことが本当に勇太は嬉しかった。生まれ変わったような、気がしたのだ。

「元の名前は、真弓にも教えたことない。ほんまに俺がしてきたことはなんも」

「全部話したって聞いたぞ。どんなやつと寝たかまで聞かされたって、前に真弓怒ってたぞ」

何か思い込みで本当のことまで曲がって取り違えたのかと、龍が首を傾《かし》げて眉《まゆ》を寄せる。

「だいたい……どんな真似したかは話した。それでええと思った。けど」

隠し事はしたくないと、それも前向きな気持ちのつもりで、感情はこめずに勇太は確かに最初にだいたいのことは真弓に話したつもりだった。

「けど、シャブ打って誰ともわからんやつとやったいうのも、どつき合いで角材で頭割ったったいうのも」

自分の中には思い返さないようにしながら、真弓に話した。時には武勇伝のように愚かしく、話して終わらせてしまいたかった。

「血い吐いて白目剥いたやつそのままほって逃げてもて生きとんのか死んだんかもわからん言うんも……話すと、やるとではちゃうんや。見てへん真弓には、俺のやったことの本当の大きさは教えられん。俺が……そんときどんだけ気い違っとったかは、教えられん」

本降りになってきた雨の音が、段々に大きくなる。

名前も知らないよそ者と喧嘩《けんか》になって倒れてからも殴り続け、そのまま雨の中に放り出して逃げた日のことが、昨日のことのように勇太の中に思い出された。

前の晩に、酔った父親が母親を殴って、犯した。母親は殺されるのではないかと、勇太は台所の刃物を小さな手に握った。けれど悲鳴のような声を聞いてどうすることもできず立ち尽くし、台所でいつの間にか朝を迎えたら、痣《あざ》だらけの母親は荷物を纏《まと》めて靴を履いていた。

——何処行くん？　俺を……置いてくんか。

起き上がって背に聞いた勇太に、母親は振り返った。

——あのひと、ほんまにあんたのおとんなんやから。

昨日自分を暴力で犯した酒が残ったまま寝ている男を、母親はおまえの父親だと言って指さした。

——堪忍や、面倒みて……。

呆然《ぼうぜん》と聞いた言葉を、ずっと曖昧に勇太は覚えていた。みてと言ったのか、みてもらえと言ったのか、語尾が掠《かす》れてよく聞こえなかった。

そうして振り返りもしないまま出て行った背を見たきり、勇太は母親に会っていない。だから思い出すのは長いこと、その冷たい背と嗄《か》れた声だけだった。

小雨が降っていた。出て行った母は、傘を持たずに男と消えた。何故昨日父親を殺してしまわなかったのだろうと、勇太は悔やんだ。

手が震えるほどのその後悔を、今も忘れていない。

「全部、捨てて来た」

俯《うつむ》くと勇太の目に映る癒《い》えない甲の痂が、何もおまえは変わっていないと教えるように、赤かった。

「俺はあかん、あんたとはちゃう。捨てたら忘れられることを俺は覚えてしもた。あかんようになったらまた捨てるだけや。だから大事なこともすぐ忘れる」

「勇太」

言葉で自分を縛ろうとする勇太をどうにかして龍も、皆がそうしようとしたように解こうとしたけれど、手掛かりは簡単には見つからない。

「……けどその方がええのかもしれん」

「いい訳ねえだろ。あのよ、どうしたって持ってられねえもんっつうのはあんだろ。なあ。おまえが最初に捨てて来たもんはそういうもんなんだよ。けど今度は違う、おまえはちゃんとここのもんになって踏ん張って来たじゃねえか」

どうしてこんな言葉しか見つからないのかと焦《じ》れながら、龍は飯台を叩いた。

「……もう、あかん。おかんかおとんを見切ったみたいに、俺を捨ててくれるんならええ。真弓が。けどあいつはそうせん。真弓は俺にはできんことを、簡単にしてしまう」

今は遠い、けれど酷く愛しくて恋しい恋人を、不意に抱きしめたくて堪《たま》らなくなって勇太が手を握り締める。

「……真弓が、何を？」

縋《すが》りたい肌に、ずっと勇太は触れていない。

「他人を、許すことや」

目の前に肌があれば裂いてしまいそうな力で勇太は、行き場のない熱さを手から己の肩に逃がした。

「なんや、恐ろしなった。何があってもあいつは、逃げもせんで」

指先の爪《つめ》が、勇太の肩に強く食い込む。

「殺されても俺を、許すんやないやろか」

「おい……」

血を流した肩に声を上げて、強ばった勇太の手を龍は無理に引いた。ぼんやりと血のついた指を見ている勇太の頬《ほお》を、軽く平手で叩く。

「ちゃんと、目ぇ開けろ勇太！　なんでおまえが真弓を殺すんだよ、そんな真似する訳ねえだろっ。しっかりしろてめえ!!」

髪を掴んで、悪い夢から覚まさせるように龍は時間も考えず声を荒らげた。

「最近俺、あいつのことメチャメチャにしたなんねん」

強く髪を掴まれたまま、あきらめのように勇太が本音を晒《さら》す。

「したなるだけやない。……叩いたんや」

もう誰にも打ち明けたくはないことを、また勇太は言葉にした。

「一回やない。突き飛ばしたり訳のわからんことで怒鳴ったり。こないだは手え見とったらおのれが何するかわからんような気持ちになって……っ」

川端のベンチで、真弓の指に歯を立てたときに込み上げた手のつけられない凶暴な気持ちが胸に返って、悲鳴のように叫ぶ。

「その後や……工業の学生半殺しにしたんは」

独り言のように、勇太は告白した。

間近で見て初めて、勇太の左目の真ん中が微かに白く濁っていることに龍が気づく。

「勇太」

ゆっくりと、龍は勇太の髪を掴んでいた手を、放した。

「目ぇ、開けろ」

代わりに頬を撫《な》でるように叩いて、静かにそれを懇願する。

「なあ、一から話せ。なんかあったはずだ切っかけが。おまえは今……一つのことしか考えられなくなってるだけだ」

　自分にもはっきりと覚えのある視野の狭さを、咎《とが》めずに龍は教えた。

「そうやない、こいつが俺の本性なんや」

　一度閉じた瞳が容易に開かないことは、龍も知っている。

　自分に今してやれることを探して、龍はその濁った左目を見つめた。

「……おまえ、しばらく俺んとこいるか」

　問いの続きを無理に今は聞かず、龍がそんな案を口にする。

「な、うちから学校と仕事、通え。大河と先生には俺から、適当に話すから」

　取り敢《あ》えずのことだとは思ったがそれでも真弓と今は離すしかないと悟って、龍は勇太の髪をくしゃくしゃにした。

「邪魔はしたない」

　それに縋りたい気持ちが勇太にもあったが、二つずつ揃《そろ》っている暮らし回りの物が目に入って素直には甘えられない。

「ガキじゃねえんだ、毎日ベタベタしなきゃ気がすまねえ高校生と一緒にすんなっつの。なんなら、学校にはしばらくいかなくてもいいだろ。昼間店手伝えよ、久しぶりに」

　ことさら気軽な誘いのように、龍は言葉を重ねた。

　家に帰らなくても学校に行けば否応無く勇太と真弓は会うことになる。できるだけ顔を見ずに、高ぶった熱を冷ませば少しは勇太の視界も変わるかもしれないと、龍はなけなしの期待を賭《か》けた。

「同じ部屋で毎日寝起きすんの、しんどいだろ。そんなんじゃあ」

黙り込む勇太に、軽口をあきらめて龍が溜息をつく。

「たまに、居間で寝とる。あいつの寝息耳についてどうしても寝つけんときとか、あって」

問われたままだと認めて、勇太は俯いた。

「すまんけど……そうさしてもろてええか？」

もうぎりぎりのところに居るという自覚は、人目にそう映るように勇太にもあった。

後はまた捨てるだけだ。逃げ出すことしかできない。けれどこの断崖《だんがい》に爪先で勇太もまだ、留まる気持ちがあった。どうしていいのかわからないそれを、あきらめてしまいたくないという思いが。

「俺は今日からでも明日からでもかまわねえよ、この梅雨でまたじいちゃんの腰が悪くなったって金谷《かなや》さん休んでんだ。丁度」

今からでも電話するかと、親指で龍が指した下から、勝手口の呼び鈴を鳴らす音が聞こえた。

閉まっているときも店を開けろという客はたまにいるが、花を買うような時間ではない。

「……誰だ、こんな時間に」

時計を見ていてもあきらめない呼び鈴に溜息をついて、龍は少し嫌な予感をさせながら腰を上げた。

「ちょっと待ってろ」

階段を駆けるように降りて、躊躇ったがいつものように相手も確かめず龍が勝手口を開ける。

そこには、頭から雨に濡《ぬ》れた真弓が立っていた。

「真弓……」

「ここ、いるって聞いたから」

家でも引き留められたところを飛び出して来たのか、降り出してから随分になるのに真弓の手には傘がない。

「ああ、いるこたいるが」

なんと切り出したらいいのかわからず、龍は取り敢えず後ろ手に半分ドアを閉めた。

「……あのよ、真弓。勇太、しばらくうちで預かろうかと思うんだ」

軒下に引き入れて中に入れてやらないことをすまなく思いながら、上に真弓の気配がしないようにと気遣って龍が小声になる。

「どうして……？」

もちろんすぐには納得せず、掠れた声で真弓は問い返した。

「その、しでかしちまっただろ？　喧嘩。だからなんつうか、謹慎みてえなもんだ。な？」

頭を掻《か》いて龍が、軒を見上げながらまだ用意していなかった真弓への言い訳を探す。

「喧嘩の罰だ。かわいいコレといちゃこらすんのもちょっとお預けだ。今そっちに電話しようと思ってたとこなんだよ。丁度いいや、明に明日勇太のもん適当に持ってくるように言っといてくれ」

もう決めてしまったことだと言い含めて帰そうと、龍は不自然に早口になった。

「俺……勇太に会っちゃ駄目なの？」

眉を寄せて、信じ難いというように真弓の声が龍を咎める。

簡単にごまかすことはできないと悟って、龍は後ろ首を摩《さす》りながら息をついた。

「二人っきりんなるのは、あいつがもう少し冷静になってからの方がいいんじゃねえか？」

そういえば一年前もこんな会話をしたと、言いながらふと龍が思い出す。

あのときそっとしておいてやれと言った龍に、真弓は今してやれることがないなら恋人でいる意味がないと言い張った。それでも真弓を振り切って町を出て行った勇太に、龍はもう駄目だろうと思い、残酷だと思ったが真弓にもそう告げた。水が違うから無理だと。

何も気にならないと、一年前の真弓は言い切った。

「それって、いつ？」

問いかけて来た真弓の声が冷静なのかそうでないのか、龍には判断がつかない。

「待ってたら勇太はもとに戻る？」

静かな声は、やがてまた掠れた。

「……俺がいない方が、勇太にとっていいってことなの？　それって、どういうことなんだろう……」

ぼんやりと真弓が、濡れた足元を見る。

出て行った勇太を故郷に追って、必死に手を取って、積み重ねて来たはずの二人の時間が無意味だと言われたように真弓が思うのも無理はないと、龍は辛くなった。

「違う、真弓。そうじゃねえんだ。けど、距離とか時間とかが今は」

わからせてやる言葉を必死に探す龍の背に、階段を降りる足音が聞こえる。

咄嗟《とっさ》に龍が閉めようとした戸の隙間《すきま》から、捨てられた女のように心細く濡れた真弓の姿を、勇太が見つけてしまった。

縋るようにその戸に、真弓が手をかける。

「雨が……降って来たから」

泣き出してしまうのではないかと思わせた真弓が静かに笑うのを、止められず龍は見つめた。

「迎えに、来たよ」

傘も持たずにそんなことを言って、雨に濡れた手を真弓が勇太に伸ばす。

立ち尽くして、勇太はその手を見ていた。

勇太の指先が震えているのが、龍の目に映った。真弓にも見えている。

それでも伸ばした手を最後の頼りのように、真弓は引かない。

「一緒に、帰ろう」

「真弓」

堪えろと、責めて龍は真弓を呼んだ。

「帰ろうよ勇太」

聞こえないかのように真弓はただ、勇太を呼んでいる。

何も思うことができず階段を降りた勇太が酷く強ばった手で真弓の手を摑んでしまうのに、為すすべもなく龍は息をついた。

「……勇太、待てよ。今、話して決めただろう?」

その場で勇太の腕が真弓を抱こうとしたかのように見えて、取り返しのつかないドアを開けた後悔に龍が声を挟む。

「な、今日は」

「……少しだけ」

縋った手を決して放さないでいる真弓に唇を嚙んで、勇太は龍に言った。

「話してくるだけやから」

「今はよせ。さっきおまえ」

どんな風にしたいと言ったと、続きは言えずに龍が拳を握り締める。

「話す、だけや」

今自分を捕らえているぬくもりを、一度摑んでしまったら勇太は放したくなくなった。本当はただ恋しかった。触れたかった、縋りたかった。

会うまいと思ったからこそ余計、その思いが募る。自分がしっかりと自分を取り戻すまで離れようと、さっきそう決めたけれど。それなら会わない時間は永遠のように勇太には感じられた。

「だったら、上で話せ。な? 俺、店にいっから」

「迎えに……来たんだよ、龍兄」

両手で勇太の腕を摑んで、真弓は聞き分けない。

「家まで送ってって、荷物取ってくる」

沓脱《くつぬ》ぎに降りて、勇太は置いてあったサンダルを履いてしまった。

「ちょっとまや。すぐ、戻る」

龍の目を見ずに勇太は、戸口から足を踏み出す。

「……勇太、ここ開けとくからな」

もう二人を止めることはできずに、龍はそれだけを、傘も渡せないまま告げた。

強くなる雨にかまわず肩を濡らして、二人が軒を出て行くのを龍が見送る。

「開けとくからな！」

もう一度言った龍の声は背に届かず、勇太と真弓は、抱き合うようにして往来に出た。

商店街でもうこの時間開いているのは一杯飲み屋ぐらいで、その明かりだけが雨の向こうにぼやけている。

「……傘、借りて来たら良かったな」

両手で自分の腕を抱いている真弓の濡れた髪に、勇太は小さく言った。

「雨宿り、してく？」

囁《ささや》くように言った真弓の声が微かに甘く、含みを、勇太に教える。

頷《うなず》いてしまいたかったけれど龍に話したことを勇太も、全《すべ》て見失ってはいない。

「そしたら荷物持って、龍兄のとこに行くの？　どのくらい？　ずっと？」

問いかける真弓の言葉に、何も当てはなかった。ただ子供の駄々のように、なんとか引き留めるすべはないかと探しているだけで。

「勇太。俺、一秒でも離れてたくない」

深く、真弓の手が勇太の腕を抱いた。

「離れたら……」

見失いかけている、いや、もう見失っているのかもしれないものを探して真弓の言葉が彷徨《さまよ》う。

「お社、寄ろうよ。ね、ちょっとだけ」

参道の背の高い並木が雨を避けてくれる神社に、真弓は無理に勇太の手を引いた。

「待ってくれ真弓、俺は……」

暗いところに、勇太は真弓と二人きりになりたくなかった。

けれど真弓の足は古い鳥居を潜ってしまって、勇太も真弓の手を振り払えない。

「雨宿り」

笑って、真弓は拝殿への階段を駆け上がった。

そこで初めて口づけたのが、もう二年前の夏の終わりだ。些細《ささい》な喧嘩の仲直りをした思い出も、ここにある。

そこで真弓が取り戻そうとしているものを、勇太も探した。

——でもおまえとやったら。

いつだったかその喧嘩のときに、不安に囚《とら》われたのは真弓だった。

——俺は怖くても辛抱する。

そんな言葉で、ずっと一緒にいる、このずっとは本当の「ずっと」だとはっきりと約束した自分を勇太が思い出す。

あの後すぐだった。その言葉を裏切ったのは。

けれど今度は手放したくない。沢山の約束を、手の先のぬくもりを。

「どうしたの？　ここに、来てよ」

雨の届かない埃《ほこり》の匂いのする回廊に座り込んで、真弓が隣に勇太を呼ぶ。

腰を下ろすと、一瞬離れた腕をまた真弓は抱いた。

「……そんなに、不安なんか」

「勇太」

高さのすっかり違ってしまった肩に頭を寄せて、少しの隙《すき》もないほど真弓は肌を寄せようとする。

「お願いだから、側にいさせてよ。あのときと同じだよ。離れちゃ駄目なんだよ、離れようとしないで」

指に指を絡めて、全身で、真弓は勇太を引き留めようとした。

「俺が、怖ないん？　何針縫うたか聞いたか。ＣＴいうのとらな不安やからて、結局藪でかい病院運んだて聞いたで」

警察沙汰《ざた》になれば埃が出るのは向こうらしく治療代で片が付きそうだというニュアンスのことを大河が言っていたと、一旦学校から帰った折りに秀が勇太に教えた。

何も聞いていないのか、それとも聞いてなお迎えに来たのか、真弓は勇太の肩先で黙り込んでいる。

「……怖くなんか、ないよ」

どうしても力ない声で、真弓は言った。

「勇太」

そうしてまた、真弓は勇太の名前を声にする。

「側に、いた方がいい。きっと。俺、勇太がその人たちに我慢できなかったのって、その人たちに腹が立ったせいだけじゃない気がして」

躊躇いながら真弓は、ゆっくりと勇太の機嫌を損ねない言葉を探すようにして、口を切った。

「俺に……何か一生懸命、我慢してたよね」

取り繕いようもない川端のベンチでの震える勇太の手を、歯を立てられた自分の指を、真弓が思い返す。

「他の人に向けるなら、俺に向けてくれた方がいいよ」

「何……言い出す。そないなことはないわ」

言いながらまるきり的外れとも言えない真弓の言葉に、勇太は首を振った。

その曖昧な否定に、真弓が顔を上げてまだ合わせていなかった視線を捉える。

「勇太に何かあって、勇太が変わって、勇太が何かに耐えてるのに俺にはなんにもわかんない」

深い闇を今度は幸いに思いながら、勇太は目を逸らした。

「俺から勇太が遠いんじゃないね。勇太の側に、俺がいないよ」

視線を躱《かわ》されたことに真弓は気づいて、小さく息をついて目を伏せる。

「今……だけじゃない。ずっといない」

喉元《のどもと》に溜めている不安と不満を、堪えようと真弓は唇を噛んだ。

「仕事のことも、何も話してくれないね。今日、覗《のぞ》きに行っちゃった仕事場。勇太いない時」

責める口調になるまいと、無理に真弓は声を明るくする。

「山下のおじいちゃんが作ったもの、外の空き箱に上って高い格子窓から覗いて来た。すごいね、きれいだった」

初めてしっかりと見たその仕事に、感嘆の息を真弓は聞かせた。

「勇太はそういう風に思ったからあそこに行ったの？　それとももっと違う理由？」

何げないことのように、この間の続きのように聞こうとしながらどうしてもせっかちな口調になる自分を、咎めて真弓が問いを切る。

あの川端と同じに、勇太はその些細な問いに答えられない。

「この間の繰り返しになっちゃうのかな……でも勇太、俺知りたいんだ。仕事のことも、もっと他のことも。どうしたいのか、何がしたいのか、聞きたい。どんな風に勇太の気持ちが動いたのか知りたいよ」

川辺で、同じ話から段々と勇太の様子がおかしくなっていったことを真弓も忘れていなくて、声音をことさらやわらかくしようとする。

「先のことも」

できるだけ核心から遠い話を探して、ふと真弓は呟いた。

「……先のこと？」

「今はバイトみたいだけど、このまま卒業してあそこで職人になるのかなとか、そしたら何が造りたいのかなとか。そんなこと」

まるでわからないというように問い返した勇太に、楽しい先を懸命に探して真弓が語る。

「いつか勇太が、屋号貰《もら》って親方になったりとかするのかなとか。そんな話、気が早すぎるか」

無理に笑った声が、何処かにあっさりと吸い込まれて消えた。

大木と社殿に守られたこの場所には、雨の音も少し遠く聞こえる。

闇に慣れて来た目で、泥に汚れた真弓のスニーカーを勇太は追った。何か一つぐらいまともに答えてやりたいと思ったが、少しも、真弓の言う「先」が見つけられない。

「先のことなんか、考えたことあらへん」

「どうして？」

「俺が知っとる漁港のおっさんはみんな、酒飲み過ぎてのたれ死んだ」

「それは、勇太とは関係ないじゃない。お酒も飲まないし」

揶揄《からか》われたと思ったのか、少し責めて真弓が顔を上げる。

「関係ないこと……あらへん」

ぼんやりと、想像でしかない男の最後の姿を勇太がまた思う。

春を待たずに死んだという父親は、五十になっていなかった。寒の戻りだと言われた晩に大酒を飲んで、便所に行くと言ってふらりといなくなったと思ったら血を吐いたらしいと、ヤスが言っていた。そのまま誰も気づかずに、冷え込んだ朝に見つかったと。

誰か泣いただろうか、あの男のために。一月も勇太は、そんな父の死を知らずにいた。清潔で誠実な青年だけを父と信じてからは、何年も、その男のことは思いもしなかった。

「じじいには……なれん、俺かておんなじや」

居たたまれないほど、口の中が渇く。最後に父親が飲んだという安酒の味が自分の口に返った気がして、勇太は息苦しい喉を押さえた。

「……それ、本気で言ってんの？　全然、俺とまともに話す気ないの？」

理由を知らない真弓には、勇太が捨て鉢になって自棄《やけ》を起こしているようにしか聞こえない。

「おまえにはわからん」

「わかんないと思うなら、わかるまで話してよ。わからないって、閉じないでよ」

いつかも聞いた台詞にどうしようもなく焦れて、真弓は勇太の立てた膝を掴んで顔を寄せた。

「今だけじゃない……いないんだよ、勇太の生きてく先に俺が。前から、そういう話になると時々不安だった。勇太の中に、俺と一緒にちゃんと生きてく未来がある気がしなくて……っ」

早口になる真弓の声が、堪え切れず上ずる。

その声に叫んだ自分の方がはっとしたような顔をして、真弓は息を抜いた。

「……ごめん、本当言うと俺も今、全然冷静じゃないんだ。勇太」

「俺のせえやな……」

「なんでもいいんだ、話して。勇太のこと、話して。少しでいいから……お願いだから」

髪を掻《か》き毟《むし》って、首を振って真弓が勇太を求めて繰り返す。

心の遠さに怯《おび》えてほんの少しでもと手掛かりを欲しがって苦しむ真弓に、勇太も何か言ってやりたかった。

「言えん気持ちかて……ある」

けれど何も、乾いた唇に言葉が呼ばれない。

「一生、おまえには教えられん気持ちかて、ある」

心の底に落ちて日なたを見るまいとする頑なな者は間違いなく自分だけれど、いっそ死んで二度と息をしないでくれたらと、勇太は願った。それは一緒に暮らしたころ、父を思った気持ちによく似ていた。

膝に縋っていた真弓の指が、緩む。打ち明けられた言葉の重さに耐えかねて傷ついて、あきらめに飲まれようとする。

「勇太」

けれど真弓は飲まれず、不意に勇太の肩にその手をかけた。

「……なんや」

顔を近づけて来た真弓を避けられず勇太が、唇を唇で塞《ふさ》がれる。

ぎこちない口づけとも呼び難い触れ合いに惑った勇太の足に右足で乗って、真弓が逃げ場を塞いだ。

「ややや、どないしたんやいきなり……真弓……」

首にしがみついて唇を寄せて来た真弓を、勇太も拒めない。

久しぶりに出会った唇はどうしようもなくお互いを求めて、無意識に、勇太は真弓の腰を抱いていた。

絡ませた舌を解いて、真弓が勇太の唇の端を噛む。

「……真弓」

背を抱いて、熱い息で勇太も真弓の名前を呼んでしまった。

「ね……寄り道、しよう?」

精一杯の艶《つや》で、真弓が勇太の耳元に囁く。

「セックスしようよ」

耳たぶを噛んで真弓は、無理に勇太を高ぶらせようと吐息を聞かせた。

「急に、おまえ……」

背を強く抱き寄せて勇太も、真弓の項《うなじ》を吸ってしまう。

「訳わからん、そんなん。なんでや」

思惑どおり熱を焚《た》き付けられて苛立《いらだ》ちながら、肌を手放せず勇太は問いかけた。

「……話してもわかんないこと、抱き合えばわかるかもしれない」

泣いているような喘《あえ》いでいるような声が、心と引き換えに体を投げ出している。

「百回寝たって、わからんやつもおる」

無意識に父と母を思って、覚えず勇太は心ないことを呟いてしまった。

「それが……俺なの？」

眉を寄せて、震えて真弓が勇太の目を闇に覗く。

「ちゃう、そうやない」

独り言のような言葉を自分が口にしてしまったことに気づいて、勇太は首を振った。

「おとんとおかんのこと、言うたんや」

仕方なく、本当のことを教える。

今度は違う切なさで、真弓は勇太を見つめた。

「……しよう、勇太」

完全に勇太の足に乗って、真弓がまだぎこちない手でそれでも勇太のシャツのボタンに手をかける。

「お願い」

「……やめや」

肌を合わせて来た真弓に否応無く勇太は息を上げてしまいそうになったけれど、振り切って首を振った。

「頼むから聞き分けてや。怖いんや俺は今、おまえに触るんが」

腕を払われて息を飲んでいる真弓の両肩を掴んで押し返しながら、闇雲に勇太が頭を垂れる。

退かないまま、真弓は体を引かずに勇太が顔を上げてくれるのをただ待った。

「こないだも、離れてって……後生だからって、言ったね。勇太」

待っても、勇太は項垂《うなだ》れて俯いたままでいる。

「初めてしたときに、言ったの覚えてる。時々酷く……したくなるって」

それを真弓から持ち出すのに、覚えず勇太は顔を上げてしまった。

誘うように真弓が、首を傾けて髪を落とす。

「してもいいよ」

いつも固い襟元《えりもと》を、痩《や》せた指先で真弓は自分から開いた。

「よせや……」

息を飲んで、勇太が肌を晒して行くその指を睨《にら》む。

「勇太のしたいようにしていい。勇太がわからないままなら」

「やめろて……いうてる」

取り返しのつかない、堪え切れないものが一瞬で込み上げるのに、どうにかして勇太は真弓を遠ざけようとした。

「わかんないくらいならメチャメチャにされた方が……っ」

「そないなこと簡単に言うんやないわっ！」

ましだと、叫ぼうとした真弓の腕を摑んで、力任せに勇太は汚れた回廊の上に引き倒した。

「どないなことなんかちいともわかってもおらんくせに」

上がる息を、抑えようと勇太が首を振る。けれど脈は上がる一方で耳鳴りのように籠《こ》もり、もう雨の音も聞こえない。

「メチャメチャてどんなんかって……っ」

半分開いている真弓の襟を摑んで、訳もわからず勇太はシャツの前を引き裂いた。

「俺は何度も見た……ガキのころ……っ」

距離感のわからない手で真弓の髪を摑んで、ただ悲鳴を塞ぐために口づける。シャツを放された真弓が肩を強く柱の根元に打った音も、勇太の耳には届かなかった。

「おとんがおかんを、こうやって」

首を押さえ付けて、濡れて破れた真弓のシャツを勇太が剝《は》ぎ取る。

「押さえ付けてどついてっ」

「ゆう……た」

言いながら手を上げようとして、今日に映っているものが子供のころの記憶ではなく現実だということに、不意に勇太は気づかされた。

真弓の声が、聞こえた。

　自分を呼ぶ、細い、叩かれた母と同じ声が。

「いややいうても……おとんはきいたことなんかない。ケダモノと一緒や。さかったら黙らせて無理やり突っ込んで」

　呆然と、勇太は手を落とした。

「俺はそうやってできた子供なんやて……酔っ払って、外に出すんが間に合わんでしくじってしもたて」

　いつの間にか乗り上げていた真弓の上から退いて、力なく社殿の柱に、背を当てる。

「笑っとったわ、おかん」

　譫言《うわごと》のように呟く勇太に、真弓は、感覚のない肩を浮かせた。痛いのか熱いのか、高ぶりによくわからない。

　ただ指を、必死で真弓は勇太に伸ばした。

「……大丈夫だから、勇太」

　何がとわからないまま、乾いた唇を開く。両手で、真弓は勇太を抱き留めた。

「大丈夫だよ」

　耳元に声を聞いて、過去に遠ざかっていた勇太の目が、ゆっくりと返った。無意識に手が、真弓の背を抱こうとする。

　けれど明らかに指先にわかる古い背中の傷痕《きずあと》に触れて、びくりと、勇太はその手を引いた。

　真弓は、酷い暴力を知らなくはない。

「それは……子供のときのことだから」

今それを勇太が思い出したことに気づいて、かまわないと、真弓は首を振った。

「よく、覚えてないから」

この場所で、幼い真弓は見知らぬ男に暴力で触れられそうになった。逃げ出して、刃で背を何度も裂かれたのだ。

震えて霞《かす》んだ目で勇太が見ると、口が切れたのか真弓の唇の端が血に濡れていた。喉にも自分が押さえた跡があるのが、闇にもはっきりと目に映る。

幼い真弓の背を切りつけた男と、今自分は同じことをしようとしたのだと知って勇太は戦慄《わなな》いた。その真弓の抱えている傷が他人には容易に気づかれないほどに、兄たちが大切に守ってきた真弓を、一瞬で狂気の下に引き裂こうとしたのだと思い知る。

「平気だよ……俺」

それでも約束どおり真弓は、勇太を許そうとした。

「何処も、痛くないから」

その強ばる両腕に、勇太を抱きしめようとする。

梅雨寒《つゆざむ》の中に肌を晒して冷え切った真弓の胸に抱かれて、その心音を勇太は聞いた。

「……ずっと不思議やった」

平静を装おうとする真弓の鼓動は、信じられないほど速い。

「あんな風にして、惚《ほ》れおうてるようにも見えへんのに、大人の男と女はなんであほみたいにああやって傷つけあって……なんでそんでも一緒におるんやろて」

鼓動を宥《なだ》めるために触れたかったけれどもう決して真弓に手を伸ばせずに、勇太はぼんやりと言った。

「叩かれては泣いて、捨てるゆわれては泣いて、許されて。最初から一緒におらんかったらええのにて」

力の入らない真弓の腕を、勇太が解いてしまう。

「けど、もうわかってしもた。知りたなかったけど」

ふらりと腰を上げ、真弓に背を向けて勇太は回廊から降りた。

「勇太……っ」

「そうゆう風にしか、できん人間がおるんや。おまえを叩いたときに、俺は初めてわかった。おとんは死ぬほど、おかんに惚れとったて」

回廊の下から、足を止めて勇太が真弓を振り返る。

「幸せにしたいゆうことだけが、惚れとることとちゃうんやて、知った」

汚れた頬に、もう一度勇太は触れたかった。

「おまえにはまるきり、わからへんやろ」

けれどそれは、自分が汚した頬だ。

「おまえにはわからん……そういう、人間なんや俺は」

「勇太、待って」

歩きだそうとした勇太を、真弓は立ち上がれず呼んだ。

無表情だった勇太の頬が、強く揺れる。傷ついた真弓の肩を、唇を見つめて、勇太は顔を歪《ゆが》めて不意に、泣いた。

「……ほんまは傷つけたなかった。どうしたらそうせんで済むかずっと考えとった」

「わかってるよ、俺がそうしてって言ったから勇太は」

「けど、結局……できんかった」

小さく呟きだけを残して、勇太が真弓に背を向ける。

「勇太……っ」

追おうとして、膝が抜けて真弓は高い回廊から砂利に落ちた。傷と、震えで、暗闇にあっと言う間に見えなくなる勇太をそれ以上追えない。

「お願いだよ、行かないで……っ」

喉を切るようにして叫ぶ声も夜の木に吸い込まれて、勇太を引き留めることは叶《かな》わなかった。


一度は強くなった雨が梅雨特有の単調な音に戻って、レジ台でつけもしない帳簿を開きながら龍《りゅう》は、ぼんやりと蛍光灯の下の花を眺めた。

落ち着かなく時計を振り返ると、そんなに不安を抱くほどの時間は経《た》っていない。けれど迎えに行くべきかと何度も、龍は腰を上げてしまっていた。

しばらく勇太《ゆうた》を預かるという電話も、まだ大河《たいが》にかけていない。全ては勇太が戻ってからだと、龍は待つ他なかった。

「……勇太？」

ボールペンを無意味にカチカチ鳴らした音に、勝手口を叩いたような音が重なる。

普段ほとんど鳴かない飼い犬が吠えるのに慌てて立ち上がり、言った通り鍵をかけないでおいたドアを開いて、龍は息を飲んだ。

「真弓《まゆみ》……っ」

辛うじて形を留めているシャツを肩に掛けた真弓が、泥と血に汚れて立っている。雨が多少は汚れを落としてくれたのだろうが、幼いころから真弓を知っている龍には目を覆いたくなるような姿だった。

「明《あき》ちゃん、今日はもう来ない？」

「いいから中入れっ」

濡れるのもかまわず、両手で真弓を抱くようにして龍が戸を閉める。

「龍兄、俺、これじゃ帰れないから」

シャツを剥いでその痣や傷に眉を寄せながら、龍は勇太のために用意していたバスタオルで真弓を包んだ。

「……泊めてくれる？」

「わかったから、座れ。な。階段……」

上がれるかと龍は聞こうとしたが、見るとここまで来るのも精一杯だったのか、真弓の膝に力が入っていない。

「座れ、ここに。とにかく」

濡れた髪を拭《ぬぐ》ってやりながら、龍は真弓を店の椅子《いす》に座らせた。

冬の灯油がまだ残っている石油ストーブを引きずり出して、火をつける。暖めると花が駄目になるのが早まったが、今はそんなことにまで頭が回らなかった。

「階段から落ちたって、うちに電話してもらってもいい？　明ちゃんに言って……大河兄に今日は迎えに来ないようによく言ってもらって」

寒いだろうに強ばったまま、真弓がもう濡れてしまったタオルで口元の血を拭う。

「勇太と、話したいからって言えばきっと、今日はいいって言ってくれるから」

言い訳を考えながら来たのだろう真弓を切なく見つめながら、言われたとおり龍は電話を取った。

「もしもし……ああ、明か。俺だ」

なるたけ緊張を悟られないようにしながら、運良く最初に電話口に出てくれた不審がる明信《あきのぶ》を言いくるめる。

「……な、だから心配すんなって言ってくれ。頼むから」

最後の言葉に力が入ってしまって、何か察したのかようやく明信は承諾してくれ、龍は受話器を置いた。

「龍兄、詐欺師《さぎ》になれるよ。いつも思うけど」

軽口をきこうとする真弓を気にかけながら、湯沸かし器のついた水道から湯を出して、龍がタオルを絞る。

「ちょっと、我慢しろ」

熱いタオルで、何処から拭ってやったらいいのかわからない汚れを、床に膝をついて龍は拭いた。

「……痛いだろ、真弓」

声も漏らさずに耐えている真弓の頭を撫でて、龍が問う。

「痛くない」

頑なに、真弓は首を振った。

「龍兄にはわかるよね、俺がいけないのが」

けれど全身が隈無《くまな》く強ばって、龍には触れるのも躊躇うほど神経が張り詰めているのがわかる。

「俺が、悪いの。焦ったから」

無理に喋ろうとすると血が固まりかけた口の端が切れて、また新しい血が滲《にじ》んだ。

「勇太が悪いんじゃないの……わかるよね」

「真弓、わかったから……っ」

言葉を重ねる真弓が堪らずに、龍が湿ったタオルごと瘦せた体を搔き抱く。

「……龍兄」

「痛くて、辛いんだろ。誰にも言わねえから、泣いていいんだ」

「……っ……」

懸命に張ろうとしていた真弓の背が、ひくりと揺れた。

瞳を埋められた龍の肩が、雨とは違う熱さで濡れる。

「どうしよう……」

脅えが堰《せき》を切ったように真弓の声が、肌が震えた。

「俺、勇太が怖い……っ」

寒さのせいではなく、龍の胸を摑んだ真弓の指が戦慄く。

「本当はもう、少し前から怖くなってた。怖いのが悲しくて」

川端で別れた日のことを、怒鳴られて追い返された日のことを、真弓は胸に返した。

「勇太が、わからなくて」

「だったらもう……」

「無理だって言わないで、龍兄」

涙で濡れた顔を上げて、いつかの言葉を繰り返そうとした龍を真弓が首を振って遮る。

「俺がいるからいられるって、勇太は言ったんだ。俺が勇太を怖いと思ったら、俺が勇太をわからなくなったら……」

後から後から、ずっと堪えていた涙が零《こぼ》れ落ちて真弓の頬を濡らし続けた。

「勇太は本当に一人になっちゃうよ……っ」

見ていられなくて胸に、龍が真弓の頭を抱き寄せる。一番上の兄を思わせるように、守るように慰めるように龍は髪を撫でてやった。

「どうして、こんなことになっちゃったんだろう」

泣きながら問う真弓には、何故二人の間にあるものが変わり果てたのか想像もできない。

「俺……去年勇太を追いかけて勇太の生まれたとこに行ったとき」

しゃくり上げて、それでも真弓は掌《てのひら》で涙を拭った。

「勇太をわかったって、思った。勇太を全部見たような気がした。勇太も、きっとあの時少し何か変わって、夜には抱き合って」

漁港で、勇太が見ていた父親だという男の姿も、暗闇だったけれど真弓ははっきりと覚えている。

「何があっても俺、勇太を守ろうって」

父親かどうかわからないと何度も言った勇太は、それを強く望んでいたのだといまさら真弓は思い知った。

「けどまだ全然、あれが勇太の全部じゃなかったんだね」

——おとんがおかんを、こうやって。

押さえ付けられた首よりも、耳に返る勇太の言葉が真弓の胸を掻き毟る。

——押さえ付けてどついて。

悟られないように漁港で見送った勇太の父親が、今は酷く、真弓には許し難かった。

「もっと悲しい勇太が……隠れてた。助けても、言えないで」

——いややいうても……おとんはきいたことなんかない。ケダモノと一緒や。さかったら黙らせて無理やり突っ込んで。

正気を失った目で、それでも名前を呼んだら勇太は手を落とした。

——俺はそうやってできた子供なんやて……酔っ払って、外に出すんが間に合わんでしくじってしもたて。笑っとったわ、おかん。

あんなに悲しい勇太が、それでも真弓には怖かった。溢れ返った怖さが、どうしても拭えなかった。

「俺は気づいても、あげられなくて」

あの怖さだけが勇太の本当ではない。本当なのだとしても、今は姿を隠してしまったもう一人の勇太が確かにいるのだと、真弓は見失うまいと目を彷徨わせた。

「龍兄……教えてよ。どうしたらいい俺、どうしたら……」

けれど今目の前で見てしまったもう一人の勇太を、真弓はどうやって抱きしめたらいいのかわからない。

「……今日はもう、寝ろ。な、何も考えねえで。体、きれいに拭いてやるから。乾いたシーツで、あったかくして」

「だけど勇太は、雨の中で一人で」

「寝てくれ、頼むから」

譫言のように真弓の声が勇太を探して、何度も、龍はその背を撫で摩った。

「……真弓、本当は勇太は」

少しだけ温みが戻った手を、強く、龍が握り締める。

「一生かかってもこの……おまえの手の温かさを知ることもできないかもしれないようなところに、生まれたんだ。先生に出会わなかったら、知らずに終わったかもしんねえ」

あんな日なたと自分が付き合うようになるとは思わなかったと呟いた、遠い、勇太の眩《まぶ》しそうな目を龍は思い返した。

「おまえが両手に抱えて生まれて来たものを、あいつは一つも与えられずに生きて来た。わからないのはおまえが悪いんじゃない。教えられないあいつも……おまえの言うとおり、何も悪くない」

「だけどわかりたいよ」

勇太と自分の両方に慰めをかけられて真弓が、泣いて首を振る。

「勇太を一人にしたくないよ」

「……ああ」

赤ん坊のように丸くなろうとする真弓を、両手で龍は抱え込んだ。

「俺もだ。先生も、大河も。きっとみんな同じ気持ちだ」

冷えきっていた真弓の肌に少しずつ体温が戻るのを確かめて、小さく、龍が息をつく。

「だからなんとかしような、必ず。必ずだ」

当てはない約束を、今はただ真弓を眠らせるために龍は落とした。

乾かない瞳で、ぼんやりと真弓が龍の肩を見つめる。

「……龍兄、酷いこと聞いてもいい？」

肩にはもう十年以上も前に乱闘でつけたのだろう痕が、証しのように残っていた。

「暴力って、するのってどんな感じだった？」

不意の問いかけに、龍が息を飲む。

それを語るのは龍にも辛いことだったが、真弓と勇太のために、懸命に龍は言葉を探した。

「……正直言うと、俺は、訳もなく高揚することもあった」

言いながら多分勇太のそれとは種類が違うものだと、少年だった自分の愚かしさをまた龍が胸に返す。

「けど臆病《おくびょう》だから人を殴ってたんだ。殴られる前に殴らねえとって……」

「……殴られる、前に」

意味をくみ取ろうとしてか血の匂う口の中で、真弓は龍の言葉を繰り返した。

「ごめんね、こんなこと聞いて」

辛さを知って胸に、真弓が謝罪を落とす。

「でも急がないと勇太が」

無意識に心音を求めながら真弓は、目の前を暗くした。

「早く、怖くならないと……勇太が」

言いながら緊張と疲れと、そして苦痛に真弓が意識を手放す。

瞼《まぶた》が閉じたきり開かないのを確かめて、龍はそっと、真弓の体を上に運ぶために抱き上げた。


補講を待たずに放課後の誰もいなくなった教室で荷物を纏《まと》めて、帰ろうと思いながら立ち上がれず真弓《まゆみ》はぼんやりと窓から桜橋《さくらばし》を眺めた。顔を見た級友にどうしたと聞かれ、そのたびに階段から落ちたと笑うのにも疲れた。勇太《ゆうた》は家にも龍《りゅう》のところにも戻らず、連絡もない。何も持たずに消えたから遠くにはいけないはずだと龍は言ったが、それが余計に真弓には不安だった。金も無く当てもなく、この辺りで勇太の頼れる者は真弓や秀《しゅう》の探し回れるところだけだ。

「……真弓」

何もなかったようにあの桜橋を駆けて来てはくれないだろうかと溜息《ためいき》をついた真弓の背に、随分と久しぶりに思える幼なじみの声がかけられた。

「達《たつ》ちゃん」

「これから補講か?」

「ううん、最近サボり。だるくて」

もう勇太を探せるようなところは探し尽くしていて、立ち上がる力がなく真弓が無理に笑う。

それに普通ではない状態で一人彷徨《さまよ》っている勇太は不安だったが、無理に捜し出して連れ戻してもどうにもならないだろうという消極的な気持ちが真弓にはあった。連れ帰る手掛かりが、今は手元にない。

「なんだよ、ちゃんとやれよ受験ベンキョ」

切れた口の端に気づいて一瞬達也《たつや》は顔を顰《しか》めたけれど、俯《うつむ》いた真弓の意図を汲《く》んでか気づかない振りで教室に入って来た。

「そんで……なに。勇太、また出てっちまったんだって?」

真弓の席の後ろの机に腰を預けて、頭を掻《か》きながら達也が問う。

「また、出てっちゃった」

言葉を選ばずに聞いてくれた達也がかえって救いで、真弓は苦笑した。

「三日前の晩に、いなくなっちゃったきり。約束のない人三日待つのって、長いよ」

幼なじみに気兼ねのないぼやきを聞かせた真弓に、達也が肩で息をつく。

「なんかよ。ホント、ごめんな。責任感じるわ俺……」

「達ちゃんのせいじゃないよ、なんにも」

心からすまながって声を細らせる達也に、必死で真弓は首を振った。

「もっと違うことに、俺がずっと気づかなくて」

けれどそう言葉にすると、気づかずにいたものがなんなのか見失いそうになる。

「知らないうちに勇太を、追い詰めてたんだよ」

開け放した窓から屋上の運動場で部活動を始めた運動部のかけ声が、聞こえた。英語の補講が始まったのか、隣の教室ではヒヤリングのテープが大きく流れている。

何もかもが今の真弓には、自分と、そして勇太から遠く思えた。

「……無理なのかなあ」

「何が」

ぽつりと呟《つぶや》いた言葉を問われて、自分が呟きを落としていたことに初めて気づいて真弓が顔を上げる。

「何がって?」

「無理なのかって今言ったろ」

「言ってないよ、そんなこと」

心の奥底で燻《くすぶ》っている決して口にはするまいと思っていた不安を聞かせてしまったのかと、真弓が強情に首を振った。

ふっと、達也の両手が強ばった真弓の両肩を解《ほぐ》すように後ろから叩《たた》く。

「俺じゃ……だめか」

「それこないだ見たよ、夕方の再放送で。『東京ラブストーリー』でしょ」

明らかにドラマの口調を真似した達也につられて、真弓は笑った。

「『あすなろ白書』だ、バカ。キムタクだぞ、そっくりだっただろ今」

「最高似てない。もっとオリジナリティで勝負しなよ」

「勝負できっかっつの、バーカ」

最後だけふざけるのをやめて、達也が苦笑する。

不意に、真弓はその達也の頭に手を伸ばして拳で軽く小突いた。

「なんだよいきなりっ」

「工業の子と喧嘩《けんか》するなんてさ、どうしたんだよ。もう喧嘩しないって昔誓ったじゃん。絶対口ばっかって思ったのに守っててえらいって、感心してたのにさー」

すっかり幼なじみの口調に戻って真弓が、その誓った達也の気も知らず小言を投げる。

「子なんてもんかあれがっ。いきなり肘《ひじ》で顎《あご》やられて転がされて、そんで腹靴の先で抉《えぐ》られたんだぞ俺。道に座ってたってだけでよ……まあ、一人が俺の顔知ってて拗《こじ》れちまったんだけど」

怒られっぱなしではいられずに、達也は口を尖《とが》らせて小突かれた頭を摩《さす》った。

「そんで勇太、キレちまったんだよ」

そして真弓にもう喧嘩のことが知れたなら話さなくてはと、思っていたことを教える。

堪《こら》えられなかったと言った勇太にそれでも理由があったことが、ようやく少しだけ真弓を安《あん》堵《ど》させた。

「……そんなに筋の通らない話じゃないのに、どうして達ちゃんは隠そうとしたの」

聞きながら、勇太がやったという相手が子供の喧嘩では済まない怪我《けが》を負ったからだと、真弓もわかっている。

「勇太、そんなに怖かった?」

黙り込んだ達也から言葉を引き出すのは辛くて、無理に、真弓は冗談のように言った。

「よせよ……似合わねえ空元気」

顔を顰めて、今度は達也が真弓の頭を小突く。

二月ぶりの懐かしいやりとりに一瞬、勇太が変わってしまう前の時間に戻った錯覚がして、早とちりで高揚した気持ちがまた落ちる早さに真弓は泣きたくなった。

「達ちゃんといると、ずっと、ちっちゃい子供のころに返ったみたい」

桜祭りの日に達也を慰めたことが、もう遠く感じられる。いつまでも達也の前では子供の気持ちを拭《ぬぐ》えなくて、だから皆が知っていた達也の辛さに自分だけ気づけなかったのだと、不意に、真弓はそれを思い知った。

「真弓にとって幸せって、こんな感じだったよ」

言葉まで、子供のころに戻ろうとしてしまう。

「……でも」

達也がくれる幸いは酷《ひど》く温かかったけれど、愛する、というのとは違うと真弓はわかってしまった。

——幸せにしたいゆうことだけが、惚《ほ》れとることとちゃうんやて、知った。

今勇太に施されている胸の痛みが、その言葉の意味を教えているのだろうかと惑う。いや、勇太が言っていたのはきっと、こんな生易しい痛みではない。この痛みでさえも真弓には、充分に耐え難かったけれど。

「ごめんね、達ちゃん」

顔を上げて、真弓は達也に笑った。

「何、急に」

「達ちゃんがそんなに真弓を愛しているということに気づかないで」

「何抜かしてんだバーカ」

眉《まゆ》を寄せて、肘で達也が真弓の頭を弾く。

「別に俺はよ、頭に花つけてうろうろされりゃおまえじゃなくったってのぼせたんだよ」

「そんで俺、甘えてばっかだったね」

「……何抜かしてんだっつの、ホントに。よしてよもう、恥ずかしくてこっから飛び降りたくなっちゃうでしょ俺」

「はは、飛んで飛んで」

二階の窓を足で蹴《け》った達也に、両手で頬杖《ほおづえ》をついて真弓は笑った。

「今度頭に花咲いてる子紹介しろ」

「いいけど、御幸《みゆき》ちゃんに頼んだ方が早いよきっと」

「御幸は当分俺のこと見るたび殺すっつってたし、女なんかもう一生紹介してくんねえよ」

昨日もすれ違いざまに蹴飛ばされた臑《すね》を、ぼやいて達也が摩る。

「こないだの子のこと、怒ってんの？　だって達ちゃんが振られたって言ってたじゃん」

「振られるような真似した俺が悪ぃの。いいんだもうその話は」

本当のところを真弓に悟られるのは辛くて、手を振って達也は話を終わらせた。

「……今は勇太のことだけ、考えてろっつの」

藪《やぶ》医院のことで頭を下げに来た秀の憔悴《しょうすい》を見た達也には、あのまま勇太がどれだけ思い詰めていったのか想像がつく。どんな風に己を追い込んで思い詰めたのかを想像するのは、難しかったけれど。

「うん……でもずっと考えて、考えて」

少し達也に逃げ込んだ気持ちを、すぐに真弓も元の暗い手の中の闇へ返す。

「全然、考え終わんないの」

俯いて真弓は、何度も同じところを巡る思考にそれでも沈み込んだ。

「あのさ達ちゃん、笑わないで聞いて」

すっかり長くなった日の明るさに顔を上げて、真弓が喉《のど》にある言葉の口はばったさに少し躊躇う。

「勇太の幸せってなんだろ？」

それでも臆《おく》さず、真弓は川を眺めながら聞いた。

「俺、もしかしたら本当に何もわかってなかったのかもしれないんだ」

付き合い始めて、喧嘩もしたけれど睦《むつ》み合い触れ合うことばかりの毎日で、二年近くになるのにまだ口づけると高揚して。お互いに言葉に尽くせないくらい幸福な出会いをしたと、真弓はつい最近まで信じていた。

「勇太は最初、すごく強くて大人に見えた。なんでも、わかってるみたいだった」

背の傷に口づけてくれた勇太を、小さな喧嘩をするたびに真弓は思い返したけれど、今度はそうしてはいけない気がした。

「最初はそういうとこ、好きになったんだと思う。どんなことからも守ってくれそうだった。大河《たいが》兄離れしなきゃいけないって思ってたところで……心細かったんだ、俺」

甘えて勇太に縋《すが》った気持ちを、真弓は忘れていない。

「でも本当は……勇太が強くて大人なのは、何をいつ捨ててもいいからで」

欲しがらない、執着しないということは人に探られて困る弱さが減るということなのだろうと、ぼんやりと真弓は思った。

「どんな持ち物も、いつでも捨てられるからで。辛くなるたびに勇太は、目の前のものを置いて行くのかもしれない。そんな勇太の本当の弱さを」

奪われて困るものがなければ、無理はしなくてもいい。その置き去りにされる持ち物の中に自分もいるのではないかと、思い込みかけて真弓は首を振った。

「俺はどうしたらいいんだろう。弱くなってく勇太と」

けれど捨てまいとして、勇太は必死だった。

「どうやって一緒に、いられるんだろ」

それを自分が見失っては、勇太への手掛かりが全《すべ》て途絶えてしまう。

「真弓……」

「知ってるよね達ちゃん、俺の背中」

「……ああ」

「俺、ずっと人に見られるの怖かったんだ。本当言うとわざと自分でつけたようなもんだから、そういう嫌な自分悟られるみたいな気がして」

深くは訳を語らずに、幼なじみたちも触れないようにしてくれている背の傷のことを真弓は語った。

「それを欲しいって、勇太は言ってくれたんだ。だけどきっとこの傷はもう負い切れない、今の勇太には。……見えなくなって、忘れちゃってた」

誰にも言えなかったことをこうして口にしてしまえるのは、けれど勇太がいたからだ。

「弱くなったあいつはやだってことか？」

酷く怒った口調で、達也は真弓の愚痴を責めた。

「違う」

その達也の勇太への情が嬉しくて、不意に、真弓の喉が詰まりそうになる。

「嫌なんかじゃないよ、少しも。でもちょっと……泣きたいかな。泣いてる暇ないけど」

気持ちが弱って、いつもは堪えられる涙がすぐに滲《にじ》もうとした。けれど泣かずに、真弓は無理に大きく声を出して背を張った。

「勇太が弱くなったら、俺が守りたいよ。約束だってしたんだ。だけど、勇太が隠そうとしてる……勇太を」

達也もその勇太を見たのだろうと、確かめるように真弓が振り返る。

それはどんな勇太だと、達也は聞かない。

「その勇太を、幸せにしたいって気持ちは」

途方もないことを自分が望んでいる気がして、真弓の声が心細く掠《かす》れた。

「ちゃんと愛してるってことなのかな。俺……勇太を惨めにしてないかな」

一生言えない気持ちもあると言った勇太の声が、真弓の耳に籠《こ》もる。手を伸ばしても何を許そうとしても、勇太は受け取らずに拒んで雨の中に消えた。

「少し、わからなくなった」

どうしても一人で堪えようとした勇太が何を拒んだのか、真弓にはわからない。

横に細く切れた銀の雲の合間から青く光る空を、ぼんやりと真弓は見つめた。晴れていると少し安心する。晴れてさえいれば、勇太は少なくとも凍えずにいるだろうと、せめてそう思えて。

「……あのさ」

横顔を見つめて、ポケットに手を突っ込んだまま達也が口を開く。

「勇太とおまえは多分」

目の前の川辺で、真弓を叩いてしまったと気持ちを落としていた勇太を、達也は思った。

「おんなじこと、考えてるよ」

そんなにまで思い詰めて気負う勇太が、達也にも正直わからなかった。二親捨てたと呟いた勇太は、達也からも酷く遠かった。

「勇太はおまえを幸せにしてえんだよ。絶対、不幸にしたくねえんだ」

けれどその遠さとわからなさこそが、勇太の気負いで。

「だけど自分には絶対できねえかもしんねえって」

恐らくは幸福に育った自分には理解できない悲しさなのだと、あのとき達也は本当に勇太が辛かった。

「思い込んじまったんだ」

いつもとは違う風に思えた川の湿りを、呟きながら達也が思う。

どうやってそれを教えようかと達也は真弓を見たが、真弓がその湿りを知らない訳はないことに目を見て気づいた。

「おまえさ、真弓」

段々と幼なじみは遠くなり、大人の顔を見せるようになる。

「おまえ、変わったよ。勇太と付き合い始めて」

毎日ではなくある日そんなことに気づかされるのだと知って、達也は苦笑した。

「そりゃ元々俺はおまえとは幼なじみだし、おまえのことは……好きだしさ。でもそれはみんな一緒で、御幸もケンジも」

離れたところに在る幼い日々を、もう昨日のようには思い出せない。

「おまえは姉ちゃんと兄ちゃんと、俺たちとに愛されて甘やかされて。おまえにも、すげえいっぱい俺はやさしくしてもらった。だから俺たちの間にはさ、そういうもんしかなくて」

それぞれがそれぞれの時間を振り返れば明るいことだけではないにしろ、暗さの中にさえもあたたかさが必ず在ったと、達也には言えた。

「勇太と付き合い始めてからのおまえは、見てて時々泣きたくなるよ。俺」

兄のような言葉で、達也がその情を真弓に教える。

「もっと楽でいいだろって、恋愛なんてよ。簡単で楽しくていいだろって、思ったりすっけど。だけどおまえはもうわかっちまったんだからしょうがねえよな」

「……何を？」

ぼんやりと達也が何を言っているのかわかりかけながら、真弓は尋ねた。

「俺にはわかんねえことをさ」

少しだけ切なそうに、達也は笑う。

「おまえは前よりずっと、しんどいとこでがんばってるよ。だから俺は何があってもおまえの味方になる。できることなんかねえかもしんねえけど、なんかあったら迷わねえで必ず頼れよ。兄ちゃんたちには頼めねえこととか聞けねえこととか、あんだろ。そういうことも」

頼り合って来たようでふざけることばかりで、己にしてみれば本当は自分こそが頼りにすることが多かったように思える幼なじみを、達也は見つめた。

「そんで勇太を幸せにすんじゃなくて、勇太とさ、一緒に幸せんなれよ」

言葉を尽くしてもきっと、自分にしてやれることなどないのだろうけれどと、それをわかりながら。

「お、なんか寅《とら》さんみてえじゃねえ？　俺今。幸せになんねい、真弓ちゃん」

つい投げてしまった言葉を照れて、達也がおどけて笑う。

「ありがと寅さん」

一緒に笑おうとしながらできずに、真弓が唇を噛《か》んだ。

「やだな、急にそんなこと言って」

「ありがたかったら寅さんの胸で泣いてもいいぞー。……誰にも、言わねえから」

龍と同じことを軽口のように言って、俯いて真弓から達也が目を逸らす。

「でも……勇太には俺しかいないから。俺もう、大河兄にも泣きつかないって決めたんだ」

だからそこではもう泣けないと、真弓は首を振った。

「勇太は今泣いてても、きっと一人だから」

「そうだな……でもさ、それがおまえの持ちもんだろ」

「勇太は……持ってないもの？」

達也の言ったその持ち物と、龍が言った自分が両手に抱えているものが同じものだとわかって、真弓が問うように呟く。

「本当はよ、先生とか大河兄たちとか、俺とかさ。もちろんおまえも。そんなこと言われたら怒っちまいてえとこだけど、しょうがねえよな。持ち慣れてねえんだ勇太は、落っことしちまうこともあるって」

ふいと全てを置いて行った、誰にも助けを求めない勇太を、切なくも腹立たしくも思うのは達也には当たり前の情だった。

「代わりにおまえがしっかり、いっぱい持ってろ。俺もおまえにやれるだけのもんくれてやるからさ」

差し出すように達也が、無意識に両方の掌《てのひら》を広げる。

「おまえはそれを勇太のとこに持ってって」

その手の中にあるものが、真弓の目には見えた気がした。

「笑ってやれ」

そして投げ出されたそれを、確かに受け取る。

「真弓」

堪えても堪えても唇が戦慄《わなな》く真弓の頭を、一度だけと、達也はくしゃくしゃにした。

「がんばんな」

もう他に、言葉は見つからない。

「あいつはいっつも頑張ってる」

さっき真弓が見つめていた雲の隙間《すきま》の晴れを、達也も探した。

「いつも何かに……負けねえように背え張ってた。俺は長いこと気づいてやれなかった。気づいたときは、見るのもしんどかったよ。参ったよ」

段々と流れて行く雲は、晴れ間を気まぐれに移していく。

「きっと勇太の生きて来た時間とはかけ離れた想像もつかないような幸せなことを、俺たちは普通に流して来ちまったんだよな。ありがたがりもしねえでさ」

その日なたが勇太に当たっていることを願って、晴れ間を達也は追った。

「……そうだね……」

同じ思いで、真弓も夏を待つ日差しを見つめる。

「ありがとね、達ちゃん」

落とした声は、けれどまだどうしても掠れた。

「笑える、気がして来たよ」

日なたの下に勇太がいると信じて、真弓が滲もうとする涙を隠す。

気づかない振りで達也も、いつまでも雲の合間を見つめていた。

この間ヤスが言っていたとおり、ただ横たわる人が闇雲に多い浅草《あさくさ》の場外馬券場の一角に、勇太《ゆうた》は座り込んでいた。晴れ間が眩《まぶ》しくて、軒下に体を丸める。そこここに「店の前で就寝するべからず」という札が下がり人は冷たいように見えたが、誰も退けとは言わない。野良猫がやけに多い。無気力に横たわる男の数と同じぐらい、猫が目につく。そんな光景とは裏腹に乗り物が轟音《ごうおん》を立てる花屋敷からは、時折楽しそうな子供の声が響いた。

竜頭《りゅうず》町からは歩こうと思えば歩いて辿《たど》り着けるほど浅草は近かったが、誰に誘われてもこの真新しい場外馬券場に勇太は近づいたことがなかった。そういうものに手を出すのを、己に禁じていた。もう一度、もう一枚と永遠に続けている男たちを、よく知っていたので。自分も子供のころそのノミ行為の手伝いをさせられて、テレビで中継を見ながら男たちと一緒に高揚した。余分な金が出れば、子供でも不法なノミ屋が仕切る馬券に手を出して殴られていた。

「……兄ちゃん、ちょっとここに住むには若過ぎないかい。馬券で金すっちまったのか？」

「馬券は……買わへん」

膝《ひざ》に埋めていた頭上から声をかけられて勇太が顔を上げると、馬券場の目の前の映画館でいつもかかっている古い邦画に出てくるような姿の老人が立っている。

「買わんのか。いい子だ。じゃあ、これやろう」

ずっと昔からある缶に入ったドロップを、缶ごと老人は勇太に差し出した。

「悪ぃな兄ちゃん、じいさんいっつもそれしか持ってねえんだ」

隣で競馬新聞を囲んで座り込んでいた男たちが、その様子に気づいて声をかけて来る。

見るとそれぞれの手元に、同じドロップの缶が、けれど何か大切なもののように置かれていた。

「いい子にしてるとご褒美《ほうび》にくれるんだよ」

少し老人は現《うつつ》と夢の境がつかなくなっているのか、それでも男たちは酷く彼を敬っているようだった。自分にそうして声をかけて来るのも、老人を疎ましがってくれるなということなのだと、勇太も気づく。

「暇ならじじいと風呂に行かんか」

なおも老人は、勇太に興味を持ってそんなことを言った。

「え……けど俺」

「大丈夫大丈夫、じーさんそっちの趣味はねえから。あんま汚れっと、風呂にもサウナにも入れてもらえなくなんぞ。風呂貰《もら》っとけ」

甘えろというよりは相手をしてやってくれと懇願するような男たちに逆らえず、動きたくなかったが仕方なく勇太が立ち上がる。

「跳ぶと女湯が見えるぞ。わしはもう跳べんが」

老人は矍鑠《かくしゃく》とした足で、花屋敷の裏手に向かって歩き出した。

込み入った路地裏に、随分古い建物の銭湯が暖簾《のれん》を下げている。促されるままにサンダルを靴箱に突っ込もうとして、花屋のものを履いて来てしまったことにいまさら勇太は気がついた。ずっと雨で煙って、何も見えてなかったのだと知る。

「ほれ、大人二人」

「なんだじーさんまた変なの拾って。汚れてねえだろうなあ」

回数券を二枚出した老人にちらと勇太を見て、番台の、こちらも老人と言っていい年の男が迷惑そうにでもなく笑った。

「まだ三日目だ。そうだろ、坊ず」

いつの間にか兄ちゃんが坊ずになってしまって、くすりと勇太が笑って頷《うなず》く。

「タオルと……そうだな歯ブラシと下着ぐらい買ってやるか」

「いいってじーさん」

「若いもんが、遠慮するな」

ほとんど使い捨てのような、紙にホチキスで留めてあるビニール入りのタオルや下着を老人が手に取った。

「毎度どうも」

そういう拾い癖のある老人なのか番台の男は慣れていて、仕方ないというように笑う。

「服はわしのを貸してやる」

「貸すって……」

言われてふと見ると脱衣所には、誰のものともわからない風呂道具や置き着替えが雑多に積み上げられていた。

子供のころ住んでいたアパートの近くにあった、銭湯というよりは共同風呂と言った方がしっくりくる風呂を、ぼんやりと思い出す。

「墨もない、ヒロポン中毒でもない」

「なんですか、ヒロポンて」

裸になった自分を上から下まで見て頷いた老人に、勇太は問い返した。

「じーさん、今はシャブって言うんだよ」

隣で着物を脱いでいるまだ若い男が、大声で笑う。近くに芝居小屋があるのか、項《うなじ》から胸にベッタリと白い白粉《おしろい》が塗られていた。

「ああ、ヒロポンか。なんや聞いた覚えあるわ」

「馬券も買わない。なんであんなとこで寝とる」

ピシャリと尻を叩いて、老人が勇太を風呂に押し込む。

「よく洗え」

年の割りにはハイカラなボトルに入った自分用のボディソープを、洗い場で老人は勇太に差し出した。

「……じーさん、保護司かなんかか?」

言われた通り三日分の汚れを洗い落としながら、段々一既にぼけているという気もしなくなって勇太が何げなく尋ねる。

顔を洗っていた老人は、水を吸い込んだのか噎《む》せて咳《せ》き込んだ。

「おい、大丈夫かよ」

「……むかーしな、確かにやっとった。どうしてわかった、坊ず」

「よう、ガキのころ世話んなったから。けど俺、補導されるような年に見えますか」

「別に補導しようと思った訳じゃない。汚いから風呂に入れたくなっただけだ」

むすっとして、見破られたのを悔しがるように意固地に老人が湯を被《かぶ》る。

「ちゃんと洗ったか」

「はい」

「じゃあ肩まで浸かれ」

言われるままに、勇太は悲鳴を上げたくなるような風呂に足先を突っ込んだ。

「……っちいっ。火傷《やけど》してまうわこんなん！」

「つべこべ言わんで入れ」

突き落とされて最初はあまりの熱さにもがいたが、じっとしていると段々と慣れるものだと知って背を伸ばす。ずっと蹲《うずくま》っていた体が三日ぶりに伸びるのに、勇太は長く息をついた。

隣で熱さをものともせず肩まで浸かっている老人に、覚えずまた笑んでしまう。

「……シャブは、昔やっとったよ。やめたけど」

「西の言葉だな、西から来たのか」

高い天井を見上げて呟いた勇太の言葉に、老人はすぐには反応しなかった。

「ヒロポンか。よくやめた、えらいぞ」

間を置いて不意にそうして、老人が頷く。

「わしは戦友をあれで何人も亡くした。あの戦場から生きて帰って来たのに、ヒロポンに戦友を殺されたんじゃ」

「もう、ドロップはいらんで」

何故、老人の戦友たちがそういうものに溺《おぼ》れたか勇太にはわかって、曖昧《あいまい》に言葉を濁した。

「じゃあ天ざるでも食わしてやるか。ヒロポンもやめて、じゃあ何をして逃げてきた。そんな顔色で」

「……あっちいわじーさん、この風呂」

とても百までは数えられそうもなく、ざばりと勇太が風呂から立ち上がる。

「俺……こんな人の情けに縋ってたらあかんねん。風呂入れてもろて悪いけど、俺もう行くで」

「ならそこにあるその、デパートの袋のわしの作務衣《さむえ》を着てけ」

「ええて」

「おまえずっと雨に濡《ぬ》れてたんだろう、シラミが湧くぞ。うちの家内に洗わせて返してやるから、置いてけ」

風呂から出て行こうとした勇太に、「着てやれ」と番台の男が口を動かした。

「……ほんなら、借りるわな。ありがとさん」

仕方なく勇太はそう言って、老人の作務衣に手をつける。けれど言葉にした通り、今は誰の情けも受け取りたくなかった。

「すっかりさっぱりしてしもて」

タオルで髪を拭《ふ》いて雨の汚れと別れると、このまま戻れるような気がしてきてしまう。

「あの、ほんまにええんかな。奥さんに洗濯までしてもろてくれるて」

早くここを離れようとしながら、番台の男に気になって勇太は尋ねた。

「奥さんなんか、もう五十年も前に死んでるよ。空襲で」

「……やっぱりぼけとるんか？」

眉を寄せて、まだ熱い風呂に浸かっている老人を勇太が振り返る。

「いや、わからん。最近は戦争のころと今とを、行ったり来たりしてる。声かけられたら、返事ぐらいしてやってくれ。な」

「ああ、そうする」

驚きを隠せず、後ろ髪を引かれるような気持ちで何度か老人を振り返りながら、勇太は銭湯を出た。

「なんだ早いな」

元の場所に戻ると、男たちはまだ同じ新聞を覗《のぞ》いている。

「こざっぱりするといい男だな、兄ちゃん。きれいなうちに、家があんならけえった方がいいぞ」

男たちは仲間のように見えたが、よく聞いていると一人一人言葉のイントネーションが微妙に違った。遠くから流れて来てここに辿り着いたものが、肩を寄せ合っているようだった。

「これから夏だ。あんまり長居すると臭うぞ、すぐに」

汚れたシャツをはためかせた男に、皆が笑う。

「……臭うか。あいつそういうの怒りそうやな」

苦笑して、勇太は最初に座っていた場所に座り込んだ。一応定位置というものがあるらしく、無闇に好きな場所で寝ようとするとヤスの言っていた通りいきなり怒鳴られたりもする。

「しょっちゅう、大河《たいが》にも言うとるもんな。酒臭いだの煙草《たばこ》臭いだの、髭剃《ひげそ》れ風呂入れて」

年頃の娘のようにそういうことに敏感な真弓《まゆみ》の癇癪《かんしゃく》を思い出して、元々濃くはないが少し目立って来た髭をついでに剃れば良かったかと、銭湯の方を勇太は振り返った。

「……なんや、俺もぼけたか」

帰れる気のようなことを呟いた自分に笑って、また膝を抱える。

何もかもを目茶苦茶にして、全部置いて来たのだ。三日ここにいたけれど、自分が汚した真弓の姿を思い出さないためにただ勇太は身を縮めていた。

——ゆう……た。

あの掠れた声が耳に返らないように、ずっと耳を塞《ふさ》いでいた。

こうして思い出してしまうと、気が狂いそうになる。一番傷つけたくないものを、決してするまいと思っていたことを、己の手がした。止められなかった。自分の意志ではどうにもならなかった。記憶も、曖昧だ。あのまま雨の中に置き去りにした真弓は、どれだけの傷を負っただろう。体にも、心にも。

しっかりと見たようで輪郭のぼやける恋人の傷は、勇太の中で取り返しのつかないほど大きくなる。

「やっぱり……あんたの息子やったんやな、俺」

質《たち》の似ている髪を、記憶の中ではもう寸分違わないように思える指できつく勇太は摑《つか》んだ。そういう自分の性を捨てられると、変えられると信じたこともあった。酒を抜いて、薬から離脱して。

口の中が乾いて、どちらでもいいから今すぐ欲しいと勇太は思った。

一番酷く薬にはまり込んだのは、故郷にいたときではなく寧《むし》ろ京都《きょうと》に秀《しゅう》と移ってからだった。ほとんど一年がかりで説得に足を運んでくれた秀ときっとやっていけると勇太は最初信じたが、毎日触れる秀や新しい住処で出会った自分の知らなかった「まともな」人間に馴染《なじ》めず、理由のわからない人のやさしさはただ怖かった。

そうして、いつしか自分が何をして来たか、どんな風に生きて来たかを知るようになって、勇太は耐えられなくなった。少しの間でもそれを忘れるために、秀に引き取られてやめようとしていた薬にまた手を出した。量が増え、気が短くなって秀に当たるようになり、ある日見境がつかなくなって打ち過ぎてショック症状を起こした。秀が見つけたときにはもう瞳孔が開いていたという。病院のベッドで目覚めると、疲れ切った秀が泣いていた。

――辛い？　帰りたい？

そんな風になってしまった訳がわかったのか、それとも単に故郷が恋しいと思ったのか、泣きながら秀は聞いた。どうしてもそうしたいなら、そうしてもいいと言った肩が震えていた。

――ごめんね……僕一人が、勇太といて幸せだったんだね。勇太が辛いの気づいてたんだけど、どうしても勇太を、帰したくなくて……。

その自分の知らない清潔さのなかにいるはずの青年が、自分を必要だと言って泣いた。

あのときに、全てを閉じようと思った。秀の息子として生き直すために、何もかも過去にしようと。

薬からの離脱は体が拒んで辛いなどというものではなかったが、もう大丈夫だろうと医者に言われたとき、変わることができたと勇太は信じた。

けれど何も変わっていない。またこうして簡単に置いて来た。本当は逃げ出したいと、ずっと思っていたのかもしれない。一人は楽だ。誰のことも思わずに、誰のことも傷つけずに済む。

真弓を知らずにいた自分が、酷く遠く懐かしかった。秀に会って今まで見なかった世界の半分を知ったと勇太は思ったけれど、世界にはその先があった。

「……会わん方が……良かった。そしたら……」

あんな目に遭わせないで済んだ。

それでもまた自分を許そうと伸びる手が闇に浮かんで、膝の上で必死で勇太は首を振った。

「……ねえ、若いお兄ちゃん」

今度は少し潰《つぶ》れた女の声が、その勇太の肩にかけられる。

この辺りは女の路上生活者も多く、夜には宿を持たないのだろう街娼《がいしょう》が角々に立った。老いて買う男がなくなっても他に生活するすべを知らない、そういう女たちだ。縋れば男たちも、小銭くらいは渡してくれる。

「あらやだ、いい男」

口紅だけがやけに赤い古びた服を着た女が、勇太の顎を持ち上げて笑った。

「……触んなや」

母親と丁度同じ年回りなのだろう女にそれだけで嫌悪感を覚えて、勇太が手を払う。

「だってあんた一人でブツブツ言ってるから、ヤクでも切れたのかと思ってさあ」

「おい、ちょっとあんちゃん」

北の訛《なま》りのある男が、慌てて勇太の手を引いた。

「ただでいいって言われても絶対やめといた方がいいぞ、性病の博覧会開けるおばちゃんだ。もう何人やられたことか、後が苦労だぞ」

「言われんでも……」

「ちょっとっ、誰がおばちゃんだよ失礼なやつだね！」

金切り声を上げて、女が強引に勇太を引き戻す。

立ち上がって何処《どこ》かに行こうかと思ったが、この女に、少しだけ勇太は後ろ髪を引かれた。

年回りだけでなく、どうしても母親を思わせる。

少しは老いただろう母親も、こうして何処かで男に疎まれるようになっただろうか。昼間から酔ったように呂律《ろれつ》の回らない舌でまくし立てるようにして、男と見てはしな垂れかかっているのか。

「薬、分けたげようか。いいの持ってんだよ」

何年使っているのか、自分のものなのかも怪しいバッグから、女は病院で出すような銀の包みの錠剤を取り出した。

手当たり次第になんでもやった昔に使った覚えのある種類の横文字に、勇太が息を飲む。

「安全だよ、病院の薬局から箱ごと誰かがかっぱらって来たの買ったんだ。病院のだから、大丈夫」

「せやからって、なんぼ飲んでも平気なもんとちゃうで。おばはん」

端から包みを開けて口に放り込んでは手にしていた缶ビールで流し込む女の手を、思わず勇太は摑んで止めた。

「あんたにもあげるよ。嫌なこと何でも、忘れられるよ」

笑いながらもう一方の手で、女が勇太の掌に薬をワンシート預ける。

眉を寄せて、手の中の薬を勇太は見つめた。腹の底が騒いで、酷くそれを自分が欲するのを止める自信がない。

「もろても、俺は女はやらんで」

見るまいと勇太は薬から目を逸らしたが、指先が疼《うず》いて揺れた。迷っているというより、もう指はそれを開けようとしている。その薬を飲めば一瞬だけれど、胸を苛《さいな》み続ける血に塗《まみ》れた真弓の姿も喘《あえ》ぐ声も涙も、何もかもどうでもよくなれることを勇太の体は知っている。

「あたしもあんたみたいな若造とはやんないよ」

「よう、言うわ」

話がつけば誰彼かまわず足を開くのだろう女の言葉を真に受けず、勇太は母をよくそうしたように鼻先で笑った。

「……本当だよ、あんたぐらいの年の子とは、やんないんだ」

「なんでや。おっさんの方が具合がええか」

薬から気を逸らすために必死で、勇太が女の話に付き合う。

「いやらしい子だね、やんないのそれ」

「そないに飲むなて」

自分の手元にはもう残り少なかったのか一旦勇太にやったシートに、女が手を出そうとした。段々と本当に母親を相手にしているような気持ちになって、止める勇太の手に力が籠もる。けれど渡してしまった方がいいと、目の端に映った銀の包みから勇太はまた目を逸らした。

「やだね、そんな頭して真面目《まじめ》な子なんだねあんた」

少し朦朧《もうろう》とし始めて体を前後させながら、女が半分赤茶けた勇太の髪をくしゃくしゃにする。

「あたしの子もそんなかな。そんな訳ないか、あたしの子だもんねえアハハハハ」

薬が効き始めたのか、酷く陽気に女は笑った。

「……まともに聞いてやることねえって。ホラなんだよ、ホラ」

女はこの辺りでは鼻つまみものなのか、男たちがしつこく勇太に忠告する。

「ホラなもんか、あたしは大きな農家の奥様だったんだよ」

「じゃあなんでこんなとこで客取ってるんだよ。もう客もつかねえような年になって」

揶揄《からか》った男の言葉に、皆が笑った。

その通りだと勇太も思ったが、何故だか笑えない。自分で蔑《さげす》んで来たはずの母親が人に蔑まれているようで、居たたまれない思いがした。

「嘘《うそ》じゃないよ、だけど窮屈だから飛び出してやったんだ」

いいところ本当だとしても何か嫁に相応《ふさわ》しくないことをして婚家を追い出されたのだろうと、だらしなさそうな口元を勇太が眺める。

「実家にも帰れなくてさ。なんとなく流れてたらこーんなとこまで来ちゃった。若いころは良かったんだよ、ちょっと愛想すれば男がなんでもしてくれた」

「そんな器量良しやったん」

「そうさ」

もう言葉どおりの面影はない、酒と煙草と薬に疲れた白粉の濃い横顔で女は笑った。

「だけどせいせいしたよ、あんな田舎追ん出て。嫌なばばあが姑《しゅうとめ》でさ、もうおっちんだだろうけどね」

「あんたの忘れたい嫌なことって、それなん」

薬の切れないのだろう乾いて濁った目を、眺めて勇太が尋ねる。

ぼんやりと、問われた言葉を聞いたまま女はしばらく何処ともつかない遠くを眺めていた。

「はは、こうやってラリってると……」

ようやく問いを理解したように笑って、女がまた薬を開ける。

「忘れてられるのさ」

「何を」

「うるさい子だねあんた。つまんないよ」

苛々《いらいら》と髪を掻いて、薬のせいか女は不意に涙を滲ませた。

「……あたしを少しも守ってくれなかったあのバカ野郎の」

夫だった男を憎悪を込めて、女が語る。

「子供。育ってりゃあんたと同じぐらいだった」

渇いた勇太の喉が、微《かす》かに鳴った。口の中に唾液がない。

「それを……忘れたいんか」

女の手元の缶ビールを、ぼんやりと勇太は眺めた。

「……うん？」

よろりと女は、頭を下げて勇太の方に寄りかかる。

「それって……ああ息子のこと。ああ、そう。そうよ子供」

なんの話をしているのか覚束無《おぼつかな》くなって、女はそう繰り返した。

「なら、なんで産んだん。忘れてまいたいぐらいなら……産まなよかったやろ」

アルミの包みの端を、勇太の指が弾く。

「息子の……息子の話だっけ？　そう、あんたと同じくらいの。育ってればね。もう生きてんのか死んでんのかも知らない」

切り口が少し裂けて、白い錠剤が銀の合間に見えた。

「あんたの言うとおりさ……産むんじゃなかった」

無意識に勇太の指の腹が、薬に触る。

「子供なんて、産むんじゃなかったよ」

雲の合間の日差しが、不意に風に動いた雲に遮《さえぎ》られた。視界が暗くなって、目に映るものが全て遠くに、勇太には感じられた。

産まれる前の世界はもっと暗かっただろうかと、ふとそんなことを思う。

女はまだ何か喋《しゃべ》っていたけれど勇太は耳を塞いで、ただ手元の白い薬を指先に掴んだ。


進路室に呼ばれているという達也《たつや》と別れて、まだ少しも日の落ちない高架下を真弓《まゆみ》は歩いた。

回廊から落ちたときに腰を打ったらしく、自転車は辛い。

階段から落ちたという言葉を、多分、家の者は誰も信じていなかった。勇太《ゆうた》は自分が預かるという嘘《うそ》も無理だろうと、いなくなったことを龍は家族に伝えてしまった。

それでも階段から落ちたと言い張る真弓の言葉を、項垂《うなだ》れながら、大河《たいが》も、誰も無理に否定しようとはしなかった。事実を誰かが口にすれば、勇太はもう本当に帰るところを失う。

「……やっぱり、岸和田《きしわだ》なのかな。だけど」

去年触れたお好み焼き屋のおかみの情を、真弓が思い出す。けれど最後に彼女と勇太が交わした会話を思えば、どんなに疲れてももう一度そこに勇太が帰るとは思えなかった。今は故郷も、まだそこにいるのだろう父親も見たくないのではないかと、ぼんやり真弓が思う。

「あ、あんた。ちょお、わいのことわかるか？　なあ」

何処《どこ》かで聞いた覚えのある声と西の言葉に、はっとして真弓は顔を上げた。

「あ……」

この間ふいと現れて勇太と朝まで飲んでいたという同郷の青年が、高架下の工事現場から手を振っている。

手にしていた仕事道具を置いて、軍手を剝《は》ぎながら確かヤスと言った青年は真っすぐ真弓に駆けて来た。

「あれや勇太の……コレか、こっちやったか。なんややこしてかなわんなもう」

「……勇太を知りませんか？」

親指とない小指を交互に立てた青年に、身を乗り出していきなり真弓が尋ねる。

「え、いやわいは勇太探してたんとちゃうねん。あんたに用があって、会えんかなってこの辺の現場におったんや」

問いかけを取り違えて、ヤスは大仰に手を振った。

「最近勇太には」

「ああ、全然おうてへんよ。見かけたらメシぐらい奢《おご》らせよ思うとったんやけど、俺もこっちに河岸《かし》代えして。暑い日もあるから川端の方がええわ」

テント暮らしにうまく交ぜてもらえたのか、隅田川《すみだがわ》を指して青年が笑う。

「ちっと切り上げて来るから、待っとってくれへん？　お好み焼き屋とか案内してや」

「でも……」

——別に俺のなじみやからておまえが愛想せんでもええっちゅうてんねん。

突然怒り出したその晩の勇太を、真弓は思い出した。

「今、勇太やきもち焼きだから」

「あ、なんかゆうとった？　参ったな、冗談や冗談」

「え？」

「別嬪《べっぴん》さんやから、わいもいっぺんお願いしたいわゆうたらあいつむちゃむちゃ怒ってしもて。殺されるかと思たわ」

大きな声で笑って、ヤスが墨の入った肩を竦《すく》める。

「本気なんやなあて、わろてやったわ。せや、今時間ある？」

「……はい」

なんでもないことのようにそんな話をする青年に、真弓は声を掠《かす》れさせた。

「そしたら待っとって、ちょっとまや」

軽快にヤスは、現場に駆け戻って行く。遠目に真弓が見ていると、監督と思《おぼ》しき男に青年は何度も頭を下げていた。途中で抜けることを怒られたのか怒鳴られながら、それでもヤスは真弓のところに戻って来る。

「俺、終わるまで待ってますよ。今じゃなくても」

「ええねん。終わるの待っとってもろたら遅なるし、夜おうたら勇太に殺されてしまう」

軽口をきいてヤスは、ランニングの上から現場の上着を羽織った。

「お好み焼き屋さんが、いいんですか？」

何か勇太の話が聞けるだろうかと気が逸《はや》って、町へ、真弓が足を向ける。

「あ……そっち、あんたんちの方やろ？　やっぱええわ、川で話そ」

竜頭《りゅうず》町に向かおうとした真弓に、不意に気を変えてヤスは足を止めた。

「どうして？」

「せやかてほら、わい色柄もんやし。な、あんたええとこのぼんぼんなんやろ？」

「いや、うちは全然そんなんじゃ……」

おどけて肩の花札を見せたヤスに、どういう誤解なのかと真弓が首を振る。

「それにわい、こんなやし。一緒におるとこ人目についたらあんたに悪いわ」

小指の欠けた手を晒《さら》して、青年は笑った。

その言葉となんでもない笑顔が真弓には、勇太に重なって見える。

「そんなこと全然……全然ないです。なんにも悪くなんか……っ」

「ど、どないしたんそないにムキんなって」

「うちのお兄ちゃんもっと柄悪いし……刺青《いれずみ》してる人だってたくさん」

内心丈《じょう》に謝りながら、真弓は引けずに言葉を重ねた。

「……はは、そうか兄ちゃん柄悪いか。けどほんまにええわ、腹減っとらんし」

笑って、真弓を見つめた青年の腹が、間が悪く言葉とともに鳴る。

「嘘ばっかり……行こう、岸和田ほどじゃないかもしれないけどおいしいとこあるから」

その音にじっとヤスを見上げて、真弓はそのまま歩き出そうとした。

けれど何故だか強情に、青年はその場を動かない。

「お好み焼き食いたいゆうたんは、軽口や。なあほんまに、川に行こ。あんた、勇太が大事にしとる子や。ちょっとでも迷惑になること、したない」

作業ズボンのポケットに両手を突っ込んで、酷《ひど》く愛しいものを見るようにヤスは笑った。

「……だったら、俺のお弁当食べて。梅雨だから悪くならないものにしたって言ってたし」

食が進まず手をつけられなかったきれいに包んだままの弁当を、真弓が鞄《かばん》から取り出す。

「お、手作りか。ええなあ、そしたらわいお茶奢ったる。おかんに作ってもろたん？」

問いながらヤスは、手近な自動販売機に小銭を入れた。

「ううん、うちはお父さんもお母さんもいなくて」

なんとなくそれを青年に教えたくて、気にさせてしまうのをすまなく思いながら真弓が呟《つぶや》く。

「……そうかあ、そら大変やな。そしたら兄ちゃんか姉ちゃんが？　あ、あんた何飲む？」

「ミルクティー……。あのね、これは秀《しゅう》が作ったの」

「秀？」

「勇太の、お父さん」

頼んだ通りの甘いミルクティーと自分のための緑茶を買って、驚いたように青年は真弓を振り返った。

「ああ、あの学士さんか。へえ、そらなんや頭ようなりそうな弁当やな」

もう慣れているのかヤスの足が、川に降りるのに一番近い階段に向かう。川端で青年は、この間勇太が選んだのと同じベンチを選ぶ。

「……帰りたい？　岸和田」

そして同じように雑然とした小屋の並びを眺める青年に、真弓は遠慮がちに問いかけた。

「いいや、一生帰らへんあないなとこ。ええとこや東京下町、最高や」

明らかに空元気で背を張って、蒸し暑いのか青年は上着を脱ぐ。

自分と歩くためにその刺青を隠してくれたのだと、真弓は気づいて切なくなった。

「おっ、なんちゅう立派な弁当や。かーっ、うまっ。あいつ毎日こんなええもん食っとったんか。こないだ奢るんやなかったなあ」

弁当の蓋《ふた》を開けて彩りもきれいに並んだおかずに、ヤスが歓声を上げる。

「食うもんちごたら、人も変わるで」

本当にうまそうに青年は、秀の作った弁当を掻《か》き込んだ。

「ゆっくり食べないと体に悪いよ」

言いながらけれど、真弓も食べるのは人より早い。大勢で食卓を囲むものの習慣で、早く食べないと次々と皿が空になるのだ。

「ええなあ、なんかそういうこというてもらえるのんも」

明るく言って青年が、あっと言う間に弁当箱を空にする。

「ごちそうさん！　けどなんで残しといたん」

「……うん、ちょっとおなか壊して」

「だいじょぶかいな。あんじょうせな」

ポケットに溜《た》め込んでいるのか楊枝《ようじ》を出して、青年はもう大人のような仕草で歯を掻いた。

「勇太、見かけんけどないしとるん」

「勇太は……」

この青年に何もかも話して相談に乗ってもらうべきかと、真弓が迷う。今の状態を勇太が、あまり多くの人に知られてありがたがるとも思えない。

「元気が、なくて」

「……そうかあ。やっぱり落ち込んどるんかなあ、あんなしょうもないおとんでも、おとんはおとんちゅうことなんかなあ」

溜息《ためいき》をついて、不意に、暗さの覗《のぞ》く声をヤスは聞かせた。

「え……？　勇太のお父さん、どうかしたの？」

「……どうかしたのて」

問い返しに惑って、青年が真弓を振り返る。

「もしかしたらおとんの話とか、なんも聞いたことないん？」

「ううん、お父さんのこともお母さんのことも。お父さんは俺、会ったことあるし」

しくじったというような顔をヤスがするのに、慌てて真弓は首を振った。

「会った？」

「……見た、だけなんだけど。漁港で、ええと、あんまり大きくない痩《や》せた感じの」

風貌《ふうぼう》の様子を並べようと思ったが夜の中に見た男には、何という目立つ特徴が思い出せない。

「ああ、まあそんなんや。けど」

「本当言うと、最近勇太様子がおかしくて」

知っている振りで無理に聞き出そうと思ったけれどあきらめて、正直に、真弓はそれを打ち明けた。

「何も話してくれないんだ。何があったのか、教えてもらえませんか」

唇を噛《か》んで、身を乗り出して真弓がヤスに尋ねる。

「……うん」

　困り果てたように、ヤスは短く刈った頭を掻いた。

「その話あんたに聞いてもらおと思って探してたんやけど、ほんまは。けど勇太が話してへんなら……わいからは」

「お願いします。お願いだから、教えてください……っ」

「ほんまに、勇太の本当のおとんの話聞いたことある？　どないな話？」

　必死に懇願する真弓に、躊躇《ためら》ってヤスが問いかける。

「……お酒、沢山飲む人で」

「それから？」

「……うん」

「お母さんのことも勇太のことも、よく叩《たた》いたって」

「本当のお父さんかどうかは、わかんないって」

「そっか、聞いとんのか」

　もういいと、手を振ってヤスは問いを終わらせた。

「そのおとんが、死んだんや」

　川の方を眺めて、なるたけそういう言い方をしようと心掛けたのか、さらりとヤスが言う。

　言葉もなく、初めて聞かされたその知らせに真弓は息を飲んだ。

「……いつ？」

「春になるちょっと前やったかな。寒い日で。ああ、でもそんな大仰に考えんでええ。勇太もそうかって、流して聞いとったから」

手を振って取り繕う青年に、けれど言われた通りの反応はできず、真弓が俯《うつむ》く。

——この間の手紙を……見せてくれない？

お好み焼き屋のおかみから手紙が来たことをそのとき初めて知って、あの時は真弓も驚いた。

——もう、ほってもた。

問い詰めた秀に、明らかな嘘を勇太は言い張っていた。

「自分のおとんちゃうて、言うとったやろ」

「でも」

雨の晩最後に聞いた勇太の悲鳴のような呟きが、真弓の耳にまた返る。違うといいながら勇太は、その父親と同じところを見つけては怯《おび》えている。

——じじいには……なれん、俺かておんなじや。

腹立たしく咎《とが》めてしまったあの言葉もきっと、そんな思いから呟かれたものだったのだと知って真弓は心臓に爪《つめ》を立てられる思いがした。

「……うん、けどほんまに、勇太のおとんなんや。多分な。勇太も、違うて言いながらわかっとる」

口に出しにくそうに青年は、真弓の様子を窺《うかが》いながら言葉を選んで喋《しゃべ》ろうとしている。

「勇太がおらんようになってからあいつ、自分の息子は学士さんに貰《もら》われてったゆうて。わしに似て頭がええとこがあるからて、酒飲むと必ず自慢して」

「でも認知も、してもらえなかったって」

あんな風に自分から語った男がはっきりと父親だということになればますます勇太は己を取り戻せなくなるのではないかと、何から危ぶんだらいいのかわからず真弓は呟いた。

「……勇太はあいつがおとんやてほんまに思てしもたら辛いやろから、わいこないだ言おうかどうしょうか思て言われへんかったんやけど」

同じ不安を青年も持っているのか、その迷いを、真弓に教える。

「聞いたことあるんや、飲み屋で勇太のおとんがおって。年とって酒弱なってな、飲むたび泣いてまた勇太のこと言うて、いい加減おっさんら呆《あき》れて。せやったらなんで認知せんかったんや、ほんまに自分とこの子なんかって」

「……それで?」

何か決定的な証拠があるのだろうかと、真弓は震えて聞いた。どうその証しを聞いたらいいのかわからない。勇太をあそこまで追い詰めた父親を真弓もあの晩は憎んだが、亡くなった人だ。そして恐らくは勇太も、そのことを誰にも言えないまま辛く悼《いた》んでいる。置いて来た、親の死を。

「そしたらおっさん、けど俺の子やて届け出したら産まれた時から人生終わっとるようなもんやないかて。みんな、そらそうやてわろとったけど」

予想とは、青年の話はまるで違った。

「わいも、そんときはわろたけど」

けれどそれこそが本当の子供だという証しなのだと、青年は思っている。

そして真弓にも、それがわかった。

ようやく、遠くにあった知らない情が、おまえにはまるでわからないだろうと勇太の言ったその愛するということが、少しだけ見えたように真弓は思った。

「……こないな話、ようわからんか」

「ううん」

強く、真弓が首を横に振る。

「わからなくない。ヤスさんは……」

初めてまともに話す青年の前で、最近いつもそこにある涙が零《こぼ》れそうになったけれど堪えて、真弓はヤスを見上げた。

「それを勇太に話したかったんですね」

多分同じ思いなのだろうと、問いかける。

「……うん、まあそうなんや。けどうまいこと言えるかわからんし、勇太ほんまにおとんのこと殺したい思とったし」

まだそれを青年は迷っていて、茶を飲みながら深く溜息を落とした。

「そんな話一つで、いまさらええおとんやったなんてことにもしたないんや。あいつがしてきたこと、わいも見とった。人のおとんこないに言うてなんやけど、なんならわいが代わりに殺《や》ったろか言うたこともある」

その迷いの大きさに、見て来たものの重さの違いを真弓が知る。急《せ》いた自分を、恥じるより他なかった。

「けどあのおとんが、たった一つ勇太のためにできることやったわ確かに。あのアル中の頭でよう考えたて、ほんまに」

苦笑してヤスが、ポケットから煙草《たばこ》を取り出す。

火をつけずに青年はふと、真弓を振り返ってじっと目を見ていた。

「……弁当、ほんまにありがとさん」

不器用な手で丁寧に弁当箱を包んで、青年が真弓に頭を下げる。

「俺が作ったんじゃないから」

「やっぱり、あんたからこれ渡してくれへんか」

首を振って弁当箱を受け取った真弓に、唐突に、青年がポケットから白いお守り袋を取り出した。

随分と古く汚れたそれには、まだ新しい血が拭《ぬぐ》い切れずに残っている。

「勇太のおとんの、遺品やねん。賭博《とばく》の借金ぐらいしか残らんかったけど、なんやこれは酔って勇太に送れて、いっぺんお好み焼き屋のババアに言うたことあるて言うから。ババアに冗談やないもう縁は切れとるはずやて一喝されて、そうやったてわろて、もう言わへんかったらしいけど。ババア、手紙なんか書いたんはこれ送ろかどうしょうか迷ったからなんや。けど結局

送り切れんで、わいに勇太に会うて渡してもええと思ったら渡せて」

渡せば、受け取ればそれは、親子だったという形《かた》になって残ってしまう。だからおかみも、青年も自分たちでは決めかねたのだろう。

「そないなむつかしいこと頼まれてもなあ……」

自分には荷が重いと、頬杖《ほおづえ》をついて青年が煙を吐く。

「そんとき言うとったんや。けどあの子がおるからきっと、平気やろて。ババアが。なんのことやらわからんかったけど、あんたのことやったんやな」

ふと、そんなことを教えてヤスは、だから受け取ってくれと小指のない手で遺品を差し出した。

「俺……だけど全然、勇太がお父さんのことで思い詰めてるのも、気づかなくて。何もできなくて」

できないどころか追い詰めてしまったのにと、俯いて真弓が唇を噛む。

「渡してや。今、あんたのことやったってようわかったんや。ちょっとしか話してへんけど」

揶揄《からか》いとも違う声で、ヤスは笑った。

「あんたのせえやなきっと。勇太、変わった」

「俺じゃないよ……秀が」

「あんた、ええ子や」

何故だか酷く嬉しそうに、青年が言葉を重ねる。

「勇太はほんまに、変わった。わい最初堅気《かたぎ》の暮らしがあわんでただしんどいんかと思たけど、ちごたわ。おとなしなっただけやな」

「……でも」

それだけではなく多分青年が会った時にはもう勇太は辛くなっていたころだと、言い淀《よど》んで真弓は口ごもった。

「これあいつにやられたん、ガキのころ」

頭を落として、後ろ頭の禿《は》げを青年が真弓に見せる。

「あいつの左目やったんはトヨ言うて、もうおとんになりよったんやけど。そのトヨの鼻と足曲げたんは勇太や」

ここで勇太から聞いたことと同じ話を、けれどまるで違う表情で笑いながら青年は真弓に聞かせた。

「けどわいらそんなん、悪いけど全然気にしてへん。喧嘩《けんか》いうたらめちゃめちゃやるもんや、ガキは。おまえのせえでまだこっちの目よう見えへんでて言われても、ああそうかいてなもんや。笑い話や」

髪の生えない頭を探って、けれど少しだけ疲れた息を青年が聞かせる。

「そやのにあいつ、えらい気にしとった。トヨの足、今もひきずっとるんやったら一生引きずるんやないかて」

ぼんやりと青年の、白目に血溜まりのできた目が、その晩の勇太を探した。

「わいは、人の性は結局どうやっても変えられんもんなんやないかて、思とった。クズはクズに生まれたら、死ぬまでクズやて」

「……勇太も、前に同じこと」

「あいつはちゃう。わいらが誰も悔やんでへんこと、一人で悔やんどる。ガキのころとは、違うんやもう」

前にほとんど同じことを言っていた勇太を思い出した真弓に、ヤスがはっきりと首を振る。

「だからきっと、これ、渡してもろても平気やと思うねん」

曖昧《あいまい》に二人の間にあるお守りを、ヤスはもう一度真弓に差し出した。

「……うん」

平気だという言葉を、語られた訳を、すんなりと真弓も受け止められる。躊躇わずに、両手で真弓は大切にそれを預かった。

「あいつ見とったら、わいもなんとかやってけるような気ぃしてきた。さあて現場に戻らんとぶっ殺される」

荷が下りたのか、大きく青年が息をついて伸びをする。

「けど……あいつは別なんかもしれんなあ」

立ち上がり行こうとしながら、ふと、ヤスはそんなことを言った。

「別って?」

「普通は人間は、やられたことばっかり覚えとるもんや」

故郷を見るようにまた川端を見渡して、決してきれいとは言えない空気を青年は胸に吸い込む。

「けどあいつは、やったことばっかり忘れられんでいる。いつまでも」

吐き出しながら、切なそうにヤスは呟いた。

「不憫《ふびん》や」

ぽつりと残された言葉が、真弓の胸に落ちて痛い。

雨の晩のことも勇太は、きっといつまでも永く忘れられず、何度でも苦しむのだろう。

――勇太のしたいようにしていい。

浅はかで、残酷だった自分が、辛く真弓の胸を裂いた。

「そしたら、ほんまにごちそうさん」

「ヤスさん」

手を振って歩き出した青年を、立ち上がって真弓は呼び止めた。

「ここの前は何処で寝泊まりしてたのか、教えてくれますか?」

「ますかて、やめてやーほんま。浅草《あさくさ》や、場外馬券場の辺りふらふらしとった。こっちに移ったて、勇太にゆうといて」

何かせっかちに彼が、早く自分から離れようとするのが真弓にもわかってしまう。

「今度、三人でお好み焼き食べに行こうね。絶対、約束だから!」

振り向かない背に、真弓は約束を投げた。けれどそそくさと行ってしまうヤスは誘っても二度と、自分たちの町に足を踏み入れないかもしれない。

手の中のお守りを、真弓は見つめた。今ここで受け取ったことを全て勇太に渡せる自信はない。わかりかけたこと、わかったこと。不確かかもしれないけれど一つだけ疑いようのないものが、最初からあるのを真弓は忘れていた。

——おまえを叩いたときに、俺は初めてわかった。おとんは死ぬほど、おかんに惚《ほ》れとったて。

見失いようのない、くじけかけても自分を繋ぎとめるものは、ずっとそこにあったのだ。

そのまま駆けて浅草へと気が急いたが、勇太の帰る場所を真弓は思った。多分皆が動揺したまま連絡せずにいるのだろう山下《やました》の親方の仕事場へ、足を向ける。

屋号はそのまま、山下仏具、と言った。親方の仕事は仏師、仏壇彫刻師と呼ばれるものだと、この間初めて真弓は知った。仏壇装飾の彫り物、神棚の彫り物、神輿《みこし》や山車《だし》、寺や神社の飾りまで彫るという話で、神仏一緒くただと職人の一人が笑いながらこっそり教えてくれた。最近では本来の領分を越えてよく仏像を彫るので、仏師と呼ばれていると。

その日真弓は、できたばかりの新造の神輿の飾りを裏から覗かせてもらって、その美しさと細やかさに息を飲んだ。

勇太と、そんな話もしたかった。けれど仕事場のそこここにある試し彫りらしき仏像に気づいてぼんやりと眺めていたら、勇太がここに来たかった訳が真弓にはわからないもっと深い暗いところにあるのではないかと思えて、少しだけ不安にもなった。

二年かかるものもあれば一日の仕事もあると職人が言っていたうちの短い仕事が何か終わったのか、仕事場を覗くと職人たちが出払って親方がぼんやりと神棚の前に座っていた。手慰みなのか、小さな木を大まかに手元が削っている。

躊躇ったが、無断欠勤を詫《わ》びて少し待って欲しいとだけ告げようと、真弓は戸口に立った。

「あの」

声をかけると、真弓が子供のころにはもう老人だった親方が、鋭い目で振り返る。

「すみません、阿蘇芳《あすおう》の家の者です。あの、勇太がずっと休んでると思うんですが」

子供のころから怖かった親方は今も充分に怖く真弓はしどろもどろになったが、不意に、その眼差しが日なたのように和らぐ。

「なんだ、女官さんじゃねえか」

「……おじいちゃん」

つい、そう呼ばれた安堵《あんど》から真弓は息をついてそんな風に親方を呼んでしまった。

「あ、ごめんなさい親方」

「勇太はおまえさんちにいるらしいな、こないだ一番上が来た。まあ、良かったら入んな」

言われて、怖ず怖ずと真弓は覗いてはよく叱《しか》られた仕事場に初めて足を踏み入れた。高く奉られた神棚に、無意識に手を合わせて頭を垂れる。

「おまえさんは、いい女官さんだった。よおく覚えてるよ。とっくに十五を過ぎちまったか」

「はい……数えではもう十八になりました」

「そうかそうか、もう大人だ。こんないい子が大きくなったのにお父ちゃんとお母ちゃんは見られんで残念だったな」

老人にとっては昨日のことのように思えるのか、十年前の悔やみの言葉を真弓は渡された。

「はい」

あまり普段思わない、よく覚えていない父と母にぼんやりと真弓も心の中で手を合わせる。

手を休めない親方の少し後ろに、真弓は躊躇って膝《ひざ》をついた。

「あの、勇太なんですけど」

「ああ、とうとうどうかしちまったか」

溜息のように、老人が察しの良すぎる返事を寄越《よこ》す。

「こう……目が見えねえようになってたからな、うち来てすぐぐらいからちょっとずつ」

驚いて続きを告げられない真弓に、何か形になっていく小さな木片を吹いて指で木屑《きくず》を落としながら親方は言った。

「ああもう全く見えんなと思ったら、次の日にはぱったり来なくなった」

そして腹を立てているようでいて明らかに勇太を案じている言葉を、ぽつりと落とす。

「そういや、おまえさんのことだったんだな」

ふと、真弓の顔を見て親方は何か納得したように頷《うなず》いた。

「何がですか」

「こないだ観音様仕上げてたら、ぼうっとあいつがいつまでも見てやがって。自分の近くに同じ顔したもんがおるなんて抜かしやがってな」

　揶揄いのようでもなく、憎まれ口でもなく嗄《か》れた声が呟く。

「俺？」

「おまえさんのことだよ。いい相をしてる。観音様の相だ」

「あの……それってどんな？」

　女官という役を預かっておきながら神仏のことなどほとんどわからないでいることを恥じ入って、真弓は尋ねた。

「無限の慈悲を持っておられる、菩薩《ぼさつ》様だ。五十年の間に、数え切れんほど彫ったがこないだのは確かにおまえさんに似てた。勇太の念が移ったかな」

　冗談なのか、堅い口元が微《かす》かに笑う。

「五十年も？」

「ああ、彫らせてもらえるようになって五十年……十四で親父に職人部屋に叩き込まれたが、しばらくして戦争になって。だから五十年だ」

　自分には想像がつかない長さを思わず真弓は問い返したのだが、翁は短いと思うのかそんな風に説明した。

「こんなしけたこまけえ仕事は元々やりたくなかったから、本当は闇市で商売でも始めたかったがな」

「でも……どうしてこの仕事をずっと？」

「そりゃ跡継ぎだからしょうがねえさ」

ははと、似合わない柔和な顔を翁が見せる。

「けどもう目が……駄目だな。いいときに勇太が来た」

「勇太、才能あるの？」

「知ったことかそんなもん。こっそり図案描いたりしてたのは見たが、絵は目茶苦茶手元は不器用、動きは乱暴ときてる。神仏のこともまだちっともわかってねえ」

意気込んで聞いた真弓に、素気なく言って親方は肩を竦めた。

「まあ、それは俺も同じだがな」

くく、と喉元《のどもと》で翁は笑う。遠目に見ていたよりずっと、親方の頬《ほお》は緩んでいた。

「跡を継ぐガキは大学出て役人なんぞになりやがるし、俺の代で仕事場は閉めるつもりだった。ただ俺が生きてる間にあいつがものんなったら……道具ぐれえはくれてやってもいい」

そんな話を、親方は真弓に聞かせる。

「勇太には言うなよ。いい気になっからな」

「うん。でも……どうして？　まだ二カ月しか来てないし、サボっちゃってるのに」

「去年の夏から、あいつはなんかやらせてくれって週に一度は覗きに来てたぞ」

真弓には驚く他ない話を、親方は教えた。

「……一年も、前から？　俺、本当に何も教えてもらえなかったんだ……」

やはりそれはショックで、独り言のように真弓が息をつく。

ちらと真弓を見て、一瞬だけ何か言おうとして、けれど翁はまた下を向いた。

「最初は相手にもしなかったけどな。たまに来やがんだ、なんか変なもんにかぶれたバカが」

迷惑そうに顔を顰《しか》めて、関節の堅そうな指がまた木を彫り続ける。

なんの木なのか、仕事場は長年染み付いたその木屑の匂いが立ち籠めていた。

「ただ途中で」

また木を吹いて、少しだけ似合わない躊躇いで、親方が話を切る。

「こいつは、俺とおんなしだと思ってな」

けれどそれを真弓に教えようと思うのか、先を続けた。

いつの間にか膝を正して、とぎれとぎれの話を真弓が待つ。

「俺は戦争に行ってな」

淡々とした声音は、確かに勇太の過去を語るときのそれと似ていると、真弓は気づいた。

「沢山、人を殺して来た」

不意に落とされた遠い現実を教える呟きに、息を飲んで真弓は声も出ない。

「顔なんぞ見んで、目ぇ瞑《つむ》って闇雲にな」

「……だけど、それは戦争で。そうしなさいって……言われたんでしょう?」

そんな言葉を、ましてや何も知らない自分からかけられることなど翁が望むはずもないのはわかったが言わずにはおれず、真弓は思わず呟いてしまった。

「そうだ。そうしなさいって言われて、沢山殺した。自分も生きて帰れるとは思わなかったが、それはな、女官さん。実は罰だったんだ」

本の中の昔話を聞くような不思議な気持ちは最初だけで、段々と真弓は身動きもできなくなる。

翁の声は、決して重くはならないのに。

「生きてる、自由だ。闇市をふらふらして、女を買おう博打《ばくち》を打とう。敗戦なんか俺にとっちゃあどうでもいい、思い切り楽しんでやろうと思ったよ。ここにも寄り付かなかった、最初は」

来ないと思っていた自由を手にした一瞬の喜びに、少しだけ老人の口元が笑う。

「けどなあ、生まれ変わったような気分になったって昨日までの自分は死なねえ。そうしなさいって言ったのが誰かももうわかんねえ。覚えてることは俺がこの手で沢山人を殺したことだけだ」

溜息も、親方は聞かせなかった。

「何も楽しめやしねえ。ヒロポンやって忘れるのがせいぜいだ」

「……ヒロポン?」

どうしても掠れてしまう声で、意味がわからない単語を真弓が問い返す。

「なんつうんだ、覚醒《かくせい》剤か。今は」

ふっと、勇太のことを真弓は思った。どうしてそんなものに手を出そうと思うのか、真弓にはまるで理解できないことで、好奇心や楽しみがそこにあったのかと思う他なかった。今までは。

「それも少しの間だ、量が増える。余計に辛くなる。いつの間にかなにともわかんねえ、神や仏に拝んでる。戦争で生き残ったってえのにヒロポンで死にかけながら拝んで」

一瞬、翁の手が止まって目が半世紀も前を昨日のことのように見つめた。

「勘弁してくれ、もう勘弁してくれってな」

寄せた眉間《みけん》に、長い時間をかけて刻まれた深い皺《しわ》がある。

「死にかけたまま、家にかつぎ込まれた。親父は中毒のことは何も聞かねえで、いいから働けって。しょうがねえから、起きられるようになったら職人部屋に戻った。何かしてねえとまたどうにかなっちまいそうで、ただ働いた。ようやく、彫らせてもらえるようになって」

段々と人のような形になる木を、角度を変えて翁は眺めた。

「顔を見たはずはねえんだ。だが仏様を彫ろうとすると、全部俺が殺して来た人の顔になりやがる。最初はおっかなくって、もうやめてえとも思った。飾りだけを彫ってたころもあったな。そんでもただ一心不乱に、神仏を奉るものを彫って」

女のように思える穏やかな顔が、翁の手の下に浮かんでくる。

「そしたら五十年、経《た》っちまったよ」

あっと言う間のことのように、真弓には気が遠くなるほど長い時間を翁は一言で終わらせた。

「勇太は」

何かを、真弓に教えようとして、一度は閉じたその強情そうな口元がまた開く。

「何か重たいもんを贖《あがな》いたがってる人間だ。贖うって、わかるか？　女官さん」

「罰を……受けること？」

問われて、自信はなかったが勇太が望んでいるように思えることを、真弓は口にした。

「ちっとだけ違うな。罪や間違いの、償いをすることだ。ああ、けどあいつは罰を受けてえのかもしれねえ。勇太にとっては同じことかもしんねえな」

どうして親方にはそれがわかったのか、真弓に知るすべはない。自分と同じものは、一目で見つけられるものなのか。勇太がここを、見つけたように。

「だから本当の訳を、誰にも言えなかったんだろう」

何故それを真弓に告げてくれる気になったのか、翁は言った。

「ったく。あんなガキなのに、何をしょっちまったんだか」

痛ましそうに翁の眉間が、また深く皺を刻む。不憫だと言った、さっき真弓が別れた青年の情けにその皺はよく似ていた。

「そういや……誰か、勇太の身内が亡くなったのか?」

「なんでわかるの?」

たった今自分が知ったことを不意に問われて、驚いて真弓が問い返す。

「いや。毎日顔合わせてりゃそりゃ……な」

真弓の手元の血のついたお守りを眺めて、訳という訳はないのだと親方が頭を掻いた。

「……俺は全然、気がつかなかったよ。毎日、顔は見てたけど。何も」

「せめてあと五十年生きてから落ち込んでくれ、女官さん」

年の功なのだと苦笑して翁が、いつの間にかきれいに仕上がった小さな木彫りを真弓の手に持たせる。

「その大事そうに持ってるお守りと一緒に、持って行きな。けどこれはおまえさんが持ってるといい」

やさしい、確かに無限の慈悲を持つような誰も彼もを救ってくれるような、そんな面差しに真弓は見入った。

「観音様の顔を、忘れねえように」

「ありがとう……ございます」

「手慰みに彫ってたもんで悪ぃがな。ただ丁度……」

勇太のことを考えていたと言おうとしたのか、けれど続きを翁は継がない。

「観音菩薩に憧《あこが》れる野郎は多いが、付き合えるやつはいねえ」

勇太と真弓のことをわかっている訳ではないのだろうに、ふと、老人はそんなことを言った。

「仏様の近くで、許されるばかりでいるのは辛えときもあるな。時には目を離してやれ」

だが翁の目には何もかもが見えているようにも、真弓には思える。

「俺……」

ふと言葉にしたい思いが、込み上げた。不相応に思える無限の慈悲などをもし持てるのなら、まだ痛みを一つも知らない勇太に渡したいものがあった。

「勇太の親に、生まれて来たかった」

言いながら座りの悪さが、喉を覆う。

「親なら、何を許しても当たり前のことでしょう。親になって勇太を……」

「それはいくらなんでも驕《おご》りというもんだ、女官さん」

その逸《はや》りを、首を振って翁が窘《たしな》めた。

「……うん」

「大丈夫だ。生まれ直さなくとも、おまえさんが今したいと思ってるようなことは」

恥じて俯いた真弓の希《ねがい》を、けれど翁は知ってくれている。

「生きてさえいれば、今からだってできることなんだよ」

「……本当に？」

縋《すが》るように、真弓は聞いた。

頷かず、それこそが慈悲の眼差しで、翁はただ真弓を見ている。ふと、神棚の下に飾ってある立派な像を、翁は振り返った。

「……あれが、おじいちゃんの？」

殺された人間の顔には思えず、仏の顔の穏やかさに真弓が惑う。

「最初は殺した人間の顔しか彫れなかったが、女房が死んでからは時々仏様が女房の顔になる。太った女でな、様になりゃしねえ」

だからそこに置いているのだと、手放さない訳をそんな風に翁が取り繕った。

「いつの間にか、もういいと誰かが」

言ってくれたのかもしれないと、続きは言葉にせずに。

「神か仏か、女房か。それはわかんねえが」

ただそういうときも来るのだと、翁は真弓に教えてくれた。

確かにふくよかな仏の姿に、真弓が思わず手を合わせる。

「きっとすぐにまた、勇太はここに来ます」

頭を下げて、真弓は膝を床から上げた。

「いっぱい、叱ってね。おじいちゃん」

戸口で、もう一度深く、深く頭を落とす。恐らくは長く、勇太の助けとなってくれるだろう人に。

手にしっかりと握った観音菩薩を、往来に出て真弓は見つめた。

——仏様の近くで、許されるばかりでいるのは辛えときもあるな。

幼いころに勇太が得られなかったものを漠然と知って、それならいつでも自分が勇太を許すものであろうと真弓は思って来た。無理をしてでも、勇太の全《すべ》てを許そうと思った。けれど無理は歪《ゆが》みを呼んで、歪みは誰かを苦しめる。

無限の慈悲など、人の持ち得るものではないと、翁は言いたかったのかもしれない。

歩き出そうとした真弓の目に、角を、窶《やつ》れ切った秀《しゅう》が曲がってくるのが映った。

「秀」

恐らくは同じ理由でここに来たのだろうと知って、呼び止める。

「あ……真弓ちゃん。勇太を探しに来てくれたの？」

何も目に映っていないようだった秀は、間近で初めて真弓に気づいて足を止めた。

「うん、それもあるけど。しばらく勇太がお休みしてごめんなさいって、山下のおじいちゃんに。もう伝えたから大丈夫だよ」

同じ話を、秀に聞かせることになっては酷な気がして、汚れたお守りを背に隠して真弓が秀の肩を押す。

あの強《こわ》ばった勇太の背がどうしても父親の死を知らせたくなかったのは、間違いなく秀なのだと真弓は思った。

「あのね、秀」

喧嘩の話を聞いてから随分薄くなった肩を、放せずに真弓が摩る。

「……俺ちょっと、浅草に行ってくる。おいしいごはん、作って待ってて」

はっきり連れて帰ると言いたかったがもし見つけられなかったら酷な期待をさせてしまうと、約束はまだ口にはせず真弓は秀に言った。

「ごめんね、真弓ちゃん」

ふと、足を止めて秀が真弓を振り返る。

「でも真弓ちゃんにしかもう、きっと探せないから」

何も手掛かりがないのだろう秀に気づいて、何一つ打ち明けられないすまなさに真弓は眉《まゆ》を寄せた。

「そんなこと」

「ごめんね、負わせて」

唇の癒《い》えない傷を、秀の目が痛ましく見つめている。

震える指先を伸ばして、そっと触れて、秀は泣いた。

「ごめんね……っ」

何度謝っても足りることはないのか、同じ言葉を秀が繰り返す。

「……僕はあの子を、最初から大人みたいだったあの子をちゃんと……庇護《ひご》を何も知らない子をちゃんと護《まも》ろうって、無理に本当のお父さんから引き離して」

ただ自分を責める日々が続いているのか、秀の憔悴《しょうすい》は見るのも辛い疲れだった。

「普通の子供にしようって思ったはずなのに、僕も、本当はよく知らなくて」

過ぎたことを望んだのだと、唇を噛み締めてなおも秀は自分を責めている。

「ちゃんとできなかった。ちゃんと教えられなかった」

勇太と同じように、手元しか見えなくなっている秀に、真弓は首を振った。

「違う、秀。それは違うよ」

勇太は何も知らなくない。知っているから苦しんでいるのだと言おうとして、その目をみてしまったら真弓は何も言えなくなった。

どんな言葉も、今はただ秀を責めるだけのものになる。

「俺は勇太に会えて、沢山、秀にはありがとうって思ってる」

溜息をついて、秀の手を、真弓は取った。

「勇太のお父さんみたいな人。岸和田で、見たんだ。去年の夏に行ったとき」

肌に触れながらそのことを、真弓が秀に教える。

「小学生でも仕事手伝わされて学校に行かないで、大人に叩かれて」

亡き人を悪し様には言えず、言葉を真弓は濁した。

「いつも勇太は平気なことみたいに話すけど、きっと本当は……すごく怖かったよね」

想像しようとしても守ってくれるはずの人からの暴力は、やはり真弓には実感などできない。

「勇太はそれが、普通だと思ったんだって言う。秀に会わなかったら、そうじゃない世界があることをきっと知らないままだったって」

手の先で秀の涙が、止まずに落ちるのが真弓の視界の端に映った。

「秀」

震える肩に、勇太が閉じようとしている秘密を自分も決して秀に明かすまいと、胸のうちに真弓が誓う。

「勇太がずっと、叩かれたままでなくて良かった」

心からの言葉を、真弓は秀に渡した。

歩けずに、立ち止まって秀は両手で顔を覆っている。

背に隠したままのお守りを握って、様々な人に罪の意識を覚えながら、さっき翁が言った贖うという言葉を真弓は思い出した。

「勇太を、探しに行ってくる」

濡れた秀の髪に、真弓が指を伸ばす。

「待ってて」

約束を置いて真弓は、角を折れて川沿いの町へ駆けた。


大雨が来るのか、不意に夕方の明るい日が不思議なくすみを持って蒸す。その嫌な熱とは無関係に汗を掻《か》いて、勇太《ゆうた》は作務衣《さむえ》の前を掻き毟《むし》った。

「……つかまされたよ。全然効かないじゃないよ、これ」

隣で女が喚《わめ》くたびに、頭を掻き回されるように苦痛が襲う。指に摑《つか》んでいる飲み込めば楽になれるはずの薬を、何故自分が未だ飲まずにいられるのか、何が自分を止めているのか勇太は不思議だった。

留めるものなどもう何もないはずだ。傷つけて捨てて来たのだから。

「めちゃめちゃ……効いとるやないか。あんた完全にラリっとるで」

効かない効かないと言いながらボロボロ泣いている女に、言っても仕方がないことを勇太は告げた。

涙は、心に溜《た》まり込む淀《よど》みを流す力がある。涙が止まらないなら、薬は効いているのだろう。

それを眺めるほどに勇太も、何もかもを押し流してしまいたくなった。切れ間のない映像のように繰り返される最後に見た真弓《まゆみ》の姿を忘れられたらもう、取れない胸の固い痞《つか》えを掻き毟らなくても済む。

「あんたもやりなよ……なんでやらないのさ」

指に勇太が摑んでいる、端から崩れ始めた錠剤に潤んだ目で気づいて、女は勇太の手を取った。

「なんか嫌なことあったんだろ？　そんでこんなとこにいるんだろ？　飲んで忘れちまいなよ、ねえ」

力のない腕で、女がその指先のものを勇太の口に押し込もうとする。

何処《どこ》かに置いて来た子供のことを忘れたいと、産まなければ良かったと言った勇太の母親を思わせる女は、言葉どおりもう薬のせいで子供のことなど忘れているようだった。

いくつかこの錠剤を口に放り込めば自分も同じように、胸を苛《さいな》んで止まない呵責《かしやく》から逃れられる。簡単に。

「楽になりたくないの？　変な子だよ」

「……なりたい」

問われて、ぼんやりと勇太は答えた。

「ならなんでしないの。それともこんなんじゃ効かない？」

問いかける女に、首を振る。完全に断ってもう、思えば五年が経っている。感覚は覚えてはいるけれどだから余計に、少しの量でも弱い薬でも充分だろう。女が言うように、嫌なことを忘れるのには。

「楽に……なりたい」

繰り返す呟《つぶや》きが、自然に薬を求める。これ以上渇かないと思っていた喉《のど》がまた渇く。これ以上酷《ひど》くならないだろうと思った胸の痛みは、まだ知らぬ先を教えるように覚えがないほど何かに抉《えぐ》られる。

――大丈夫だから、勇太。

同じ言葉を繰り返して自分を抱きしめようとしたあの胸も、きっとあんな痛みは知らなかったのだろうにこの手で教えた。守るはずの腕からの暴力の、信じ難さと絶望を。

「なら飲んだらいいんだよう。ほら」

語尾が掠《かす》れた女はこれで飲めとビールを、勇太に差し出す。

もう耐えられる訳がない。飲まないでこの痛みを越えられない。浴びるように父親が飲んだ酒が増えていったのも、必ず母を殴った翌日の晩だった。

震える手で、唇の端で勇太は薬に触れた。感触は何も普通の薬と変わらない。匂いがする訳でもない。

「一つで効くかい？」

それをもう勇太が飲み込んだと思って、肩の下で女が尋ねる。

自分でさえ勇太は、飲んでしまったと思っていた。けれどそれ以上どうしても、指が薬を運ばない。

——だから勇太も、俺を呼んで。

ふと、悲鳴とは違う真弓の声が勇太の耳を掠めた。

——辛かったり苦しかったりしたら、俺を呼んで。

夢の中で聞いたのだろうかと、ぼんやりと何処から思い出されるのかもわからない見失っていた声を、耳を傾けるようにして探す。

——助けてって、必ず言って。

辛いと思って見つめたきれいな瞳が、真っすぐに勇太を見た。

汚した真弓の姿の向こうに、その瞳は在る。きれいに澄んだ、濁りのない瞳。笑んだり、泣いたりしてその目はずっと、勇太を見つめて来た。

ただいつも愛してくれていた。

「……どうしたの？　効かない？」

「俺」

渇きに飛び込もうとして止まない唇に触れていた薬を、勇太はゆっくりと放した。

「楽に、なりたいけどなりたない……」

女に聞かせるためではなく、自分の手元を見つめてぼんやりと呟く。

「自分のしてしもたこと」

見まいとした曖昧《あいまい》な記憶が、少しずつ鮮明に蘇《よみがえ》った。

服を裂き、襟《えり》を摑んで回廊に打ちつけ、髪を鷲摑《わしづか》みにして唇に歯を立てた。父が母にしたように叩《たた》こうと振り上げた手を、自分はどうしてしまっただろうか。

「忘れたいけど、ちゃんと覚えておらな……また」

振り下ろさずに、その手をどうしたかは思い出せない。ただ手の下の真弓の目がはっきりと勇太を見る。あの手の行方を思い出そうと、勇太は必死で目を開いた。

「また何度でも、あいつを傷つけるやないか……っ」

暴力の下にある真弓を思い返せば、正気を違えそうになる。

それでも勇太は、指に摑んでいた薬を手放した。押し寄せる嫌悪と絶望に押し潰《つぶ》されそうになっても、体を丸めて真弓の目を、手にした暴力を思い出し続ける。

辛さに涙が滲《にじ》んだ。指が知らぬ間に胸を掻いて肌に血が滲んでいる。そんな傷に気づけないほど痛み続けるものを、けれど覚えようと勇太は堪《こら》えた。

「……もったいない、なんてことすんだよ」

勇太が放った薬に気づいて、女が拾ってそれを口に入れる。

まだ足りないのか、飲み過ぎて切れる間隔が短くなり過ぎているのか、女の指が無意識にまた薬を開けようとしていた。

「もう、やめた方がええ……あんたちゃんと訳わからんようになっとるから」

それ以上は死に至るのではないかというほど目の前で薬を飲む女に、勇太が胸を押さえながら顔を上げる。

「効かないよ、全然」

止めようとした勇太の手を払って、女は温いビールの底を上げた。

「楽しくならないよ。忘れられないよ、嫌なこと」

感情の制御がきかなくなっている女は、水のように涙を流し続ける。

「自分の子のこと」

女の手元からそっと、残りの錠剤を勇太は取り上げた。

「忘れたら、そないに楽しくなれるんか」

「……そうだよ、産まなきゃ良かった。産まなきゃ……」

同じ言葉を、泣きながら髪を乱して女は繰り返す。

「産まなけりゃ、こんな思いしないで済んだ」

誰に言うともなく呟いて、バッグから女は白い半紙を取り出した。

「ねえ見てよ、こんななの。こんなときに、別れたきり」

大事にその白い半紙に包まれた古ぼけた写真を、触らせずに女が勇太に見せる。

「一度も、会ってない。子供の前に出てけるような母親じゃないもんねえ、あたし。だけど毎日考えるんだよ……生きてんのか死んでんのか、病気してないか怪我《けが》してないか」

写真の子供は、ものもわからないほど幼かった。

「あたしを、どんなに恨んでるだろうって毎日毎日……っ」

嘆く女が自分と同じなのだとわかって、辛く、勇太はその横顔を見つめた。

愛しているから辛い。愛しているから思いたくない、忘れたい。傷つけたことも、その傷の行方も。思えば死ぬほどに苦しみが押し寄せるだけで。

逃げ出すしかなかった母はどうだっただろう。酒を飲む他なく死んだ父は。

薬を求め続けるこの女は。膝《ひざ》を抱え続ける、自分は。

そうしてただ愛したまま、これからどうするのだろう。

子供のことを尋ねた勇太を咎《とが》めて膝に摑みかかる女の手の爪《つめ》が、ただ不精で伸びていた。肌にかかって痛んだけれど、勇太はもうその手を振り払わなかった。

「ああ……ごめんよ膝」

滲んだ血に気づいて、女が爪を引く。

「ごめんね」

もう一度謝って、女は触れがたく傷の回りで手を彷徨《さまよ》わせた。

「……かまへん」

溜息《ためいき》のように呟いて、女の手を見つめる。

その手も、何故だか母の手と同じに勇太の目に映った。形はまるで違うのにどうしてと、痩《や》せた女の指を見つめる。

ぼんやりと見つめて、真弓とも重なったあの手は、男を慰める手ではないのだと不意に勇太は気づいた。

子供に、触れる手だ。泣いて、痛いという子供に触れる、母親の。ただ情しかない、慈悲しかない指だ。

「あんた」

今まで決して触れる気になれなかった女の手を、勇太は取った。

「もう、薬はそこそこにしとき。ほんまに、そのままやったら死んでまうから」

まともに女に語りかけている勇太に、隣の男たちが呆《あき》れて肩を竦《すく》めて笑う。

「……かまうもんか。あたしなんか、いつ死んだって」

「どんな親かて野垂れ死んだら」

捨て鉢な言葉を吐こうとした女を、勇太は遮《さえぎ》った。

「子供は、たまらんもんなんや」

落とされた勇太の呟きに、それぞれの場所に大切だったはずの何かを置いて来た男たちも、笑うのをやめて息を詰める。

女のための嘘《うそ》なのかそれとも覚えず零《こぼ》れた本心なのか、知るのは辛くて勇太は目を伏せた。

けれど胸に沸き返る辛さが、知りたくなくてもそれを教えた。

いい思い出など一つも無い。やさしくされたこともない、気まぐれにでさえ。なのに親だから死ねば何かを思うのは、当たり前のことなのか理不尽なことなのか。

もし当たり前のことならば、捨てずにこの辛さも抱えていたい気がした。そして真弓に、聞いて欲しかった。今、側にいて欲しいと願い始める自分を咎めて、勇太が唇を嚙《か》み締める。

——助けてって、俺を呼んで。

ずっと、真弓はそう囁《ささや》いていた。言葉にするだけでなく、何かできないかと目が聞いていた。

けれど幼いころは傷を手当てするものなど誰もいなくて、一人で身を縮めて癒《い》えるのを待つ他なかった。その一人で手当てする癖は容易に抜けずに、爪で痂《かさぶた》を剝《む》いたのだ。自分で。

助けるという言葉が、わからなかった。何度も自分に伸ばされた手が本当に何をしようとしていたのか、勇太はちゃんとわかってはいなかったのだ。

「真弓……」

乾かない痂の下の肉が疼《うず》くように、父のこと母のこと、自分のことが繰り返し胸を焼く。

「助けてや？　な？」

声にできなくとも、縋りたかったのは父の訃報《ふほう》を聞いてからずっとだったといまさら勇太は知った。

なのに言えないことばかりが積もって、堪えられないものをとても教えられはしなくて。何より父の子である自分が、怖くて。

身を縮めていた。隠していた自分が見つからないように、気づかれないように。

不意に、何かが夕方の日差しを遮って勇太の視界を暗くした。

顔を上げなくとも何故だかすぐに勇太は影の主を知った気がしたが、躊躇《ためら》って顔を上げられない。

そんな幸いがまだ自分に与えられるのを、信じることは難しくて。

「……見つけた」

頭上から声が、勇太の手元に落ちる。

「見つけちゃったよ」

答えない顔を上げない勇太に、少し困ったように真弓は笑った。

「真弓……」

「隣、座ろっと」

勇太の向こうで泣いている女を気にしながら、反対側に真弓が腰を下ろす。女の手から取り上げた薬を摑んでいる勇太の手元を、じっと、真弓は見つめた。

「なんでちゃんと、色々あったこと話してくれないのとか、辛いなら辛いって言って欲しいのにとか。いなくなるなんて酷いよとか、言いたいことといっぱいあるんだけど」

普段と変わらない声で、真弓が両手で膝に頰杖《ほおづえ》をつく。

「一番言いたいこと、最初に言っていい？　後回しにして忘れると大変だから」

ちらと、真弓は目だけで勇太を見上げげた。

「……ああ」

構えて、勇太が真弓の言葉を待つ。

「帰ろうよ」

龍《りゅう》のところに迎えに来たときとは違う、当たり前のことを乞う声を、真弓は勇太に投げた。

「帰ろう、勇太」

もう一度落とされた声は、最後に勇太が聞いた心細さから遠い。

「……けど」

左に座った訳を悟って、指を、勇太は真弓に伸ばした。

「痛かったやろ？　怖かった……やろ」

唇の近くまで行った手は震えて、どうしても勇太は真弓に触れられない。

「うん、痛かったし怖かった。今も、痛い」

傷の側にいる手の震えを見つめながら、取り繕わずに真弓は教えた。

「あんなとこに俺を置いてっちゃった勇太にも、すっごく怒ってるし」

怒りを表すように、真弓が大きく息をつく。

「全部……教えるね。これからはちゃんと、怖いこと痛いこと、悲しいこと」

そして不意に、勇太を振り返って真弓は告げた。

「それがわからないと、勇太は怖いんだね」

怖いこと痛いこと悲しいこと、その大きさも耐えられることの幅も、互いにまるで違う。

それに気づかなかったのは自分の方だと、真弓は溜息をついた。

「俺のこと最初に叩いたときのこと勇太がすごく気に病んでるって、龍兄と達《たっ》ちゃんから聞いた」

頬杖を右手だけにして、首を傾けて真弓が勇太を見つめる。

「俺、一回言ったんだけどなあ」

不意に振り上げた平手で、強《したた》かに真弓は勇太の頬を打った。

「あいた……っ」

「これが叩く」

平手を打った掌《てのひら》を、真弓が勇太に見せる。

「あれは、手が、当たったの」

「おまえ……」

結構強かった平手の跡を押さえて、なんと言ったらいいのかわからず勇太は真弓を振り返った。

「……でも俺にはそのぐらいって思えることで」

少しジンとする手を、握り締めて真弓が自分の胸に納める。

「勇太はそんなに、怖くなっちゃったんだね」

少しの間しまい込もうと決めてきた切なさは容易には姿を消さず、真弓の声から張りが少し落ちた。

「ヤスさんに、預かってるものがあるの」

無理には背を張らず、真弓がそれを勇太に教える。

「他にも……沢山。勇太にって、預かってるものがあるんだ」

そっと、真弓は勇太の手を、指先に繋《つな》いだ。沢山の人から預かって来たもの、簡単には伝えられない。

何も言えずにいる勇太に手を放して、仕方なく真弓は笑った。

「すぐに帰る気になれないなら、ちょっと場所変えない？」

落ち着いて話せる場所とは言えない場外馬券場の周りを、見回して真弓は肩を竦めた。

「ああ……せやな」

ずっと座り込んでいた場所から、躊躇って勇太が腰を上げる。

「良かったな兄ちゃん、帰るんか。はええ方がいい、はええ方が」

気の早いことを男たちに言われて、曖昧な苦笑を勇太は返した。

ふと見ると女は、もう勇太にも真弓にも気づかずただ泣き続けている。

「おばちゃん」

肩を、揺すって勇太は女を呼んだ。

「これ、おばちゃんにやるわ」

ずっと持っていた給料袋を、袋ごと女の手に乗せる。

「俺が自分でしよ思てついた職でもろた、最初の給料やねん。あんまり入ってへんけど」

ぼんやりと女は顔を上げて、覚束無《おぼつかな》い意識でそれでも勇太の言葉を聞こうとした。

「こういうん親になんか買うもんらしいけど、俺……」

零れそうになる老いた手を摑んで、勇太が袋を指に握らせる。

「おとんもおかんも捨ててしもたから」

女の手の中で、軽い小銭の音が鳴った。

落とされた呟きを、髪に隠れた横顔を、辛く真弓が見つめる。

「なんかの縁や、あんたにやる。せやから、体大事にしいや」

ぼんやりと、女は手の中に与えられたものを見ていた。

一度だけ振り返って、勇太が三日いたその場所を、離れる。

「……お母さん、思い出した？」

傍らで遠慮がちに、真弓は勇太に尋ねた。

「ほんまは秀《しゅう》に、なんか買ってやらなあかんもんやったかな」

答えずに勇太が、目を伏せて苦笑する。

――……僕はあの子を。

さっき聞いたばかりの秀の悲鳴のような声を、真弓は耳に返していた。多分何を渡してやるよりも、勇太の中に確かにあったその肉親への思いを、秀は喜ぶだろうと真弓は思った。

預かって来た沢山のものが、真弓の中で溢《あふ》れ返りそうになる。もう一度勇太の手に触れたかったが、急ぐまいと真弓は指を握り締めた。

家からそう離れていないのにあまり慣れない賑《にぎ》わい過ぎる場所を、当てもなく無言で歩く。

駆けて来たことを教えるように微《かす》かに汗の移っている真弓の制服の薄いシャツが、肩を少し透かした。

広い痣《あざ》が濃く、消えずにそこにいるのが勇太の目に映る。

「……肩は、酷なったか」

「どうして」

黙っていれば体中の傷を案じるのだろう勇太に、真弓は苦笑を漏らした。

「そんな勇太が俺をただ傷つけるだけなんて、思い込んだの？」

溜息のような問いに、勇太は何も言えない。

もう追っても詮無い答えを、焦って真弓も問わなかった。

「ホント、何処行っても抹香臭いね」

ぼんやりと歩いていたら浅草寺《せんそうじ》の真裏に出てしまい、それこそ強い線香の匂いが漂っている。

表は人が絶えなかったが裏は駐車場に向かう人が行き来するぐらいで、浅草《あさくさ》にしては人気がなかった。木陰を作る背の高い木が茂った下に、空いているベンチが見つかる。

自然と足はそこに向かい、二人はまだ躊躇いを置き合いながらそれでも隣り合って座った。

「何それ、着替えちゃって」

「ああ……借りたんや。風呂入れてくれたじいさんに、おかしなじいさんで。俺の顔見て」

今様の作りなのか作務衣には縫い合わせのところにポケットがついていて、しまい込んだままにしたドロップを掌で勇太が探る。

「何して逃げて来たて」

何かの褒美《ほうび》だと言っていた。馬券を買わない、薬をやらない。そうかえらいと。

ドロップを貰《もら》っておいて良かったような気持ちがして、勇太は女から取り上げたまま持って来てしまった手元の薬を眺めた。

「良かった」

不意に傍らで、真弓が笑う。

「お風呂に入れてくれた人がいて。やだもん俺、三日もお風呂入ってない勇太なんて」

冗談のように言って真弓は、けれど勇太がまるきり一人で置かれていなかったことに、誰とも知れぬ人へ心からの感謝を覚えた。達也《たつや》と探した雲の隙間《すきま》の晴れ間が、微かにここに当たっている。

「おまえはそういうやつや」

溜息をついて笑おうとしながら笑えずにいる勇太を、少しの距離を明けた隣から、真弓は振り返った。

雨を待つ風が高い空から降りて、茂る緑を攫《さら》っていく。

「……お父さん」

声が強ばらないように真弓は、ゆっくりと言葉を切った。

「亡くなったんだってね」

「なんで……」

「ヤスさんから、聞いた。秀には知らせてない」

息を飲んだ勇太に、まず秀がまだ知らずにいることを真弓が教える。

すぐに肩から息を抜いた勇太の秀への気遣いが、真弓の目に切なかった。

「……そうか、それこれからも誰にも、秀にも言わんといてくれるか」

「俺も、気にしてへん。せえせえした、思てる」

頑なに勇太は背を丸めたけれど、容易にその言葉の下にあるものは晒《さら》せるものではないと、真弓も咎めない。

「……うん。勇太、これ」

手の中に隠していたものを、渡すために指を開くのは真弓にもどうしても躊躇われた。

——だからきっと、これ、渡してもろても平気やと思うねん。

血溜まりの奥の目に不器用なやさしさを隠した青年の声に、力を借りて顔を上げる。

「預かって来た。ヤスさんから。ヤスさんは、お好み焼きのおばちゃんから。二人とも、渡し切れなくてって」

真弓が差し出した手の上の、いつも父親が首から下げていたそのお守りにはしっかりと見覚えがあって、勇太が目を瞠《みは》った。

開いた唇が戦慄《わなな》いて、もう真弓に後悔を覚えさせる。

「遺品だって」

「いらん……そないなもん。だいたい親でもない子でもないもんの、一銭にもならん汚いお守りなんかもろても迷惑や」

一瞬にして込み上げる、亡父への憎悪と、そしてどうすることもできない親子の情に、吐き捨てた勇太の言葉は荒《すさ》んで上ずった。

「……うん、けど」

どうしても受け取れとは、真弓も言えない。ヤスが置いていってくれた言葉を思い出して伝えようとしても、彼と同じでうまく伝えられる自信も、そうしていいのかどうかもわからない。

「一度、お好み焼きのおばちゃんに勇太に送れって言ったことがあるものだからって……だから多分、その時送らなかったこと、おばちゃんは気に病んで」

おかみの情けに、真弓は縋った。

それでも振り返らない勇太に溜息をついてお守りを眺めると、札とは違う何かが縫い目の隙間に見える。

「何か……入ってる」

色あせた紙は神社のものとは思えず、真弓は布の合間を覗《のぞ》き込んだ。

「開けてみても、いい？　バチが当たっちゃうかな」

「バチなんぞ」

下りて来た髪を、掻き上げて勇太が力なく口を開く。

「あいつに当たり尽くして、もうなんの効力もないわ。そないなお守り」

その憎まれ口を了承と受け取って、丁寧に、真弓は長い紐《ひも》を解いた。長年肌につけられていたのだろう結び目は固く、容易には解けない。

「破いてまえ、そんなん」

「……だめだよ。あ、ほどけた」

口が開けて真弓は、明らかにお札とは違う紙を中からそっと抜き出した。濡《ぬ》れたりもしたのか紙は弱くなっていて、丁寧に扱わないと破れてしまいそうだ。

「なんだろう、これ」

印字の薄れたチケットのようなものが、なんなのかわからず真弓は呟いた。

眉《まゆ》を寄せて勇太が、真弓の手元を覗き込む。それきり紙を見つめたまま黙り込んで、勇太は何も言わない。

「なんだかわかる？　勇太」

問いかけて真弓が顔を上げると、険の刻まれていた眉間《みけん》がほどけて、勇太はただ身動きもせずにその紙を見ていた。

「……万馬券や」

色あせた、見覚えのある大きなレース名と年号の印刷が掠れている紙に、勇太の指先が伸びる。

「覚えとる、でかく当てたてめちゃめちゃ騒いで。あの日だけは、おとんも機嫌が良かった。なんでもこうたるて、調子のええことゆうて」

古い、十年近くも前の日付を、勇太の指先が震えてなぞった。

「結局なんもこうてくれへんかったけど。……あほやなあいつ、何年馬券こうとるんや。とっくに」

ぽとりと、雨に似たしずくが真弓の手に落ちて、券の端も濡れる。

「とっくに引き換えの期限も切れてしもとるやないか。酒がもう頭に回っとったんか」

雨は、まだ雲の向こうにあった。けれど後から後から、ずっと流せなかった勇太の父への涙が、真弓の手を濡らし続ける。

「なんでこんなもん後生大事に……俺に送れて……あほや……っ」

濡れた真弓の手に、縋りついて勇太は体を丸めた。

嗚咽《おえつ》する背を、ただ抱いてやることしかできず真弓が何度も摩《さす》る。勇太の父のために泣いていいのだと知って、ようやく、真弓も堪えていた涙を落とした。

「……酒飲んで血い吐いて、誰にも気づかれんと一人で死んどったって」

せめてと真弓は拭おうとしたけれどお守りに染み付いた血は消えてはくれず、それを握り締めた勇太の手が戦慄く。

「おかんにも逃げられて、子供にも捨てられて」

「……勇太」

言葉は見つからず、両手で真弓は必死に勇太を抱いた。

「なんのために生きとったんやろあいつ。なんのために生まれて来たんや。惨《みじ》めで……憐れや」

どれだけ真弓の胸を濡らしても、勇太の涙は止まない。

「俺が、捨てた……！」

「勇太……っ」

名前を呼ぶことしかしてやれずに、真弓の声が掠れた。通り過ぎる人が二人を振り返っても、

真弓には何も、勇太以外の何も気に留めることができない。

「……そんなことに、一人で耐えないで」

広くなってしまった勇太の背は、真弓の手では庇《かば》い尽くせない。

「お願いだから勇太」

泣く幼な子の背を摩るように、それでも真弓は戦慄く背を撫《な》でた。

「一人で耐えないで」

繰り返した言葉が、勇太の耳に届いたかどうかは確かめられない。

ヤスから聞いた、父親が勇太のために届けをしなかったのだろうという話は、今はするまいと真弓は思った。もう充分、勇太は知ってしまった。その男が本当の父親だったかどうかと、そんなことではなく。

父親になりきれなかった男の、貧しいかもしれないけれどその男にできる精一杯の愛情が、確かに勇太に向いていたと。

「真弓……」

胸に体を丸めて、勇太が嗄《か》れた声で真弓を呼ぶ。

「こんな人間なんや、俺は。こんな、親も捨ててこられるよな」

死に流されて、どうしてそこに自分がそれを置いて来たのか、置いて来たことを知るようになったのか勇太は見失ったけれど、それは当たり前の思いだと真弓は知っていた。

「……最近何度も」

両手で抱え込むようにした背を、真弓はいつまでも撫でていてやりたかった。

「勇太の、そんな言葉を聞いた気がする。自分はこんな人間だって、こんな風にしかできないって」

悲鳴のようなその言葉を聞くたびに、そうしたかった。

「幸せにしたい気持ちだけが愛してるってことじゃないとか、そうやって俺をどうかしちゃうんじゃないかとか」

絡まった勇太の洗い髪を、真弓は指で梳《す》いた。

「ずっと一人で、苦しんで」

自然、勇太の顔が上がって、目が出会う。

「俺は勇太がもし時々間違えても」

ポケットに大事に入れている観音菩薩《かんのんぼさつ》の顔を、真弓は思い出した。

「前にも言ったよね。俺は本当は何度でも、許したい。もし勇太が言ったような……勇太のお父さんがお母さんにしたこと、したとしても」

けれど翁が自分に言おうとしたことを、目の前に勇太の悲しさを見てしまうとどうしても見失ってしまう。

「俺には知らないものかもしれないけど、でもちゃんと……」

怖かった、自分を引き倒した勇太を、真弓は目を背けずに思い返した。

「ちゃんと、勇太があのとき言ったみたいに勇太のお父さんとお母さんの間にも」

振り上げた手の先が、ひどく震えていた。真弓はその震えを刻まれて、悲しくて、痛かった。

「勇太とお父さんの間にも」

勇太の手の中の色あせた紙切れにも、あの震えと同じものがある。

「ちゃんと……あるのが、わかったから」

勇太が本当に与えられたものも与えられなかったものも見なかった真弓には、愛情と、はっきり口にはできなかった。

それでも自分の知らない形の悲しいそれが、確かにそこに在ったのをもう真弓は疑っていなかったけれど。

ぼんやりと、勇太が真弓のその声を聞く。

また自分を許すという胸に、縋りそうになる。

「けどおまえが許しても俺は……」

けれど縋らずに勇太は、首を振った。

「あないな真似、したないんや」

父が母にしたことを、自分が真弓にしようとしたことを、辛くともまた思い返す。

「絶対におまえに、あないなことしたないんや……っ」

お守りを握り締めた手で、勇太は顔を覆った。

涙に流されて、簡単にまた自分が間違えかけたことに真弓が気づく。

「……そうか」

両手で、肌を離れて行った勇太の髪に真弓は触れた。

「そうだよね」

手を伸ばして髪を、肩に抱きしめる。強ばった勇太の肌は、真弓を拒んで、まだ己に怯《おび》えていた。

「やっと……勇太の気持ちちゃんとわかった。何がどんなに、怖いのか。どんなに俺を……愛してくれてるのか」

強く、真弓は勇太を抱き寄せたかった。

「今までわかってあげられなくて……ごめんね」

わかったと、その言葉だけでは、勇太を縛る疑いは解けない。一度してしまったことを勇太は、決して忘れずに抱えていこうとしている。

痛みは増えるばかりなのだろうかと、真弓もその強ばりが辛くなる。けれど俯《うつむ》いた耳元に留まっていた友人たちの声が、真弓の背を押した。

「……あのね」

ゆっくりと与えられた言葉の一つ一つを、大切に真弓が耳に返す。皆に乞われたとおり勇太にそれを、渡すために。

「達ちゃんがね、俺が変わったって言うの。勇太と付き合って……まえよりずっと、がんばってるって」

何があっても味方になる、おまえは頑張ってる。頑張れよ。あいつも頑張ってると。

——真弓、がんばんな。あいつはいっつも頑張ってる。

繰り返した幼なじみの言葉を、全部勇太にも教えたかったけれど、声にしようとすると喉が詰まった。

「ヤス……さんはね、勇太が変わったって」

堪え切れずに、固い勇太の肩に真弓の涙が落ちる。

——わいは、人の性は結局どうやっても変えられんもんなんやないかて、思とった。

どんな風に勇太が変わったか、愛しそうに切なそうに教えてくれた青年の、不憫《ふびん》だという言葉がまた真弓の胸を掻く。

「元々そういう性だったのか、それとも性は変わるのかって。勇太に会ったら自分もやってけるって、希望が持てたって」

「あいつ何……言うてんねん」

「急ぐのはもう、よそう?」

幼なじみの言葉に唇を噛んだ勇太の髪を両手で上げて、真弓は目を覗いて問うように言った。

「俺も急ぎ過ぎた。勇太は本当はいつも、急いでたんだね。急いで……俺を少しも傷つけない人間になろうって、急いでた」

もっと早く気づきたかったと思う心がまた急いていることに気づいて、真弓が長く息を落とす。

「だけど足りない物沢山あったのに、最初のころ。少しずつ、俺たち……大丈夫になってきたよね。見ててくれる人もいたよ」

濡れた勇太の瞼《まぶた》を拭って、真弓は達也に言われた通り、受け取って来たものを抱えて笑った。

「ゆっくりいけば、いつかきっと、全部大丈夫になる日が来るから」

一度過ちを犯した勇太の目は、まだ不安げに揺れている。

「……もしそんな日が来ないかもしれなくても」

肩に、真弓は勇太の髪を抱き寄せた。

「俺は、勇太と生きてくよ」

耳元にそう、決めごとを教える。

「……気がつかない？　勇太」

気づかないだろうかと真弓は待ったけれど勇太はわからず、真弓はくすりと笑って言った。

「全部、前に勇太が言ってくれたことと変わんないことだって」

不安になって自分を見失った社の影で、怖くてもおまえとなら我慢すると、言ったのは勇太だった。与えあった言葉の一つ一つは、肌が離れても心が遠ざかっても、落とされた場所にちゃんと残って思い出されるのを待っていた。

「勇太、こうやってさ」

大きく息を吐き出して、真弓は涙を拭い去った。

「いこうよ、これからも」

強ばりのいつの間にか癒えた肩をそっと押して、額を合わせる。

「……なんて。本当は俺は幸せなことの方が、多いんだけどな。全然」

まるで辛いことばかりのように話してしまった気がして、くすりと真弓は笑った。

「俺だけだったら、ごめんね。勇太が俺といるの辛いだけだったら……」

「そないなことある訳ない」

首を振って、本当は自分も同じはずだと勇太が思い出す。

「なのに俺は、ちょっとのことですぐ訳がわからんようになる。……すまん」

ようやく、自分の耳に返る謝罪を勇太は真弓に渡した。

首を振って目を伏せて、真弓が勇太がきつく握り締めているお守りをそっと手に取る。皺《しわ》の寄ってしまった馬券を折り直しながらそこに戻して、もう一つ、勇太が手にしているものを真弓は見つめた。

「……そういうの」

一錠分欠けているシートが、気にかかって問いかけてしまう。

「昔、沢山飲んだの？」

やんわりと、それも受け取って真弓は尋ねた。

「……ああ、昔。沢山飲んだ」

いつもの告白とは違う、辛い声で、勇太がそれを教える。

「自分がどんな人間か、忘れられる。思い出したないことや考えたないことが全部、飛んでく薬や」

「……お社のこと、忘れようと思って？」

欠けたところを指で弄《まさぐ》って、勇太の体を案じて遠慮がちに真弓は問いかけた。もし勇太がこれを飲んだなら、あの社で勇太を追い込んだ自分を許すのは難しい。

「これ飲んだんは、あのおばちゃんや。俺は……」

飲もうとしながら飲めずにいた自分を、ぼんやりと勇太は思い返した。

「飲んでしまいたかったけど、飲まへんかった」

嘘ではないと、真弓の目を見て告げる。

「おまえの顔、浮かんで」

その目はこの間仕事場で見た観音菩薩のようで、勇太はそれを乞うことも、そして辛く思うこともあった。

「おまえはきれいで、俺は汚い。それは……永遠に変わらん」

その辛さを、今度は自棄《やけ》のようにではなく、静かに勇太が真弓に教える。

黙って、真弓はその言葉を受け止めた。

汚れと勇太が思っているその重さは勇太がどうしても捨てずに抱えて行くもので、自分にはただ見ていてやることしかできないのだと、知って。

「でもそれが辛なっても、前の俺やったらすぐにヤクつこてこのモヤ、消してしまおうてしたやろ、きっと」

真弓の手の中にある薬を、まだ遠いものとは思えず、勇太は見つめた。

「けどおまえが、見とった。おまえのこと、考えんようにはなりたなかった。それがどんな、おまえでも」

傷つけないためだけではなく、二人の間にあるものをなくすまいと、堪えた自分を勇太が知る。それでもあれは瀬戸際だった。ずっと真弓が自分を呼んでいてくれたから、思い出すことができたけれど。

「また同じことになったら、こんなしんどさ受け止められるか自信ないけど。……あかんようになったら」

だから勇太は、真弓に乞うしかない。

「助けてくれるか?」

いつでも、呼んでいて欲しいと。

「……うん。言ったじゃない、俺」

ふと、さっき教室で達也に問いかけたことを、真弓は思い返した。

「必ず呼んでって。声にして、助けてって言ってって」

守りたい幸せにしたいという気持ちは、勇太を惨めにしていないかと。それを勇太が、ずっと拒んでいるように見えていたから、そんな風に真弓はわからなくなった。

勇太を守るということはただ許し続けることだと、思い込んでいた自分を、もう遠く真弓は思った。

「助けるよ、俺は勇太を」

「どんなにしんどくても」

返された言葉に力を借りて、勇太の手が、ようやくしっかりと真弓の頬に触る。

「俺も……おまえといきたい」

親指の先が、口の端の癒えない痂《かさぶた》に触った。

「あないな真似してごめん」

痛ませないようにそっと、掌が肩に触れる。

「痛い思いさせて、すまん。もう二度とせん」

包み込むように、強くはできず勇太は真弓を抱いた。

「二度と……せん」

「また、急いでる」

背を抱き返して、真弓が笑う。

「もう絶対しないとか、逃げないとか」

頬に頬を寄せてそっと、髪を撫でて真弓は首を振った。

「そんなに強く自分を、縛らないでいいよ。勇太は人を傷つけたことばっかり忘れないって、ヤスさんが言ってた。俺もそう思う、そんなに背負い過ぎないで？」

背を抱こうとするたび、もっとこの手の中が広ければと真弓は願わずにいられない。

「沢山、傷ついて来た。苦しんで……まだ沢山沢山、痛いところが消えてない」

与えられなかった母親の抱擁《ほうよう》やさしさや、限《きり》のない甘やかしを、本当は自分があげてしまいたい。勇太が望まなくても。

まだ勇太が知らない愛情をもし自分が持っているなら、全部勇太に教えたい。渡してやりたい。

「だから時々、子供になって駄々していいんだよ。勇太」

ふと、翁の声が真弓の中に返った。

生まれ直さなくても、その望んでいることはきっと今からでもできると。

「ちゃんと叱《しか》るから、俺」

あの老人を勇太が見つけられてよかったと、心から思う。今日その言葉を聞けたことも、偶然ではないのかもしれないと、真弓は思った。自分たちが今手にしているものを、思い返して。

「あ……」

本当の湿りが、ふと、大粒になって落ちてくる。

「……雨」

社の晩とは違う、夏を孕《はら》む暖かい通り雨だ。気づかないうちに、梅雨は明けていたのかもしれない。

「帰ろうか」

惜しみながら勇太を放して、手を、真弓は伸ばした。

「……ああ」

頷《うなず》いて、勇太もその手を取って立ち上がる。

浅草寺の中を通り抜ければ線香の煙が強くなるかと思ったが、仲見世《なかみせ》の人は一日の終わりが早くまだ日も落ちないのに人気も少なかった。

「お参りとかしてっちゃう？　せっかく来たから、御神籤《おみくじ》引く？」

「さすがにそんな気になれへんわ」

「……俺ね、言っとくけど今日のお昼はさすがに喉が通んなかったよ。おなか壊してないのにごはん抜いたの、初めてだかんね」

少し呆れた声を聞かせた勇太に、むきになって真弓が口を尖《とが》らせる。

「……すまん」

「なんか奢《おご》ってもらお。めちゃくちゃおなかすいてきた」

「俺金持ってへん。さっきのおばちゃんに全部やってしもたわ」

「もう」

ぱつ悪げに勇太が差し出したドロップを受け取って、その缶の堅さに力みながら真弓はこじ開けた。

「わー、色んな色のがいっぱい入ってる。甘い」

「三つも一緒に口に放り込むなや……」

「あ、秀のごはんが待ってるんだ。帰ろ帰ろ」

もう食欲だけになったようなことを言って、真弓がぐいぐいと勇太の手を引く。竜頭《りゅうず》町へと続く、隅田川《すみだがわ》に向かって。

「さっき」

口の中で三つのドロップを持て余して困っている真弓に笑いながら、ふと、勇太は自分が遮った言葉の続きが気になった。

「もし俺がおまえといるの辛いだけやゆうたら……どうするて言おと思たんや」

「……もしいつか」

答えずに、右の頰をドロップで膨《ふく》らませながら真弓がぼんやりと口を開く。

「俺といて……死んだ方がマシってくらいしんどくなったら」

少しだけ声を沈ませて、ドロップを一つ真弓は噛んだ。

「言ってね」

「どないするん」

不意の呟きに惑って、勇太が問い返す。

「死なれるくらいなら、そんときは捨ててもいいよ」

「真弓……」

「でも俺は恨むけどね、捨てられたら。死ぬほど恨んでワラ人形に五寸釘カンカンカンって打って、髪振り乱してなんか変なもん呼び出したりするかもね。そんでも良かったら捨てていいよ」

「……おまえは」

笑いもしないで言った真弓に、堪えられず勇太は笑った。冗談の中に、はっきりいいと言ってやれないもしもの約束が在ったのかどうかは、どちらにもわからない。

「……勇太、これ」

いつの間にか自分が持っていた父親のお守りを、さりげなく、真弓は勇太に手渡した。

「ああ……」

「そこに書いてあるのって、何？　地名？」

もうインクが滲んだ「弥園」という字が、真弓の指したお守りの裏に書かれている。

「ああ、おとんの名字や。せこいからなんにでも名前書くん。買い置きの酒や煙草《たばこ》に書いてあったこともあったで」

呆れた勇太の声からは、微かに、いつもの父を語るときの険が落ちていた。

見ていると去年の夏に最後に見た父親の酔った姿が思い出されて、それはどうしようもなく、悲しいという気持ちを子の心に呼ぶ。指先でほんの少しだけ労《いたわ》るようにお守りを撫でて、わざと無造作に勇太はそれをポケットにしまい込んだ。

隣で真弓も、一度だけ見たその男の同じ姿を、口には出さずに思い返している。

見ていると神社だと思い込んでしまいがちなここが寺だとふと気づいて、往来に出る前に勇太が本堂を振り返る。気づいても勇太は、手を、合わせられなかった。

代わりに真弓が繋いだ手をそっと外して、目を閉じて本堂に手を合わせる。勇太に気づかれぬうちに、真弓はその手を解いた。

「弥園《みその》、さんか。なんかかわいい、名字だね」

初めて聞かされた生家の名字を、大切そうに真弓が口の中で繰り返す。

「認知されとらんから、俺はずっとおかんの名字やったけどな。おかんの名字は、信貴《しぎ》、いうて」

学校もあまり行かなかったから使うこともなかった自分にとって馴染《なじ》みのないはずの名字は、口に返すと何故だか酷く懐かしかった。

「俺は十二の手前までは、信貴勇太て、名前やった」

きっとほとんどそんな風に人に名乗られることのないまま閉じた幼いころの名前を、勇太は真弓に教えた。

「信貴、勇太」

立ち止まって、真弓が初めて幼い勇太に会うように振り返る。

「色んな勇太がいるね」

「そうやな」

「でも、俺の勇太は……」

言いながら真弓は、続きは継がずにもう一度勇太の手を取った。

雨に追われて足早になる人の流れを見送りながら、ゆっくりと川へ向かい言問橋《こととといばし》を渡る。ふと見ると隅田の川面が雨に泡立って、どちらからともなくそれを眺めて足が止まった。

「あ、山下のおじいちゃんすっごい怒ってたよ。無断欠勤」

ふと触ったポケットの観音像に、真弓が勇太を見上げる。

「うわこわ。おじいちゃんゆうな、人の親方捉《つか》まえて」

「あそこで……頑張るつもりなんだね」

一人前のような小言を言われて、静かに、真弓は勇太の生き方を受け入れて微笑《ほほえ》んだ。

「あないなきれえな仕事、俺がするなんかおかしいかもしれんけど」

俯いた勇太は、まだそれを語れずにいる。

「おかしくなんかないよ」

翁が語ったように勇太が語れる日が来ることを、願って真弓は勇太の手を摑む力を緩めた。

誰でもいい、誰かが勇太に、もういいよと聞かせてくれますようにと、ポケットの中の木彫りに指先で触れる。

雨は強くなって、視界はまた少し滞った。

先は遠い、想像もつかないと、思うことはこれが初めてではなかった。けれど遠いと思いながら一度も、辿り着く先がないと思いはしなかった。

いこうと、言ったけれど。今目に映るのは雨に煙る川の流れだけで。

それでも手を繋いだまま二人は、ゆっくりと、何度もそうしたようにまた足を踏み出した。

あとがき

のっけからしでかしてしまったことを土下座してお詫びしたくなる心境の今です。お手元のこの本のちょっと非常識な分厚さに、まずごめん。

そして「子供の言い分」のあとがきのあからさまな嘘に、ごめん。そのあとがきでもうこの二人の話を書くことはないと言い放っておりますが、また勇太と真弓でこんにちはです。もう少し勉強したら、いずれ勇太がちゃんと仕事を始めたときの話なんかも書けたらいいな、と。

着々と時を進めて大人になって行く子供たち。その傍らでハラハラしどおしの割に合わない二人の保護者は、一体どうなって……いくのやら……。この間「大河を見ていると童貞のまま逝《い》ってしまったとあるワンちゃんを思い出して不憫《ふびん》でなりません」という泣けるお便りを頂いてしまったので、今回ほとんど書けなかった保護者たちもいずれはちゃんと書きます。今回のことで秀はいろいろ、落ち込むだろうし。大河と秀に始まったこのシリーズなので、終わるときも大河と秀でと、それは今から決めています。

そしてシリアスめな話なので丈の出番がほとんどなかったことに、ちょっと苦笑。いつも悪役の工業の皆様にもごめん。あのような架空の町角を設定してしまった岸和田の皆様においては本当に土下座です。

達也の話は、確か「いそがないで。」の頃から、ページが余ったらこれを入れたいと思って来たのですが、今回まったく余っていないこの本の頭でこれまた割に合わない主人公。いつか素敵な彼女を、くっつけてあげたいです。御幸はどうだ達也。

『Ｃｈａｒａ』本誌の方で漫画化もしてくださっている二宮《にのみや》先生、今回もご迷惑のかけ通しで、本当に申し訳ないです。漫画、本当に楽しみに読ませて頂いています。書き切れなかった表情を沢山拾って頂いていて、見るたびに嬉しいばかりです。ありがとうございます。

そして待てば待つほどページの増えるこの原稿を限界を越えて待ってくださった担当の山田さん、本当にありがとうございました。もうただただ、感謝です。お付き合いくださった校正の方々にも、足を向けて寝られません。ありがとうございます。

次回は、岸和田から来た追っ手に見つかって殺されたヤスに切れた勇太が一念発起して関東を仕切るヤクザの首領にのし上がり、やがては関西系暴力団と日本列島を巻き込む大抗争を巻き起こすＶシネマも真っ青の任俠ものを予定しています。

嘘です。

次のキャラ文庫は多分二十世紀の終わる頃、でも多分初めての「毎日晴天！」以外の本になる予定です。これは本当。

ちょっと先になりますがまたこのシリーズでもお会いしたいです。少し長いお別れ。

それではまた、何処かで。

夏を待ちつつ、菅野彰

この本を読んでのご意見、ご感想を編集部までお寄せください。

《あて先》〒105-8055　東京都港区芝大門2-2-1　徳間書店　キャラ編集部気付
「菅野彰先生」「二宮悦巳先生」係

■初出一覧

竜頭町三丁目の初恋……書き下ろし

子供たちの長い夜……書き下ろし

Chara

子供たちの長い夜

【キャラ文庫】

2000年7月31日　初刷
2004年10月31日　5刷

著者　菅野　彰
発行者　市川英子
発行所　株式会社徳間書店
〒105-8055　東京都港区芝大門2-2-1
電話03-5403-4324(販売管理部)
03-5403-4348(編集部)
振替00140-0-44392

印刷　大日本印刷株式会社
製本　株式会社宮本製本所
カバー・口絵　真生印刷株式会社
デザイン　海老原秀幸

ISBN4-19-900145-X

好評発売中

菅野 彰の本
【子供は止まらない】

毎日晴天！2

イラスト◆二宮悦巳

保護者同士の同居によって、一緒に暮らすことになった高校生の真弓《まゆみ》と勇太《ゆうた》。家では可愛い末っ子として幼くふるまう真弓も、学校では年相応の少年になる。勇太は、真弓が自分にだけ見せる素顔が気になって仕方がない。同じ部屋で寝起きしていても、決して肌を見せない真弓は、その服の下に、明るい笑顔の陰に何を隠しているのか。見守る勇太は、次第に心を奪われてゆき…!?

キャラ文庫既刊

■秋月こお
【やってらんねェぜ！①～④】
【セカンド・レボリューション　やってらんねェぜ！外伝】
【アーバンナイト・クルーズ　やってらんねェぜ！外伝2】
【酒と薔薇とジェラシーと　やってらんねェぜ！外伝3】　CUT／こいでみえこ

【王様な猫】
【王様な猫のしつけ方　王様な猫2】
【王様な猫の陰謀と純愛　王様な猫3】　CUT／かすみ涼和

■朝月美姫
【BAD　BOYブルース】
【俺たちのセカンド・シーズン　BAD BOYブルース2】　CUT／東城麻美
【シャドー・シティ】　CUT／ほたか乱

■五百香ノエル
【キリング・ビータ】
【偶像の資格　キリング・ビータ2】
【暗黒の誕生　キリング・ビータ3】
【静寂の暴走　キリング・ビータ4】　CUT／麻々原絵里依
【幼馴染み冒険隊　デッド・スポット】　CUT／みずき健
【GENE《ゲーン》　天使は裂かれる】
【望郷天使　GENE2】
【紅蓮の稲妻　GENE3】　CUT／金ひかる

■斑鳩サハラ
【僕の銀狐】
【押したおされて　僕の銀狐2】
【最強ラヴァーズ　僕の銀狐3】　CUT／越智千文

【月夜の恋奇譚】　CUT／吹山りこ
【夏の感触】　CUT／嶋田尚未

■池戸裕子
【恋はシャッフル】　CUT／雁川せゆ
【ロマンスのルール】
【告白のリミット　ロマンスのルール2】
【優しさのプライド　ロマンスのルール3】　CUT／ビリー高橋
【小さな花束を持って】　CUT／金ひかる
【アニマル・スイッチ】　CUT／夏乃あゆみ
【TROUBLE TRAP！】　CUT／峰倉かずや
【いつだって大キライ】　CUT／のもまりの

■緒方志乃
【甘え上手なエゴイスト】　CUT／高久尚子
【ファイナル・チャンス！】　CUT／北畠あけの

■鹿住 槇
【優しい革命】
【いじっぱりトラブル　続・優しい革命】　CUT／橘 皆無
【甘える覚悟】　CUT／穂波ゆきね
【愛情シェイク】　CUT／高群 保
【微熱ウォーズ　愛情シェイク2】　CUT／やまかみ梨由
【泣きべそステップ】　CUT／大和名瀬
【別嬪レイディ】　CUT／明神 翼
【恋するキューピッド】
【可愛くない可愛いキミ】　CUT／藤崎一也

■かわいゆみこ
【Die Karte　—カルテ—】　CUT／ほたか乱

■川原つばさ
【泣かせてみたい①～⑥】　CUT／禾田みちる
【天使のアルファベット】　CUT／極楽院櫻子
【プラトニック・ダンス①～②】　CUT／沖麻実也

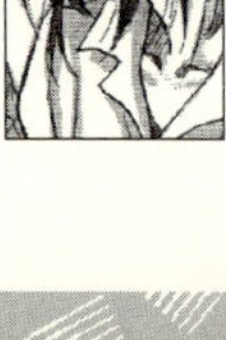

キャラ文庫既刊